Loris Vercelli

IL BLUES
DEI PENSIERI
MORENTI

LuluPress Editore

Un ragazzo tra i venticinque e i trent'anni con i capelli in stile rasta divisi in decine di treccine che scendono sulle spalle, magro e di altezza superiore alla media, cammina veloce lungo una strada del centro storico della città. I suoi jeans sbiaditi, il giaccone in pelle dall'aria costosa ma liso e consumato dall'uso, la lunga sciarpa in cachemire giallo gli donano un aspetto di eleganza trasandata, quella di chi, per gusto e stile, preferisce scegliere i propri abiti nei mercatini dell'usato. Nelle orecchie una coppia di auricolari da cui escono, a volume così alto da essere perfettamente percepibili da chi gli passa accanto, i suoni della tromba di Miles Davis. Intorno a lui solo passanti frettolosi che si avviano al lavoro, ognuno immerso nei propri pensieri e nessuno disposto a soffermare la propria attenzione su ciò che lo circonda. Anche chi si muove in gruppo non parla con gli altri. Il mattino è uno di quei momenti in cui parlare o stare muti è la stessa cosa. E allora è meglio stare zitti e camminare veloci verso il destino scontato di ogni giorno. Ma a volte il destino non è così prevedibile.

Quel ragazzo rasta che cammina rapido voltandosi di tanto in tanto, per esempio, fra pochi minuti farà un incontro che segnerà profondamente la sua vita. Per una concatenazione casuale di eventi arriverà a sfiorare l'impenetrabile mistero che da sempre avvolge la vita (e soprattutto la morte) degli uomini.

Capitolo 1

La sensazione di essere seguito aveva accompagnato Jos fin dalla stazione della metropolitana ma, pur essendosi girato più volte, non era riuscito ad identificare, fra la folla del mattino, una presenza costante alle sue spalle. Poi, finalmente, svoltato l'ultimo angolo prima del suo negozio, aveva notato con la coda dell'occhio l'uomo con l'impermeabile scuro e i capelli bianchi lunghi sulle spalle che, accelerando il passo, lo aveva quasi raggiunto. Incerto se accelerare o fermarsi per scoprire se veramente l'uomo lo stesse seguendo, esitò, guardandosi intorno, cercando un possibile aiuto in caso di aggressione.

Non che fosse particolarmente preoccupato: in quella zona centrale della città e, soprattutto a quell'ora del mattino, una rapina era poco probabile: i tossicodipendenti erano ancora sotto l'effetto della dose della notte precedente e solo nel pomeriggio sarebbero scesi in strada alla ricerca dei soldi per la dose successiva. Non ebbe comunque tempo di valutare il comportamento dell'inseguitore perché l'uomo lo raggiunse e, posandogli una mano sulla spalla, gli parlò:

"Mi scusi..."

Jos si voltò con espressione interrogativa togliendo gli auricolari dalle orecchie.

"Lei è il libraio del negozio di libri usati?" gli chiese l'uomo in perfetto italiano ma con un forte accento tedesco.

"Dipende – rispose Jos guardingo mettendo in pausa il lettore mp3 per non perdersi l'assolo travolgente di 'Get Up With It' che stava ascoltando – cosa vuole lei dal libraio?"

"Non si preoccupi – rispose – so benissimo qual è la sua vera attività, signor Jos. Ed io non sono né un poliziotto né un investigatore assunto dalle case editrici. Si fidi. Ho bisogno della sua collaborazione... proprio per quello per cui lei è (ehm) specializzato".

Lo osservò. In effetti lo straniero non aveva l'aspetto di uno sbirro. Sembrava più un poeta della beat generation o un anziano artista bohemien. I capelli bianchi gli scendevano lunghissimi sulle spalle in modo disordinato eppure piacevole alla vista. Le sue mani erano lunghe ed affilate. Il suo corpo alto, magrissimo ed agile nei movimenti gli dava un aspetto di uomo che aveva praticato e, forse, ancora praticava qualche sport. Gli occhi scuri e profondi avevano un modo magnetico di osservare, quasi avessero il potere di leggere nell'anima.

"Il mio negozio è ancora chiuso. Sto andando giusto ora ad aprirlo. Venga da me fra una decina di minuti".

"Non posso aspettare, sto partendo ed ho urgenza di lasciarle il materiale – e così dicendo gli porse un pacco piuttosto pesante – le telefonerò poi per sapere quando posso ritirare il lavoro finito".

"Ma..."

L'uomo non gli lasciò il tempo per porgli qualche domanda. Mentre Jos, con aria incerta, soppesava il pacco per valutarne il contenuto, l'altro aveva già svoltato l'angolo allontanandosi rapidamente.

Una folata di vento umido fece rabbrividire il giovane libraio.

Il gelo dell'inverno, questo inverno terribilmente freddo, sembrava aver lasciato la città ma una nuvola di umidità, sotto forma di nebbia sottile, continuava ad insinuarsi fra le insegne al neon ancora accese e le tenui luci sfocate dei semafori. Jos restò per qualche tempo immobile a fissare perplesso il pacco che teneva fra le mani mentre la gente frettolosa delle otto del mattino lo scansava camminando veloce intorno a lui.

Allora Jos si riscosse, indossò nuovamente gli auricolari, fece ripartire la musica di Miles Davis e si avviò lentamente verso il suo negozio.

"Che strano individuo – pensò – non mi ha lasciato neppure il tempo di guardare il lavoro che mi ha affidato. Il mondo è pieno di matti". Ma i pensieri di Jos furono interrotti da un accesso di tosse stizzosa provocata dallo scarico difettoso di un'auto diesel passata in quel momento.

"A cosa serve aver smesso di fumare e non concedersi da almeno dieci anni né una sigaretta né una canna se poi ti intossichi semplicemente camminando per strada?" – pensò il giovane libraio mentre veniva superato da un gruppo di studenti frettolosi sicuramente diretti verso la vicina facoltà di medicina. Anche loro, investiti dal fumo nero, si coprirono naso e bocca con la sciarpa ed uno di loro gridò verso l'autista:

"Controlla il carburatore, stronzo! Ci hai ridotto di oltre un terzo la quantità dell'attivatore del plasminogeno tissutale – poi voltandosi verso i compagni aggiunse sogghignando – Stupiti per il mio lessico? Ho appena dato l'esame di pneumologia. E quello stronzo mi ha bocciato".

Altri tre studenti di medicina, due ragazzi e una ragazza,

uscirono sbadigliando dal portone di un palazzo i cui appartamenti erano stati divisi in camere di affitto temporaneo. Tutti e tre portavano sulla spalla le loro biciclette con cui avrebbero rapidamente raggiunto la facoltà.

Ogni mattina Jos era felice di condividere parte del percorso verso il suo negozio con tutti quei ragazzi, respirandone a fondo l'allegria e il frastuono, ritrovando la sensazione di sentirsi ancora uno di loro. Gli anni più intensi della sua vita erano stati proprio quelli in cui, fino a tre anni prima, anche lui frequentava l'università. Gli anni dei sogni e dei grandi progetti, quelli in cui avrebbe potuto da un giorno all'altro lasciare tutto e partire per un viaggio senza limiti né di tempo e né di spazio. Partire con Francesca, naturalmente.

Invece fu lei a partire da sola per quel suo ultimo viaggio in motorino.

Al pensiero di Francesca, come sempre, Jos sfiorò con una mano il ciondolo a forma di sax che portava sempre al collo. Era un banalissimo ciondolo in legno scolpito, trovato nella confezione di una raccolta regalo di dischi di John Coltrane. Dal giorno in cui Jos lo aveva regalato a Francesca, lei non se ne era mai separata. Ed ora per Jos era l'ultimo modo per sfiorare fisicamente qualcosa di astratto come un ricordo.

Molti degli studenti con cui condivideva il percorso erano suoi clienti: entravano rapidamente nel suo negozio per ritirare il lavoro che gli avevano richiesto e riprendevano la strada per la facoltà di medicina. Nei loro occhi arrossati era facile intuire, per alcuni di loro, una notte di studio davanti al monitor di un PC. Ma per gli altri, la maggior parte probabilmente, erano semplicemente il segno di una notte all'insegna di alcol, di sostanze illegali o meglio ancora di sesso. Già, il sesso. Da quanto tempo Jos non prendeva in considerazione l'argomento? Dopo la morte di Francesca, tre anni prima appunto, e il conseguente abbandono degli studi, Jos era diventato quasi un asceta votato alla semi-castità. Una scelta che nasceva un po' dalla sua innata timidezza negli approcci con le ragazze e un po' perché il suo tempo libero lo dedicava interamente alla scrittura di un saggio sul blues e sulla musica jazz per i quali provava un amore quasi maniacale.

Non che avesse del tutto rinunciato al sesso, Jos era giovane e sano, ma di fronte al pensiero di dover corteggiare una ragazza, instaurare con lei un rapporto superficiale (dopo Francesca non gli era mai più successo di innamorarsi), per concludere alla fine condividendo per qualche ora il letto con una persona quasi sconosciuta, preferiva di tanto in tanto una visita al salone massaggi del terzo piano sopra al negozio. Dalla dolce e sempre disponibile Liu Ky poteva in tutta tranquillità rilassarsi alle sue carezze senza neppure la necessità di instaurare un dialogo, considerando che la maggior parte delle ragazze del salone parlava esclusivamente cinese.

Giunto di fronte alla saracinesca abbassata del suo negozio, Jos posò accanto a sé sul marciapiede il pacco che gli aveva consegnato lo sconosciuto e si chinò per aprire il lucchetto. In quel momento giunse a tutta velocità, una ragazza in bicicletta che, nonostante i divieti, procedeva sul marciapiede zigzagando fra i passanti. Fu un attimo. La bicicletta colpì in pieno il pacco ruotando su sé stessa e finendo a terra mentre la ragazza volò pesantemente fra le braccia di Jos tra uno svolazzare di quaderni e foglietti fuoriusciti dallo zainetto. Sotto uno strato spesso di trucco, i capelli rasati sulla metà sinistra del capo ed un numero indefinito di tintinnanti piercing sparsi su tutto il viso, al libraio apparve una ragazza bellissima. Bellissima ed infuriata.

"Ma porcaputtana Bob Marley dei poveri... devi occupare la strada coi tuoi cazzo di pacchi?" – gridò la ragazza raccogliendo da terra il cellulare e tentando di recuperare i vari fogli e block notes fuoriusciti dallo zainetto.

"A parte il fatto che non è una strada questa ma un marciapiede..." – tentò di replicare il libraio alzandosi con fatica da terra con un ginocchio dolorante, ma la ragazza non gli diede il tempo di finire la frase. Gridando "Guarda guarda il porco!" senza neppure alzarsi da terra lei gattonò velocemente verso qualcosa che aveva attratto la sua attenzione. Il pacco, per l'urto con la bicicletta, si era aperto e da esso ne era uscito il contenuto costituito da un pesante libro dall'aria antica la cui copertina rappresentava l'imbarazzante illustrazione di una graziosa fanciulla nuda accovacciata sul viso di un cadavere disteso in una camera ardente, impegnato in un inequivocabile cunnilingus. Accanto a loro un mostruoso demone li osservava sogghignando.

"Non solo fai cadere i ciclisti, ma sei anche un pornografo, vero? Fammi vedere, maniaco!".

La ragazza, ridacchiando, si accovacciò a terra accanto alla bicicletta e prese a sfogliare velocemente il libro. Jos la fissò sconcertato. Sotto i numerosi piercing, aveva dei lineamenti raffinati e il suo viso era di una bellezza aristocratica che contrastava con il linguaggio osceno con cui, fra un'esclamazione sorpresa ed uno sguardo beffardo rivolto a lui, commentava le pagine del libro.

L'uomo, massaggiandosi il ginocchio dolorante, si avvicinò zoppicando alla ragazza e le strappò il libro dalle mani.

"Tienilo pure segaiolo – gli disse lei rialzandosi con una risata – non c'è proprio nulla da leggere: è tutto scritto in una lingua incomprensibile. Immagino che ti concentrerai sulle illustrazioni. Vedo che ti piace il sesso necrofilo. Cadaveri che scopano come conigli con gente viva e gente morta". Poi, scuotendo il capo, raccattò la sua bicicletta, e ripartì lungo il

11

marciapiede dopo aver salutato il libraio con un malizioso:

"Vai a chiuderti in bagno, ora?" rinforzando la frase con il gesto inequivocabile del pugno chiuso che mima la masturbazione.

Lui la osservò imbarazzato mentre la ragazza, sfiorando i pedoni, si allontanava ridacchiando.

"Eh si, a chiudermi in bagno a controllare se il ginocchio è ancora intero - pensò Jos – piccola stronzetta presuntuosa e arrogante. Peccato un carattere così di merda in una ragazza così bella: anche se è splendida, non credo sia molto piacevole essere il suo ragazzo".

Poi diede un'occhiata distratta al libro più che altro per vedere se aveva subito qualche danno dall'urto con la bicicletta. Sembrava del tutto integro (a differenza del suo ginocchio) e tanto gli bastava; non si soffermò per nulla sull'illustrazione pornografica della copertina. Si stupì leggermente per il fatto che il libro non avesse alcun titolo né in copertina né sul dorso e che il testo fosse scritto in una lingua assolutamente ignota tanto da sembrare una sequenza di caratteri allineati alla rinfusa. La cosa era strana ma, per lui, quel libro non rappresentava che uno dei tanti che gli venivano lasciati dai suoi clienti per il "trattamento". Era già successo che qualcuno gli portasse un libro pornografico: per lui non cambiava nulla. Il trattamento era esattamente lo stesso di quello dei libri di studio che gli portavano gli studenti. Stesso prezzo, stessa qualità. Perfetta.

Con una rapida scorsa vide che solo alcune delle illustrazioni interne potevano considerarsi pornografiche mentre la maggior parte di esse rappresentava uno strano miscuglio di persone vive e di cadaveri feriti o mutilati. In alcuni casi i morti sembravano impegnati a parlare coi vivi, in altri avevano un atteggiamento aggressivo e violento verso di loro.

C'erano poi quelle che avevano causato le ironie della ragazza in bicicletta in cui morti e vivi e avevano rapporti sessuali fra di loro.

Scuotendo il capo Jos richiuse il libro. Non che il sesso riprodotto su carta non risvegliasse alcun interesse in lui. Però, a differenza della maggior parte delle persone, questo non era per Jos strumento di eccitazione ma semplicemente di curiosità professionale. Poteva trovarsi fra le mani un libro pornografico e passare delle ore ad analizzare il tipo di carta o la scelta del carattere di stampa o, ancora, l'impaginazione del testo e la scelta stilistica della punteggiatura senza che la sua attenzione venisse minimamente coinvolta dal suo aspetto erotico. Cosa che, invece, gli succedeva con la musica jazz con la sua sensuale carezza di suoni a volte dissonanti altre melodiosi ma sempre e comunque pronti a possederlo con dolcezza o con violenza. Per lui la musica era una vera e propria stimolazione totale dei sensi, un'eccitazione in cui aveva sublimato le pulsioni verso il sesso e verso i rapporti con le ragazze.

Dopo essersi massaggiato ancora una volta il ginocchio, alzò rapidamente la saracinesca ed entrò nel negozio per iniziare la sua giornata di lavoro. La libreria che era stata prima di suo nonno e poi di suo padre, e in cui Jos aveva vissuto gran parte del suo tempo fin dall'infanzia, lo accolse col suo profumo di polvere e carta invecchiata. Gettò il libro che teneva fra le mani sopra la pila dei volumi da "trattare" senza accorgersi che un foglietto, uscito dalle sue pagine, volava silenziosamente sotto il tavolo.

Esitò un attimo nell'aggiungere il nuovo libro nella lista dei lavori da fare non avendo un titolo con cui definirlo poi, scuotendo la testa, scrisse "libro senza titolo".

Naturalmente anche questa volta non indugiò neppure un

attimo ad osservare l'oscena copertina del volume: non lo colpì neppure il fatto che il libro fosse finito proprio accanto ad un'edizione dei vangeli rari in una blasfema contiguità tra un'immagine sacra ed una lasciva.

Sistemò alcune carte, diede una rapida pulita alla polvere che si era depositata durante la notte, accese il computer poi, mentre veniva caricato il sistema operativo, guardò l'ora. Quasi le nove, l'ora più calma della giornata per il suo negozio. L'ora giusta per il primo di una lunga serie di caffè e per un croissant.

Si massaggiò ancora una volta il ginocchio dolorante, appese il cartello "TORNO SUBITO" sulla porta del negozio e uscì sulla strada.

Passò accanto ai titolari di un paio di negozi di abbigliamento che si apprestavano a sollevare le saracinesche delle loro eleganti vetrine. Due ragazze cinesi del salone di Liu Ky, con scarpe da footing e t-shirt griffate (taroccate in qualche oscuro laboratorio di Shangai), stavano uscendo dal portone della casa adiacente al negozio per la loro consueta corsetta prima di iniziare una faticosa giornata di massaggi. Jos rispose con un piccolo inchino al loro sorriso di saluto, dando un'occhiata distratta ai capezzoli inturgiditi dal fresco mattutino ben visibili attraverso le magliette.

Pochi passi e fu davanti al bar di Geppo. Jos, già attraverso la vetrina, lo vide intento a preparare i tramezzini e gli stuzzichini per gli aperitivi di fine mattina.

"Ciao Geppo, come va?" – gli chiese il libraio entrando nel bar.

"Di merda, grazie Jos, e tu? Almeno tu che sei giovane spero ti stia godendo questo cazzo di vita".

Il libraio non si stupì della risposta: il barista (che tra l'altro coi suoi trent'anni aveva solo un anno più di Jos) era un depresso cronico. Di qualunque cosa gli succedesse, riusciva sempre ad intravederne il lato negativo. Jos non approfondì il motivo della risposta di Geppo perché una qualsiasi domanda avrebbe voluto dire restare almeno mezzora a compatirlo per inesistenti sventure che l'avevano colpito. Qualche mese prima, ad esempio, il barista aveva vinto un migliaio di euro azzeccando un 12 al totocalcio. Ebbene, appena lo aveva saputo, era caduto in depressione perché, diceva, gli sarebbe bastato azzeccare un solo risultato in più per fare un tredici milionario. Passò una settimana a lamentarsi con tutti i clienti. E non andò neppure a riscuotere la vincita.

Il barista con sguardo mesto si rivolse al libraio.

"Il solito, Jos? Croissant e caffè?"

"Sì Geppo, grazie"

Mentre lo serviva, il barista alzò gli occhi verso di lui e con aria malinconica, tornò a chiedergli:

"Allora Jos non mi hai detto come ti va? Spero meglio che a me. Stanotte non ho dormito tutta la notte perché avevo la sensazione che mi stesse per tornare il mal di denti come la scorsa settimana. Invece niente mal di denti. Notte in bianco per nulla".

Incerto se provocare una lunga dissertazione sulle giornate iniziate male, il libraio rispose:

"A parte l'incontro con un uomo misterioso che mi ha consegnato un libro dalla copertina oscena, l'investimento da parte di una scatenata ciclista che mi ha quasi fratturato un ginocchio e poi mi ha trattato da pornografo onanista, insomma, tutto il resto è abbastanza normale".

"Onanista? Non c'è nulla di male nell'onanismo. Io lo pratico quotidianamente. Le donne ti danno solo delusioni"– disse con tono triste il barista mentre tagliava il pancarré per i tramezzini.

Jos guardò con sospetto le mani senza guanti con cui Geppo tagliava il pane e lo guarniva con fette di prosciutto, e scacciò una fastidiosa immagine mentale causata dalle sue parole. Il barista si accorse dell'occhiata di Jos alle sue mani e immaginò che fosse un segno di comprensione per la sgradevolezza del suo lavoro.

"Beato te che maneggi solo libri. Sapessi quanto odio ungermi le mani con salse e affettati. E per di più rischiare le multe dell'ufficio d'igiene se non è tutto in perfetta regola..."

"Sì, tu rischi qualche piccola multa ma io... rischio molto di più se mi beccano. Sai benissimo di che tipo di libri mi occupo".

"Ma certo che lo so: libri duplicati illegalmente. Non sono mica esplosivi! Chi vuoi che se la prenda con un pirata, un pirata letterario per di più."

"Le case editrici, per esempio, o la guardia di finanza, o la polizia postale".

"Ma no, non scherzare, rischio molto di più io per un paio di mani non lavate che tu con la digitalizzazione di un'intera biblioteca". Jos, intuendo dove stava per parare il discorso di Geppo, pensò bene di sottrarsi al racconto di tutte le multe ricevute in passato dal barista, chiudendo frettolosamente il discorso: "E allora, caro Geppo, meglio se ti lavi bene le mani. Torno dai miei libri. Ci vediamo all'ora di pranzo"– disse il libraio uscendo dal bar. Il barista lo salutò con un gesto del capo e, sospirando, ritornò ad occuparsi dei tramezzini.

Tornando verso il negozio, Jos pensò alle parole di Geppo e al proprio lavoro. Così assolutamente illegale, così piacevolmente gratificante. Perché Jos, col suo negozio di libri usati ereditato quattro anni prima alla morte del padre che a sua volta lo aveva ereditato da suo nonno, negli ultimi due anni, era diventato famoso fra gli utilizzatori di libri digitali come il più fecondo e produttivo pirata letterario. Nel retrobottega del negozio, ogni giorno, con un sofisticato scanner, centinaia e centinaia di pagine di libri venivano trasformate in file digitali. I libri, diventati ebook da leggere su tablet, smartphone ed ebook reader, sarebbero stati poi venduti ad un'avanguardia di lettori ogni giorno più numerosa. Dopo appena due anni di questa attività illegale, la voce si era sparsa in città e tutti i bibliofili convertiti alla lettura digitale (o per lo meno tutti quelli che non avevano scrupoli nel violare la legge) frequentavano il negozio di Jos. Alcuni gli portavano da digitalizzare vecchi libri consumati mai più ristampati a cui erano particolarmente affezionati, altri entravano nel negozio per scegliere nella lista di migliaia di libri già pronti, i best sellers del momento che avrebbero scaricato sulle loro chiavette usb, risparmiando circa il novanta per cento sul prezzo di copertina dell'edizione cartacea. Altri ancora, gli studenti in particolare, dividendo in gruppo la spesa per l'acquisto di un solo esemplare dei costosissimi testi universitari, si facevano realizzare una copia digitale ciascuno su cui studiare.

Pochi passi e Jos fu nuovamente davanti al suo negozio. Lo stava attendendo di fronte all'ingresso un cliente che il libraio conosceva da tempo, il dottor Mangusti. Appassionato bibliofilo, il medico portava a scansire periodicamente vari libri antichi tratti dalla biblioteca di famiglia.

"Il suo Regnum Subterraneum di Swedenborg è pronto dottore. Le ho preparato il cd-rom – disse Jos aprendo la porta del negozio e togliendo il cartello TORNO SUBITO – dovrebbe però decidersi a passare alle chiavette di memoria e agli hard-disk esterni, sarebbe molto più pratico per lei archiviare i suoi libri.

"Ci ho messo anni per mettere a tacere il mio amore per le pagine di carta e per il loro profumo di inchiostro e muffa e ad accettare i cd rom, stupidi pezzetti di plastica dai riflessi cangianti, signor Jos – disse sorridendo il dottor Mangusti – ma almeno questi posso ancora accarezzarli come facevo con le pagine di carta. Non credo riuscirò mai ad accarezzare una scatoletta ronzante, sia pure colma dei miei amati libri".

"Pensi a me, allora, che in mezzo ai libri di carta ci sono nato e ci ho vissuto tutta la mia infanzia. Si guardi intorno. Migliaia e migliaia di polverosi libri sono in questo negozio da decine di anni. Molti di questi furono di mio padre o di mio nonno. Occupano questo spazio e si dissolvono lentamente in polvere. Ma gli hard disk, i cd rom, le chiavette di memoria non sono, come dice lei, solo scatolette ronzanti o pezzetti di plastica: questi oggetti sono diventati i nuovi custodi di parole e di idee che grazie ad essi sono diventate eterne. Pensi a quanti libri del passato si sono persi definitivamente nel corso degli anni per la consunzione irrimediabile della carta e per il dissolvimento degli inchiostri. Il segno digitale, invece, rimane incontaminato con i suoi illimitati passaggi da un media all'altro – e mentre porgeva al cliente l'astuccio di plastica quadrato che conteneva il Regnum Subterraneum – questo cd rom che contiene un libro stampato nel 1734, ad esempio, fra cinquant'anni anni, forse, sarà divenuto illeggibile. Ma sarà solo un supporto ad essersi deteriorato mentre la sequenza di caratteri digitali che lo compone si ricreerà identica ed incontaminata per un numero illimitato di passaggi, copie e trasferimenti".

In quel momento squillò il telefono.

"Mi scusi dottor Mangusti" – disse Jos alzando la cornetta.

Il medico si allontanò per discrezione dal libraio e prese

ad aggirarsi tra le varie scaffalature soffermandosi brevemente su alcuni libri che attiravano la sua attenzione. Ma ad un tratto si fermò sgranando gli occhi colpito dal libro con la copertina oscena che Jos aveva ricevuto quel mattino e che aveva posato sulla pila dei volumi da passare allo scanner. Lo prese con delicatezza ed iniziò a sfogliarlo.

Jos appena riconobbe al telefono la voce del suo commercialista che come al solito gli avrebbe ricordato una lunga lista di scadenze di pagamenti, sbuffò silenziosamente poi gli disse:

"Immagino sia la solita lunga telefonata mensile vero? Guardi, in questo momento sono con un cliente, potrebbe richiamarmi più tardi? Magari nel pomeriggio".

Con un'espressione di sollievo Jos abbassò la cornetta. Poi si avvicinò al dottor Mangusti che continuava ad osservare il libro con il demone in copertina.

"Immagini forti, vero dottore? – disse il libraio – me l'hanno consegnato stamattina".

"Non è tanto la copertina erotica o l'assenza di titolo che mi stupiscono in questo libro. Il testo. Guardi: ogni disegno rappresenta un contatto tra vivi e morti in un'azione diversa sotto cui la didascalia è composta da una sequenza di caratteri incomprensibile. Sembrerebbe quasi un codice segreto. Di quelli che inventavamo da bambini sostituendo ad una lettera un'altra lettera per scrivere messaggi segreti agli amici. Oppure, forse, queste sono delle formule in un linguaggio sconosciuto".

"Sembra un libro molto antico..." disse Jos guardando per la prima volta con un certo interesse il volume che gli era stato affidato.

"Antico? Direi antichissimo. Guardi l'imperfezione di questi caratteri e il loro disallineamento. Si tratta di un incunabolo, il progenitore dei libri attuali" – disse il medico sfogliando con la massima delicatezza le pagine consunte e quasi illeggibili.

"Sì, magari un progenitore degli attuali libri pornografici" commentò il libraio indicando la copertina.

"Pornografia ante litteram? Non credo – disse il medico ridacchiando – potrebbe essere un manuale di satanismo o di stregoneria. Guardi le immagini. La copertina rappresenta un atto sessuale fra un cadavere e una donna bellissima. Lei lo sa che le streghe erano accusate di ottenere i loro poteri magici unendosi carnalmente coi demoni?

"Eh sì. – rispose Jos – ho letto alcuni libri sull'argomento: quando la gente credeva alle streghe, il sesso fine a se stesso, non santificato dal matrimonio, aveva bisogno di una condanna che lo relegasse a pratica immonda. Così la chiesa poteva giustificare le torture e le violenze che infliggeva ai peccatori e sopratutto alle peccatrici".

"Certo – confermò il dottor Mangusti – anche se non si può escludere che l'autore di questo libro sia proprio un religioso. In quei tempi erano quasi esclusivamente i monaci ad occuparsi di libri. Un frate amanuense convertito ai nuovissimi sistemi di stampa che, magari con la scusa di mettere in guardia le donne dalle tentazioni del demonio, ha impresso sulla carta le proprie pulsioni necrofile e deviazioni represse. Oppure, più semplicemente, ha copiato e stampato un antico manoscritto di stregoneria trovato chissà dove".

Jos sorrise all'idea di un frate maniaco che nel silenzio della sua abazia elaborava immagini necrofile di sesso e violenza mentre ignari accanto a lui, i suoi confratelli copiavano i testi sacri.

"Mi stupisce che un libro così antico e quindi di notevole valore mi sia stato lasciato senza alcuna raccomandazione –

si chiese il libraio – non so neppure come si chiama il suo proprietario"

"Eh cosa vuole, noi bibliofili siamo strane persone – concluse ridendo il medico – abbia cura di questo libro passandolo allo scanner. Da parte mia darò un'occhiata ai miei cataloghi di libri antichi o rari per vedere se troverò qualche informazione su questo incunabolo".

Rimasto solo dopo l'uscita del cliente Jos si soffermò finalmente ad osservare il misterioso libro con attenzione. La lingua sconosciuta con cui era scritto avrebbe sicuramente messo in difficoltà il software destinato ad interpretare i caratteri e a trasformare l'immagine fotografica della pagina prodotta dallo scanner in testo corrente. In effetti più che una lingua sconosciuta la sequenza di caratteri sembrava quasi un codice segreto da decifrare utilizzando una chiave precostituita.

"Forse si tratta veramente di un libro pornografico – pensò Jos, poco propenso a credere a storie di magia e stregoneria – poi chi lo ha scritto se n'è vergognato e ha fatto di tutto perché fosse leggibile solo da poche persone autorizzate, in grado di decifrarne i caratteri".

Ma poi si disse che in quel caso non avrebbe avuto senso rendere illeggibile il libro quando la parte più oscena era sicuramente costituita dalla copertina. A meno che...il testo fosse in qualche modo ancora più scandaloso delle immagini".

Jos prese a sfogliare il libro. L'opera era divisa in una dozzina di capitoli ognuno dei quali aperto da un immagine. Lo stile delle illustrazioni ricordava le chine di Beardsley ed ogni capitolo pareva trattare un argomento diverso ma sempre attinente ad un contatto tra vivi e morti.

Nel primo capitolo, ad esempio, l'illustrazione pareva essere una continuazione temporale dell'immagine di copertina. I due protagonisti non erano più impegnati in un atto sessuale. Il cadavere dell'uomo, ora seduto sul suo catafalco, stringeva le mani della fanciulla nuda e pareva comunicarle dolci parole d'amore. La ragazza lo fissava con un sorriso triste e con il viso inondato di lacrime.

In un'altra illustrazione si vedeva una donna che teneva un bimbo per mano e gli indicava una spettrale figura che fluttuava a mezz'aria davanti a loro. Era un uomo con gli abiti coperti di sangue il cui braccio destro era costituito da un tron-cone monco da cui fluiva un liquido scuro sotto gli occhi terrorizzati del bambino. Accanto a loro una vecchia megera teneva aperto un libro e pareva declamare ai presenti, con solennità ed ampia gestualità, il testo che stava leggendo.

Jos, pur non essendo un tipo impressionabile, si sorprese ad osservare con un certo turbamento quell'illustrazione. Era evidente che la vecchia era una strega che, recitando le formule del libro, aveva permesso allo spirito del morto di mani-festarsi alla donna e al bimbo, probabilmente sua moglie e suo figlio. Nel corso dei secoli la superstizione aveva dominato il confine tra la vita e la morte.

Quanti ciarlatani si erano arricchiti sfruttando proprio queste superstizioni, millantando poteri magici e conoscenze occulte. Probabilmente anche il libro che ora teneva fra le mani raccontava dei poteri e delle possibilità di qualche scienza arcana. Peccato che quelle parole stampate, che sicuramente avrebbero potuto fornire una spiegazione, fossero del tutto indecifrabili. E se il libro che la strega dell'illustrazione teneva fra le mani fosse proprio l'originale da cui era stata trascritta la copia in suo possesso? Se fosse bastato recitare quelle parole incomprensibili per evocare i fantasmi di persone morte? Jos sorrise a questo pensiero: chissà quanti nel corso dei secoli ci avevano provato senza successo. Ma come tante cose irrazionali che ognuno di noi compie nel corso della propria vita, prese a declamare ad alta voce alcune delle parole scritte sul libro. "Se questo fosse un film dell'orrore – pensò Jos – in questo momento dovrei trovarmi circondato da demoni o fantasmi".

Alzò gli occhi ridacchiando ed esplorò con lo sguardo tutto il negozio. Nulla che potesse far pensare a qualche spaventosa apparizione.

"Bene, stabilito che questo non è un libro magico, mi piacerebbe proprio saperne qualcosa di più sulla sua storia e in particolare sul significato delle parole scritte su di esso".

Le prime due righe di ogni capitolo erano scritte in rosso e in caratteri un po' più grandi, quasi fossero una frase introduttiva a ciò che si stava per leggere. Erano parole indecifrabili, ma parevano avere una logica linguistica, sia pure del tutto sconosciuta, e incuriosivano in modo istintivo Jos. Così decise che, anche se c'erano parecchi libri in attesa in ordine di consegna, avrebbe dato la precedenza a quello strano ed inquietante volume e se ne sarebbe occupato immediatamente.

Voleva prendersi il tempo, prima che il proprietario venisse a recuperare il libro, per fare qualche ricerca, magari chiedendo consiglio a qualche cliente esperto di lingue morte.

Fu in quel momento che gli parve di udire un lieve fruscio provenire non si sa da dove ma sicuramente dall'interno del negozio. Alzò il capo di scatto. Era stata niente di più di una sensazione e, non avendone individuata l'origine, sorridendo, lo giustificò con uno dei soliti mille rumori e scricchiolii sempre presenti dove ci sono mobili in legno antico in perenne assestamento.

Passò nel retrobottega del negozio, dove aveva allestito il

suo laboratorio con il computer e le attrezzature per la digitalizzazione, tenendo fra le mani il libro. Lo aprì delicatamente e lo appoggiò sul ripiano dello scanner. Mentre il rullo luminoso dello strumento scorreva su quella prima pagina, sul monitor appariva via via a pieno schermo il viso sogghignante del demone mentre osservava il rapporto sessuale fra la ragazza e il cadavere. Jos si sorprese a fissare intensamente quel volto dagli occhi penetranti intrisi di malvagità e si sentì quasi trascinare in uno stato di trance. I rumori della strada di colpo parvero attutirsi in un sommesso mormorio. Jos, pur rendendosi conto di osservare null'altro che un disegno ingrandito dal computer, non riusciva a sottrarsi alla suggestione ipnotica di quell'immagine. Sentendosi a disagio tentò di guardarsi intorno, di staccare lo sguardo da quell'illustrazione. Ma anche il suo laboratorio aveva assunto un aspetto diverso dal solito sotto i riflessi elettronici inviati dalla luce fredda e tremolante del monitor e quasi tutti gli oggetti sembravano vibrare di una luminescenza irreale.

Fu allora che a Jos parve udire nuovamente un fruscio proveniente dall'angolo più buio della stanza.

L'esile rumore si spostò, sempre mantenendosi nell'oscurità, e parve dirigersi verso la porta socchiusa di qualche centimetro da cui si accedeva al magazzino sotterraneo allestito in cantina. Improvvisamente si arrestò. Jos aguzzò lo sguardo ma la porta era immobile e tutto sembrava normale. Di colpo, inaspettato, il fruscio riprese più netto di prima e, questa volta, pareva provenire da oltre la porta come se qualcosa o qualcuno fosse passato strisciando dal negozio alla rampa di scale. Jos continuò a fissare la porta socchiusa e la piccola striscia di buio attraverso cui si intravedeva il primo gradino della scala che scendeva nell'oscurità. Si alzò con un po' di esitazione dalla scrivania per scoprire l'origine di quel rumore inquietante e per un attimo il suo sguardo cadde sul monitor da cui il viso maligno del demone lo osservava. Fu allora che la sua schiena fu scossa da un gelido brivido. Il fruscio continuava lento scendendo verso il basso mentre Jos si avvicinava alla porta cercando di contrastare l'immagine mentale che prepotentemente gli mostrava un sudario che striscia scendendo verso il buio al fondo delle scale. Tremando Jos si avvicinò alla porta della cantina e, superando il senso di panico, la spalancò.

Capitolo 2

"Ero già in ritardo, cazzo, e mi dovevo anche trovare quello stupido merdoso pacco posato sul marciapiede" – pensò Marta aumentando il ritmo della sua pedalata e sfiorando pericolosamente i passanti.

Un muggito di mucca proveniente dalla tasca le segnalò una telefonata in arrivo. Senza scendere dalla bicicletta estrasse il cellulare e rispose al telefono.

La voce della sua amica Virginia:

"Allora che fai? La lezione di istologia sta per iniziare. Lo sai che il prof non sopporta i ritardi. E domani abbiamo l'esame".

"Mi spiace, Virgi, ho avuto un piccolo incidente. Un coglionazzo coi capelli rasta aveva lasciato un pacco sul marciapiede e l'ho beccato con la bici. Vabbè se non mi lasciano entrare in aula ti aspetto fuori così mi passi i tuoi appunti".

"Okkei tesoro, ci vediamo fra poco".

Ancora poche centinaia di metri e l'antico palazzo della

facoltà di medicina apparve in fondo alla strada. Con una sapiente derapata Marta svoltò entrando a tutta velocità nel grande cortile settecentesco della facoltà già colmo di biciclette e motorini. Con un solo balzo scese dalla bicicletta lasciandola scivolare contro una ringhiera. Catena, lucchetto e via di corsa verso l'aula di istologia. Corsa inutile. Il cerbero Gosto, il bidello soprannominato Caccola dagli studenti, era stato posizionato dal prof proprio di fronte alla porta dell'aula di istologia per impedire l'ingresso ai ritardatari.

"Eh no, cara signorina punk. Non si entra in aula. La lezione è già iniziata".

"Ma saranno due minuti, cazzo, dai Caccola, lasciami entrare. Domani ho l'esame di istologia. Non posso perdere questa lezione".

Il soprannome Caccola era nato probabilmente dal fatto che il bidello era uso spacciare agli studenti piccolissime quantità di hashish, caccole appunto, a prezzi esorbitanti.

"Sono quasi dieci minuti, signorina punk dei miei coglioni. Quindi te ne puoi tranquillamente andare a fanculo. E se mi chiami ancora una volta Caccola, farò rapporto al preside della facoltà".

"Sì, e magari gli spiegherai anche perché ti chiamiamo Caccola, vero? – disse Marta mostrandogli la lingua decorata con un piercing e facendola roteare in una delle sue smorfie provocatorie per cui era famosa fra i suoi amici – …e impara a riconoscere i look: non sono mai stata una punk!"

"Infatti mi ero proprio sbagliato. Con quei capelli viola e blu, i piercing e i tatuaggi avrei dovuto capirlo subito che eri un'orsolina. Ora vai affanculo e lasciami lavorare."

Il bidello bloccò con la mano altri due ritardatari appena arrivati, indicando loro col dito il proprio orologio, poi con l'aria di indifferente superiorità che riteneva meritare per l'incarico ottenuto, braccia conserte, riprese la sua posizione a guardia della porta dell'aula.

Marta si allontanò pensando a come avrebbe potuto impiegare i cinquanta minuti in attesa che finisse la lezione...

La macchinetta a gettoni della facoltà faceva un caffè che sapeva di merda ma decise comunque di prenderne uno. Per uscire dalla facoltà e raggiungere il bar di Geppo ci sarebbe voluto troppo tempo e non voleva rischiare di mancare all'appuntamento con Virginia. Con l'esame che doveva sostenere il giorno dopo, era troppo importante recuperare gli appunti della lezione persa. Raggiunse il distributore automatico di bevande in fondo al lungo corridoio estraendo di tasca la moneta. Ma, con un'imprecazione, lesse il foglio a quadretti appiccicato sulla macchina su cui qualcuno aveva scritto a pennarello: "NON FUNZIONA LA BASTARDA. RUBA I SOLDI".

"Come al solito – pensò Marta – questo caffè è così cattivo che neppure la macchinetta lo sopporta. Le avrà corroso gli ingranaggi". In quel momento un ragazzo, passando accanto a lei, notando la sua espressione contrariata, le disse:

"Guarda che giù nel seminterrato accanto alle aule di medicina legale c'è una macchinetta che funziona...o almeno funzionava fino a dieci minuti fa".

"Grazie amico, tu mi salvi" disse Marta e si diresse verso le scale. Ma per raggiungerle dovette fendere la massa di studenti che si muovevano nel corridoio in entrambe le direzioni in una vociante confusione. Era proprio tempo d'esami.

Ma le bastò scendere la prima rampa di scale per lasciarsi alle spalle il rumore ed immergersi nella quiete ovattata del piano sotterraneo, dove le uniche aule frequentate dagli studenti erano quella settoria dove venivano sezionati i cadaveri nelle lezioni di anatomia patologica e, in fondo al lungo corridoio, la sala autopsie dell'Istituto di Medicina Legale. Quest'ultima era riservata agli studenti specializzandi in medicina legale ma veniva anche utilizzata dai medici legali, su incarico della magistratura, in caso di indagini per morti sospette. Qui sotto, forse per l'atmosfera soffusa della morte, raramente i ragazzi si lasciavano andare alle grida e al baccano della fine delle lezioni e dell'uscita dalle aule. Infatti Marta si trovò a passare di fronte alla sala settoria proprio mentre, finita la lezione, gli studenti uscivano silenziosamente dalla stanza. Alcuni di loro, in particolare le ragazze, tentavano di mascherare il disagio che avevano provato nel sezionare i cadaveri con un'espressione indifferente ma il lieve pallore del loro viso tradiva l'emozione.

"Cazzoni studenti del primo anno" – pensò ridacchiando Marta, lei che non aveva mai provato alcun disagio nel sezionare i cadaveri neppure l'anno prima quando era una matricola. Anzi era piuttosto affascinata nello scoprire a colpi di bisturi ciò che si cela sotto la pelle umana. Dopo la maggior parte dei partecipanti alla lezione, uscì dall'aula anche il professore circondato dai soliti tre o quattro studenti che tentavano con ogni mezzo di mettersi in evidenza con domande e osservazioni sulla lezione appena conclusa.

"I soliti leccaculo – pensò Marta osservandoli con disprezzo – disposti a farsi trattare come delle merde da questo stronzo di barone pur di passare l'esame".

Il professore rivolgendosi con un tono padronale, lo stesso con cui probabilmente si rivolgeva alla propria colf filippina, allo studente alle sue spalle disse:

"Non si dimentichi di spegnere la luce. Per oggi non dovrebbero più esserci lezioni in quest'aula. Cerchiamo di non pesare troppo sulle bollette dell'università, visti i tempi che corrono". Marta guardò con commiserazione il gruppo dei leccaculo che si allontanava seguendo passo passo il professore verso le scale poi si diresse verso il fondo del lungo corridoio dove era posizionato il distributore di caffè e bevande. Estraendo la moneta dallo zainetto si guardò intorno e si accorse che su tutto il piano non era rimasto nessuno. Il lungo corridoio illuminato dalla fredda luce azzurrognola dei neon aveva assunto un aspetto innaturale e un'atmosfera sospesa da film horror.

Ed ecco che la solita "sensazione", quella a cui Marta non voleva mai pensare, la prese di colpo. Ma le bastò un attimo per metterla a tacere. Si riscosse ridacchiando.

"Chissà perché cazzo, qui sotto, la gente si ferma il meno possibile" – pensò Marta con un'occhiata alla porta chiusa dell'Istituto di Medicina Legale, quello dove venivano eseguite le autopsie e in cui potevano entrare solo i professori e gli specializzandi.

"Sono sicura che quei cazzo di morti, distesi sul tavolo d'acciaio là dentro, se potessero scegliere, preferirebbero il casino degli studenti a questo silenzio incombente".

Poi introducendo la monetina nella macchinetta e selezionando "caffè caldo" sul display luminoso pensò che una bella bevanda calda, a quei poveracci chiusi nelle celle frigorifere, avrebbe fatto sicuramente piacere.

Sorseggiando il suo caffè si avvicinò alla porta dell'Istituto di Medicina Legale. Non era mai entrata nella sala autopsie, severamente vietata agli studenti dei primi anni e la curiosità di darci un'occhiata fu più forte di lei. Dopo essersi guardata furtivamente intorno abbassò la maniglia tentando di entrare. La porta era chiusa a chiave.

"Hanno paura che i morti se ne vadano a spasso, probabilmente" pensò Marta con un pizzico di delusione. Da brava entusiasta dello Sturm und Drang con gusti tendenti al dark, da sempre il macabro esercitava su di lei un fascino quasi irresistibile. Era forse il retaggio dei terribili racconti della sua nonna, sedicente medium, che avevano terrorizzato tutta la sua infanzia.

Crescendo, quasi per reazione a quelle paure infantili, era diventata assolutamente scettica su tutto ciò che sapeva di spiritismo o di soprannaturale; nello stesso tempo, però, era nata in lei la passione per i romanzi e i film horror. Una contraddizione nata forse dal desiderio inconscio di creare una netta distinzione fra la finzione letteraria che accettava come fonte di emozioni forti e i racconti di fantasmi della nonna che invece Marta rifiutava in quanto proposti, del tutto arbitrariamente, come avvenimenti reali. Anche la scelta di frequentare medicina nasceva certamente dal desiderio di esorcizzare le sue paure inconsce con una materia scientifica e razionalista.

"Peccato questa porta chiusa a chiave. Ho ancora mezzora da aspettare e cosa ci sarebbe stato di meglio che passare un po' di tempo ad osservare dei cadaveri pronti per essere tagliuzzati".

Quasi in risposta al suo pensiero, Marta udì provenire dall'interno un mormorio di voci confuse che si avvicinavano lentamente. Il vocio proseguì fino ad arrestarsi accanto alla porta chiusa. Poi il rumore di una chiave che veniva inserita nella serratura. Marta fece appena in tempo a scostarsi che la porta venne aperta e ne uscirono prima due poliziotti in divisa, poi un uomo elegante con una ventiquattrore, probabilmente un magistrato e infine il prof. Marchioni, medico legale e titolare della cattedra. Marta, allontanandosi di qualche passo dalla porta, assunse un'aria indifferente fingendo di fissare le volute del caffè dentro al bicchierino di plastica.

Uno dei poliziotti si voltò a fissare la ragazza guardando

con disgusto i molti piercing che ornavano varie zone del suo viso e, prendendo il collega per un braccio, a bassa voce per non farsi sentire dagli altri, gli sussurrò:

"Scommetto che questa punk è piena di bulloni anche sulla passera..."

Marta che, pur essendo a qualche metro di distanza, aveva udito perfettamente si avvicinò al poliziotto e, fissandolo negli occhi, gli sussurrò:

"Certo che ce l'ho sulla passera – poi mostrandogli la lingua continuò a voce bassa – e come puoi vedere, anche qui sulla lingua. Mi è molto utile per far godere tua moglie quando si lamenta che a suo marito non viene più duro..."

Il poliziotto si arrestò di colpo, con uno sguardo tra il furioso e lo sconcertato, ma il suo collega lo prese per un braccio e lo tirò a sé parlandogli all'orecchio ma abbastanza forte per essere sentito dalla ragazza.

"Lascia perdere non fare casini che siamo in servizio. Dopo tutto il sangue che ci è toccato vedere con questa autopsia, ho solo voglia di tornarmene a casa e chiudermi in bagno a vomitare. Ti rifarai in piazza alla prima occupazione della facoltà, tanto questa troietta la ritroviamo di sicuro..."

Il professore e il magistrato che, pur non avendo udito lo scambio di battute tra Marta e i poliziotti, avevano intuito una certa tensione nei loro sguardi, si erano fermati voltandosi incuriositi verso la ragazza. Ma poi il professore, alzando le spalle con l'espressione di chi è abituato alle intemperanze degli studenti, aveva fatto cenno agli altri di proseguire.

Molto malvolentieri il poliziotto seguì il collega e le altre due persone ma solo dopo aver fissato la ragazza con una smorfia di disgusto. Poi raggiunse il professore e gli chiese ad alta voce:

"Ma i ragazzi possono circolare liberamente in questa

zona della facoltà? Pensavo fosse riservata ai magistrati e ai medici legali".

Il professore lanciò un'occhiata distratta a Marta che si era fermata a sorseggiare il suo caffè e rispose:

"La sala autopsie è vietata agli studenti non specializzandi ma qui sotto abbiamo anche le aule settorie in cui si fanno le lezioni di anatomia patologica".

"Certo che se la prossima generazione di medici sarà composta da persone come quella – disse il poliziotto indicando col mento Marta che dal fondo del corridoio lo sbeffeggiava muovendo eroticamente la lingua contro il bicchierino in plastica del caffè – sarà meglio curarsi con i filtri magici". Il professore ridacchiando con un po' di amarezza rispose:

"Molti lo fanno già. La chiamano omeopatia". Il gruppetto salì la prima rampa di scale scomparendo alla vista di Marta.

Rimasta sola la ragazza diede un'occhiata all'orologio. C'era ancora troppo tempo da aspettare per la fine della lezione.

Si avviò anche lei verso le scale decisa a salire al piano superiore ed attendere l'uscita della sua amica Virginia seduta in terra davanti all'aula. Ma passando davanti alla sala settoria, quella da cui erano usciti poco prima gli studenti, si accorse che la porta era accostata ma non chiusa.

"Poi si lamentano per gli scherzi dei goliardi che alla festa delle matricole si introducono a rubare i peni sezionati dai cadaveri per cacciarli nelle borse delle studentesse. La porta della settoria è quasi sempre aperta" – pensò la ragazza.

Marta si diede un'occhiata furtiva intorno e, visto che il corridoio era del tutto deserto, decise di introdursi nella stanza per vedere se i bidelli avevano già ritirato dai tavoli di studio i pezzi di cadavere sezionati durante la lezione e conservati in formaldeide. Dopo l'uscita degli studenti non aveva visto nessuno entrare nell'aula per cui, probabilmente, gli addetti alle celle frigorifere dovevano ancora passare. Socchiuse piano la porta e, dopo una rapida occhiata all'interno per sincerarsi che non vi fosse veramente nessuno, entrò chiudendosi la porta alle spalle. I neon erano spenti e la stanza era semibuia. L'unica fonte di luce era costituita da un tenue raggio proveniente dalle piccole finestre posizionate in alto appena sotto al soffitto.

Come gli occhi si furono abituati alla scarsa illuminazione, Marta iniziò ad aggirarsi nell'aula. Conosceva bene la disposizione dei mobili in quanto era proprio lì che ogni settimana seguiva le lezioni di anatomia patologica.

Nella stanza stretta e lunga, immersa nel forte odore della formaldeide, erano disposti una decina di piccoli tavoli di acciaio inossidabile. La maggior parte di questi erano vuoti e riflettevano la scarsa luce dei finestrini. Su uno dei tavoli, invece, era adagiata una testa di uomo a cui era stata segata la scatola cranica per mettere in evidenza il cervello, anche questo parzialmente sezionato.

"Oggi quindi hanno studiato il cervello, i ragazzini del primo anno"– pensò Marta avvicinandosi al tavolo.

La ragazza, osservando il volto cereo con gli occhi semichiusi, pensò che era ben strano che quella vista potesse turbare degli studenti destinati a diventare medici. Le parti dei cadaveri da sezionare, per lei, non avevano nulla di impressionante: non contenevano più neppure una goccia di sangue e la loro pelle aveva la consistenza della cera indurita. Era difficile pensare che quei frammenti un giorno erano stati parte di un corpo vivo e caldo.

Un po' per ingannare la noia e un po' per ricordare a Virginia che la stava attendendo, Marta ebbe una delle sue macabre idee. Estrasse di tasca il pacchetto del tabacco, rollò velocemente una sigaretta e, dopo averla accesa, la incastrò fra le labbra socchiuse della testa sezionata. Infine avvicinò ad essa il suo viso e si scattò una foto col cellulare. Poi la spedì alla sua amica Virginia con un breve messaggio:

"Ti sto aspettando in compagnia di questo signore. Anche lui ti saluta. Bacio".

In quel momento Marta ebbe nuovamente una delle sue "sensazioni". Qualcosa di indistinto e di indefinibile come quando ci si sente osservati e ci si guarda intorno senza vedere nessuno. Una sgradevole sensazione che la ragazza conosceva bene perché ne era spesso vittima, fin da bambina, ma con cui aveva imparato a convivere. Molti anni prima, quando sua nonna era ancora viva, Marta le aveva descritto questa sensazione ma la risposta della vecchia l'aveva talmente atterrita che non aveva più osato parlarne con nessuno. "Sono i morti che ci stanno osservando – aveva detto la nonna – sono quelli con cui io parlo quando li evoco nelle mie sedute". Naturalmente ora Marta sapeva benissimo che i morti non c'entravano nulla con le manifestazioni mentali dei vivi, ma ogni volta che si ripeteva quella sensazione non poteva fare a meno di pensare alle parole della nonna.

Diede ancora un'occhiata alla testa mozzata e alla sua espressione di congelato stupore, poi, recuperata la sigaretta, se la mise fra le labbra e continuò ad aggirarsi fra i tavoli. Si soffermò incuriosita davanti ad un braccio femminile, tagliato all'altezza del gomito, nelle cui dita bianche era ancora visibile il segno bluastro di vari anelli e le unghie erano ancora macchiate dai segni gialli della nicotina. Marta, tirando una boccata dalla sua sigaretta pensò: "I segni lasciati sul nostro corpo dal fumo sopravvivono alla nostra morte. Ecco un buon argomento per non smettere di fumare. Cosa cazzo lasceranno ai posteri i non fumatori?"

E proprio mentre aveva capovolto il braccio sezionato per osservarne i palmi e le linee che lo percorrevano, Marta udì delle voci in corridoio esattamente davanti alla porta dell'aula. Spense la sigaretta schiacciandola sotto la scarpa poi agitando freneticamente le braccia per disperdere il fumo rimasto nell'aria, si accovacciò nascondendosi dietro ad un armadio proprio mentre la porta dell'aula veniva spalancata.

Capitolo 3

Jos, fino a quel giorno, non era mai stato particolarmente impressionabile per cui si stupì del timore inconsueto e del senso di panico con cui si accingeva a scendere nella cantina adibita a magazzino. Ora il fruscio che lo aveva spaventato non si udiva più: dal basso proveniva solo il consueto scricchiolio dovuto al continuo assestamento degli antichi scaffali di legno colmi di libri. Con mano esitante fece girare la farfallina dell'interruttore della luce, uno di quei vecchi interruttori in ceramica ormai vietati dalle norme di sicurezza, ed una fioca luce giallastra illuminò le scale. La casa in cui era situato il negozio di Jos faceva parte di un isolato del centro storico composto da immobili settecenteschi, un tempo nobili ma ora abbastanza fatiscenti le cui cantine, dagli alti soffitti a volta, erano veri e propri saloni sotterranei immersi nell'umidità. Jos scese lentamente i gradini e di colpo, proveniente dall'interno del magazzino, il fruscio riprese più intenso di prima, quasi la cosa che lo aveva provocato avesse accelerato il suo strisciare sul pavimento.

"C'è qualcuno laggiù?" gridò Jos rivolto all'oscurità. Il fruscio si interruppe, quasi il suo autore si fosse fermato ad ascoltare la voce di Jos. Il libraio scese gli ultimi gradini ed entrò nel magazzino accendendo in contemporanea i tre interruttori che illuminavano le varie zone del grande spazio sotterraneo.

"Ehi! C'è qualcuno la dietro?". La voce incerta del libraio risuonò rimbombando fra le alte volte e si perse in un rantolo di preoccupazione. Immediatamente il fruscio riprese velocissimo in fondo alla stanza ma questa volta, nascosto dalle scaffalature piene di libri, parve avvicinarsi all'uomo.

Poi, con la coda dell'occhio, Jos percepì un movimento seguito da uno scalpiccio proprio nel breve spazio tra lo scaffale alle sue spalle e il muro. Ora sapeva con certezza che qualcuno era lì, nascosto nell'ombra. Afferrò come arma da difesa il primo oggetto che gli capitò a portata di mano, un'innocua scopa col manico di legno, e con un balzo si portò nello spazio da cui gli era parso di percepire il movimento.

E finalmente Jos lo vide.

Per qualche secondo lo fissò con gli occhi sbarrati. Poi esplose in una risata liberatoria.

"Ma Bartleby, eri tu? Piccolo stronzino hai idea della paura che mi hai fatto?"

Vergognandosi di sé stesso e delle proprie ingiustificate reazioni, il libraio fissò il topolino che, immobile, lo guardava tenendo fra i denti un foglio di carta semirosicchiato. Era stato proprio il foglio trascinato a terra dal topo a causare il fruscio che tanto lo aveva spaventato.

Bartleby, in onore del personaggio del grande Melville, era il nome che il nonno di Jos aveva dato ad un topo che, nel corso degli anni, di tanto in tanto appariva tra i libri del negozio. Naturalmente non si trattava sempre dello stesso topo ma di varie generazioni della stessa famigliola di roditori che aveva la tana in qualche fessura degli antichi muri. Così, negli anni successivi, anche suo figlio e suo nipote avevano continuato a chiamare Bartleby ogni topolino che si fosse mostrato nel negozio, quasi si trattasse sempre dello stesso animale, un piccolo amico affezionato venuto per una visita di cortesia.

Jos si avvicinò molto lentamente al topolino ma, nonostante questa cautela, l'animaletto si diede alla fuga abbandonando il foglio che, fino a quel momento, intendeva portare nella sua tana.

Il libraio lo raccolse e vide che si trattava di uno statino della facoltà di medicina, in pratica l'autorizzazione a sostenere un esame di istologia. Era intestato ad una ragazza, una certa Marta Anfossi. Jos lesse la data dell'esame, segnata sullo statino: era il giorno successivo.

"Strano – pensò – chissà come ha fatto ad arrivare qui questo documento" Poi alzando gli occhi verso la direzione in cui aveva visto fuggire il topo disse:

"Cos'è Bartleby, volevi sostenere un esame all'università? O forse hai trovato questa carta più gustosa di quella vecchia e ammuffita di tutti questi libri?".

Guardò ancora pensieroso lo statino: il motivo per cui un documento così recente fosse finito nella sua cantina gli sembrava inspiegabile. Poi, finalmente, Jos si ricordò della strana ragazza che lo aveva investito con la bicicletta e al suo zainetto che si era vuotato sul marciapiede. Quasi sicuramente, raccogliendo le cose cadute a terra, il foglietto era finito fra le pagine del libro per poi scivolarne fuori quando, nel negozio, aveva posato il volume.

"Mi sa che quella ragazza, domani, non potrà sostenere il suo esame – pensò Jos – a meno che, quando si accorgerà di averlo perso, non colleghi lo smarrimento dello statino alla caduta con la bici".

Jos si sorprese a pensare al viso bellissimo della ragazza. Pensò che, se lei fosse venuta a cercare lo statino davanti al negozio, l'avrebbe notata attraverso la vetrina e le avrebbe potuto restituire il documento.

"Anche se è piuttosto stronza – pensò massaggiandosi il ginocchio ancora dolente – glielo restituirò. Ma prima sarò inflessibile: pretenderò che mi chieda scusa per avermi investito".

Zoppicando e tenendo fra le dita lo statino, Jos salì le scale per tornare nel negozio e riprendere il lavoro di scansione del libro. Il volto del demone era ancora lì, sullo schermo del computer, e pareva fissarlo con sguardo beffardo.

"Buongiorno mostriciattolo – disse il libraio con un sorriso un po' forzato – spero non ti dispiaccia se ora ti imprigionerò nella memoria di un computer".

Questo pensiero gli suggerì una strana analogia: un tempo gli scrittori di racconti gotici imprigionavano i demoni in bottiglie sigillate o in cerchi invalicabili disegnati con acqua santa; ora, invece, li avrebbero potuti intrappolare molto più semplicemente nell'hard disk di un computer.

Prima di iniziare il lavoro di scansione, come sempre, si avvicinò al giradischi del suo arcaico ma fedelissimo impianto ad alta fedeltà degli anni '70 (Jos era l'ultimo rimasto della sua generazione a preferire la musica analogica a quella digitale) e, dopo aver scelto un album dalla sua ampia collezione di dischi in vinile, lo pose delicatamente sul piatto e fece partire la musica.

Ma, quasi inconsciamente, anziché scegliere uno dei musicisti che solitamente facevano da sottofondo al suo lavoro, come Miles Davis o Gerry Mulligan, oggi avrebbe ascoltato un album di Louis Cottrel, un classico del "Jazz Funeral".

"Che ne dici della musica che accompagnava i funerali a New Orleans? – mormorò rivolto all'immagine del demone sul monitor del computer – dovrebbe piacerti: un po' blues, un po' jazz ma soprattutto molto voodoo".

Fissò ancora una volta il ghigno del demone sullo schermo poi si accinse a far scorrere sullo scanner le altre pagine del "libro senza titolo", come lo aveva ormai battezzato. Erano circa 80 pagine per cui in poco più di un'ora, pensò, avrebbe dovuto finire la prima parte del lavoro. Poi con un programma chiamato OCR avrebbe trasformato i caratteri stampati in testo digitale utilizzabile con qualunque wordprocessor.

Trattandosi di una lingua sconosciuta, Jos avrebbe disabilitato i dizionari di correzione automatica. In questo modo il programma non avrebbe tentato di sostituire le parole che riteneva errori di ortografia con altre simili tratte da una qualunque delle lingue installate nella memoria del computer.

"Quanto potere ha la suggestione – pensò Jos lasciandosi cullare la mente dalla musica lenta e cadenzata di Cottrel – una giornata iniziata male con un ginocchio contuso, un libro antico pieno di demoni, delle immagini inquietanti di sesso stravagante ed ecco che persino il rumore causato da un topolino ti provoca delle paure insensate". Ma poi, man mano che la mattinata avanzava, parecchi clienti entrarono nel negozio e la concentrazione sul lavoro prese il sopravvento, mitigando quel fastidioso senso di disagio.

Jos aveva programmato di finire la scansione delle pagine in un'ora circa. Invece il lavoro durò molto di più a causa di varie interruzioni: i clienti abituali non mancavano mai, nel ritirare i loro libri digitalizzati, di fermarsi a scambiare qualche parola col giovane libraio. E, visto che una chiacchiera tira l'altra, la scansione del libro fu terminata solo verso l'ora di pranzo. Puntuale come ogni giorno, alle tredici, il barista Geppo entrò nel negozio portando il vassoio col pranzo di Jos: un'insalata, un toast, un bicchiere di vino e un caffè ben sigillato nella tazzina termica. Per abitudine Jos preferiva pranzare in negozio abbassando a metà la saracinesca. Una scelta dovuta al fatto che, nell'ora della pausa pranzo, i bar erano pieni di impiegati e studenti e spesso bisognava attendere un sacco di tempo in piedi per trovare un tavolino libero. Così si faceva portare da Geppo il vassoio direttamente in negozio sfruttando così le serrande abbassate per continuare il lavoro senza interruzioni.

"Il pranzo è servito – disse Geppo con tono mesto posando il vassoio sul bancone – com'è andata la tua mattinata Jos? Spero meglio della mia. Una giornata di merda".

"Che ti è successo oggi povero Geppo? Possibile che ti vada sempre tutto così male? Hai avuto una mattinata con pochi clienti?

"Al contrario. Siamo in periodo di esami all'università. Il bar è continuamente pieno di studenti che si abboffano come otri. Panini, brioche, toast: ma quanto mangiano e quanto bevono questi stronzi? Insomma lavoro continuamente senza un attimo di pausa. Rischio l'infarto. Ho dovuto anche aumentare lo stipendio ai due camerieri…"

"Beh visto che lavori tanto, vuol dire che guadagni anche tanto, no? Un aumento a chi lavora, per te, non è poi una cosa così drammatica"– disse Jos mentre prendeva il piatto dell'insalata e lo posava sul tavolino dietro il banco.

"Assolutamente d'accordo. Questi ragazzi si fanno un gran culo. Così l'aumento se lo meritano e gliel'ho concesso subito appena me lo hanno chiesto. Ma poi sono entrato in ansia. Pensa a cosa possono fare i ragazzi quando hanno qualche soldo in più in tasca. Magari si comprano della droga pesante. Metti che si facciano una pera e li ritrovino morti il giorno dopo in un cesso della stazione. Sarebbe colpa mia. Mi causerebbe un rimorso che mi porterei dietro per tutta la vita. E in più dovrei giustificarmi coi genitori in lacrime per aver dato loro il denaro per drogarsi. Sono problemi, caro mio. Tu non puoi capirmi perché non hai dipendenti".

"Insomma, fammi indovinare: alla fine hai negato l'aumento che avevi concesso, vero Geppo? E pensare che i tuoi camerieri sono due bravissimi ragazzi che lavorano per aiutare la famiglia e pagarsi gli studi…"

"Hai ragione ma il denaro guasta anche le persone più rette, guarda Keith Richards: da ragazzo faceva il chierichetto e serviva messa".

"Questa non la sapevo" disse Jos.

"L'ho trovata su internet in un sito di biografie non autorizzate."

"A proposito Geppo, visto che hai molti studenti fra i tuoi clienti – disse Jos prendendo lo statino che aveva posato sul tavolo – non è che per caso conosci una certa Marta Anfossi? Credo che sia quella che mi ha investito stamattina. Ha perso questo documento: è per un esame che deve sostenere domani. Senza lo statino non potrà presentarsi e perderà la sessione".

"Marta? Fammi pensare. Marta. Sì, fra gli studenti di medicina, c'è una certa Marta. Il cognome non lo conosco. E' una ragazza bellissima. Molto strana, piena di tatuaggi e di piercing. E i capelli sono metà rasati e metà lunghissimi viola e blu".

"Allora quasi sicuramente è lei. Tra metallo, tatuaggi e soprattutto bellezza, non è una ragazza molto comune" – disse Jos.

"Hai ragione, è veramente bella. Peccato."

"Peccato? Perché peccato?"

"Non l'ho mai vista con un ragazzo. Sempre con amiche. Una volta le ho fatto un complimento e lei mi ha mandato affanculo. Sono sicuro che è lesbica".

"Ha mandato affanculo anche me stamattina. Ma non mi sembra un buon motivo per pensare che sia lesbica. Comunque se per caso oggi passa nel tuo bar dille di venire da me che ho trovato il suo statino".

"D'accordo Jos, se la vedo la mando da te. Ma non farti delle idee: è sicuramente lesbica. Io su certe cose non mi sbaglio".

"D'accordo Geppo: non mi farò nessuna idea. Sai quanto poco mi interessino queste cose".

"A me invece interessano. Ma quasi sempre, quando trovo una ragazza che mi piace e la invito ad uscire, finisce allo stesso modo: 'sei simpatico ma non sei il mio tipo' oppure 'sono appena uscita da una storia devastante e per un po' di tempo non voglio impegnarmi con nessuno'. Chiaramente tutte scuse per non ammettere di essere lesbiche. A me basta guardarle negli occhi e queste 'leccafica' le riconosco subito. Non hai idea di quante ce ne siano. E mia madre che si stupisce che sono ancora single alla mia età". Poi, scuotendo il capo con lo sguardo rattristato al pensiero della sua condizione di uomo solo, si avviò verso la porta del negozio dicendo:

"Buon appetito. Passo più tardi a ritirare il vassoio".

Jos, rimasto solo, finita l'insalata, iniziò a mangiare il toast seduto davanti al computer mentre il programma OCR trasformava in caratteri di testo le parole scritte sotto le immagini macabre del libro. E più leggeva quella sequenza di parole senza senso più Jos sentiva in sé la voglia irresistibile di comprendere che cosa significavano: se qualcuno molti secoli prima le aveva scritte e riunite in un libro era perché qualcosa dovevano comunicare, forse qualcosa di molto importante.

Provò a ricomporre l'ordine delle lettere in modo casuale facendosi aiutare da un programma di decodifica di testi crittografati. Ma per tanti tentativi facesse, provando e riprovando automaticamente le varie combinazioni di caratteri, non appariva nessuna parola che avesse un senso in qualunque lingua conosciuta.

Dopo l'ennesimo tentativo fallito di scoprire un senso logico in quel testo, Jos, sbuffando, decise di rinunciare. In fondo non si spiegava neppure perché qualcosa lo avesse spinto a dedicare tutto quel tempo ad un argomento di cui non gli era mai interessato nulla. Qualunque cosa significasse quel libro era giunto il momento di passare i dati composti da testo e immagini nella memoria del computer per trasformarli definitivamente in un ebook.

In ogni vita, in ogni vicenda umana, in ogni storia c'è spesso un piccolo, insignificante avvenimento che produce una svolta imprevedibile e fondamentale. Nella vita di Jos quel piccolo, insignificante avvenimento ebbe un nome: F2. Infatti quello che cambiò per sempre l'atteggiamento del ragazzo nei confronti della vita e della morte iniziò quando inavvertitamente sfiorò la tastiera del computer premendo il tasto F2.

Nel programma OCR che Jos stava usando, premere il tasto F2 attivava una funzione che raramente il libraio utilizzava. Era quella grazie alla quale il computer, con voce sintetica, leggeva i testi provenienti dallo scanner. Era una funzione, dedicata soprattutto a non vedenti e ipovedenti, grazie alla quale era possibile conoscere il contenuto dei libri semplicemente passandoli sotto lo scanner ed ascoltando una voce sintetica che li leggeva. Il libraio stava per azionare il tasto ESC che avrebbe interrotto la lettura del testo ma qualcosa lo bloccò. Ascoltò con attenzione la voce che proveniva dagli altoparlanti del pc: quella sequenza di caratteri che alla lettura gli erano apparsi senza senso, ora all'udito assumevano un ritmo quasi musicale. Qualcosa che in un certo modo gli ricordava il blues o certe cantilene ipnotiche dei riti voodoo.

Il ritmo di quei suoni pareva stimolare in qualche modo delle sensazioni che partivano dall'udito ma scendevano fin nel profondo a stimolare gli altri sensi.

Erano tutte frasi molto brevi e ognuna di esse assumeva un ritmo completamente diverso dalla precedente ma si concatenava ad essa in un'armonia dissonante ma coinvolgente.

"Questo libro ha qualcosa di strano" – pensò Jos alzando gli occhi verso un angolo buio del negozio, in cui gli era nuovamente parso di percepire un movimento, forse un altro topo.

"C'è qualcosa che mi sfugge e mi spaventa".

Tentò di analizzare da dove provenisse questa sensazione. Forse da quelle immagini così inquietanti? O forse da quel testo così ermetico? Nel leggerlo, poco prima, non si era reso conto di quanto quelle parole fossero state messe in sequenza proprio per creare un ritmo. Ora invece, nel sentirle scandire dal computer, con una cadenza assolutamente arbitraria di pause e suoni che non corrispondeva alla normale lettura in qualunque lingua Jos avesse mai udito, pareva assumere un significato misterioso.

"Se credessi a queste cose – pensò ancora Jos – direi che un influsso maligno viene emanato dalle sue pagine. Che cazzata, che idiozia! Mi sta influenzando il mix di queste parole senza significato col sottofondo del mio album di Jazz Funeral. Forse è meglio metter su qualcosa di più rassicuran-

46

te. Il violino di Jean-Luc Ponty sarà perfetto per ripulirsi dai pensieri scemi".

Ma nonostante questa decisione non si alzò per cambiare album sul giradischi. Non riusciva a smettere di ascoltare la voce del computer che continuava a procedere da una pagina all'altra, da un demone all'altro, da una didascalia all'altra con il sottofondo cadenzato come un funerale del sax contralto di Louis Cottrell.

E dire che sarebbe bastato schiacciare il tasto ESC sulla tastiera del computer per interrompere la lettura automatica del libro misterioso. E invece Jos restava immobile a fissare quel monitor, ad ascoltare quelle parole rabbrividendo perché...perché lo sapeva. Sapeva che dietro a lui c'era immobile a fissarlo una bambina con gli occhi socchiusi e i denti giallastri e decomposti.

Lo sapeva ma non voleva voltarsi per verificarlo. Come sapeva che intorno a lui molte figure evanescenti fluttuavano da un muro all'altro del negozio. Ma lui continuava, imperterrito, a non alzare gli occhi, a non guardarsi intorno. Perché non voleva vedere ciò che sapeva per certo che avrebbe visto. Nelle successive due ore il libraio restò immobile a fissare le casse del computer lasciando che quei suoni digitali e quelle parole senza senso penetrassero dentro di lui. E fissare le casse del computer fu la sua fortuna. Perché la bambina con gli occhi socchiusi e i denti gialli non si mosse mai dalle sue spalle per tutto quel tempo e lui non la vide come non vide tutto ciò che si muoveva intorno a lui. Anche se intimamente sapeva che stava succedendo.

"...sdermchaess tros daimen purtest." disse ancora la voce del computer e poi si arrestò. La lettura del libro era arrivata all'ultima pagina. Il libraio alzò finalmente gli occhi dallo schermo del pc. Gli parve di percepire delle figure eva-

47

nescenti che si stavano dissolvendo negli angoli della stanza. Sgranò gli occhi. Ma quella fugace apparizione svanì con la velocità di un pensiero. O di un'allucinazione. Si voltò e vide che dietro di lui non c'era alcuna bambina con gli occhi socchiusi e i denti gialli.

In un attimo il suo negozio riprese l'aspetto di sempre. Jos continuò a fissare sconcertato il nulla in quella stanza in cui per una frazione di secondo gli era parso di vedere qualcosa o qualcuno.

Capitolo 4

Ben nascosta dietro l'armadietto della sala settoria, Marta guardò la porta che si apriva e ne vide entrare due persone. Nella semioscurità non riuscì a distinguerle ma, appena uno dei due accese la luce, riconobbe il bidello Caccola e un giovane inserviente che non aveva mai visto, probabilmente un nuovo assunto. Caccola teneva un braccio sulla spalla del giovane e, con la voce sommessa del mentore che sta istruendo l'allievo, gli stava dicendo:

"...ecco, qui possiamo parlare tranquillamente. Ti hanno assegnato a me. Quindi tanto vale che ce lo diciamo subito: il nostro lavoro è un po' noioso ma se sei intelligente può diventare molto interessante. E redditizio".

"Redditizio? – balbettò il ragazzo – col mio stipendio di contratto a termine riesco a malapena a pagarmi l'affitto".

"Appunto. Se fai ciò che ti dico, quello non sarà più un problema per te. L'importante è non rompersi i coglioni fra di noi. Perché grazie a certe persone che so io, di guadagno, ce n'è per tutti. Non mi sembri un coglione ma è bene che ti ricordi che naturalmente non devi far parola a nessuno di quello che sto per dirti".

Marta, ben nascosta dietro al mobile, aguzzò le orecchie trattenendo il fiato per il timore di essere scoperta. Immaginò che il bidello volesse coinvolgere il nuovo assunto nei suoi traffici di fumo. Questo pensiero la rassicurò. Al massimo, se l'avessero beccata, non le avrebbero potuto fare nulla per il timore di essere denunciati per spaccio. E magari avrebbe costretto quello stronzo di Caccola a comportarsi un po' meglio con gli studenti. Ma quello che il bidello stava per dire al ragazzo non aveva nulla a che fare con la droga.

Il nuovo assunto si stava guardando intorno non avendo ancora ben chiaro dove si trovasse e che cosa fossero le cose appoggiate su alcuni dei tavoli metallici. Il bidello glielo chiarì con la sua solita delicatezza, afferrando il braccio mozzato dal tavolo e spingendone con forza il palmo della gelida mano contro i testicoli del giovane.

"Questo è un braccio di donna. Chissà quanti cazzi ha toccato questa mano quando era viva. Facciamole rivivere la sensazione" – e giù una risata mentre il ragazzo impallidiva e vacillava aggrappandosi ad una sedia.

"Ma...sono veri pezzi di persone morte? – balbettò il giovane con gli occhi sgranati – pensavo fossero modelli di gesso..."

Il nostro compito, quello per cui tra l'altro ci pagano una miseria, consiste nel recuperare questi pezzi di cadavere avanzati dalle lezioni, sigillarli per bene nelle cassette apposite, e portarli al cimitero comunale dove verranno cremati senza neppure essere estratti dalla loro scatola".

"Ehm...all'agenzia di lavoro interinale mi avevano detto che mi sarei solo dovuto occupare delle pulizie" – disse il giovane sull'orlo di uno svenimento.

"In una facoltà di medicina le pulizie comprendono anche questo tipo di incombenza"– rispose allegramente il bidello mentre, senza alcun riguardo, gettava distrattamente il braccio mozzato sul tavolo di acciaio.

"Che schifo! Non credo che riuscirò a fare questo genere di lavoro. Ma come si fa a non pensare ai poveretti che sono stati sezionati e poi…di chi sono questi resti?"

"La maggior parte di quelli che vedi qui appartiene a barboni senza famiglia. Le organizzazioni dei volontari che li sfamavano e che si occupavano di loro, li hanno convinti a firmare l'autorizzazione per l'utilizzo dopo la morte dei loro resti nella medicina – e qui il bidello scoppiò in una fragorosa risata – insomma questa gente da viva non valeva un cazzo e da morta se la contendono tutte le facoltà di medicina".

"Poveretti – disse il ragazzo distogliendo con una smorfia di disgusto lo sguardo dal cranio aperto appoggiato sull'altro tavolo – ma sono proprio tutti barboni? Non vorrei che alla mia morte qualcuno decidesse di vendermi alla facoltà di medicina".

"Non sono tutti barboni. Ma puoi stare tranquillo. Nessuno tagliuzzerà la tua ciccia se non lo autorizzi nel testamento. Altri corpi, infatti, appartengono a cosiddetti "benefattori": gente che, per conquistarsi il paradiso, ha lasciato uno scritto con la volontà di donare i propri resti alla scienza e alla formazione dei nuovi medici. Ma veniamo al motivo della nostra chiacchierata: le ceneri di ciò che rimane di tutte queste persone verranno tumulate in un'area particolare del cimitero. Nessuno insomma andrà a cercare la loro tomba".

A questo punto il bidello appoggiò un braccio sulla spalla del ragazzo e, con tono confidenziale, iniziò a parlargli a bassa voce tanto che Marta dovette sporgere il viso fuori dal suo nascondiglio per riuscire a cogliere almeno il senso del discorso.

"Vedrai che non ti farà più schifo questo tipo di lavoro quando ti illustrerò i suoi vantaggi. Non te ne avrei parlato se la direzione non mi avesse imposto un aiutante. Ma visto che ci sei, sono costretto a condividere con te i miei segreti – il bidello abbassò ulteriormente il tono della voce e continuò – vedi ragazzo, io conosco delle persone a cui interessa comprare pezzi di corpi umani. Da molto tempo le cassette che porto al cimitero per la cremazione non contengono nulla: i resti, invece, li metto ogni sera nel portabagagli dell'auto e, una volta alla settimana, li consegno a chi so io: sono persone che li pagano molto bene. Lo sai che quest'anno ho guadagnato molto più di chiunque lavori qui dentro compresi i medici e lo stesso rettore?".

"Ma che orrore! E cosa se ne fanno queste persone dei resti umani? – disse il ragazzo sempre più sconcertato.

"E che cazzo ne so io? – rispose il bidello – sono persone molto ricche e a me basta che continuino a pagarmi. Per il resto mi faccio i cazzi miei. E faresti bene a farlo anche tu. Comunque un'idea me la sono fatta: credo che siano una setta di pazzi satanisti. Uno di loro è un neurologo che bazzica qui in facoltà. Si chiama Mattioli. E' lui che mi ha contattato un anno fa a nome di un gruppo, a suo dire, di studiosi. Teneva agli studenti una serie di conferenze. Mi pare che l'argomento fosse proprio la stregoneria e le possessioni diaboliche o qualche cazzata simile, dal punto di vista della medicina. Roba da teste bacate insomma. Ma i loro soldi sono buoni ed abbondanti".

Marta, nascosta dietro al mobile, gongolò per la notizia che aveva udito. Lei e la sua amica Virginia avevano seguito, un anno prima, le conferenze sulla stregoneria e i suoi legami con le patologie del sistema nervoso tenute dal professor

Mattioli.

Le due ragazze seguivano entrambe con interesse i temi dell'occulto e del parapsicologico ma con due atteggiamenti molto diversi. Marta, infatti, era semplicemente affascinata da un argomento che, a causa dei racconti della nonna, le aveva provocato tante paure nell'infanzia e che oggi, per reazione, viveva con curiosità e scetticismo. La sua amica Virginia, invece, ne era una vera fanatica. Il suo cervello era monotematico, anzi bitematico, perché vagava esclusivamente tra l'ossessione per il soprannaturale e la passione per la musica rock, in particolare per i Nirvana. Punto di incontro tra queste due fissazioni erano le sedute spiritiche a cui Virginia obbligava le amiche nel tentativo di evocare gli spiriti dei grandi del rock scomparsi. Naturalmente in nessuna di queste sedute erano mai apparsi né Jimi Hendrix né Janis Joplin né Sid Vicious e neppure il grande mito di Virginia, Kurt Cobain, cantante suicida dei Nirvana.

Seguendo il ciclo di conferenze di Mattioli, sia Marta che Virginia avevano più volte sospettato che gli interessi del professore andassero ben oltre la semplice teoria e ricerca neurologica. Il professore aveva dato loro l'impressione di essere un vero e proprio negromante.

Ed ora scoprire che costui aveva l'hobby dei cadaveri riempiva Marta di eccitazione.

Già l'anno prima l'argomento "Mattioli" aveva riempito parecchie serate di chiacchiere con le amiche. Illazioni senza alcun fondamento che vagavano da presunte messe nere a orge sataniche a cui, era divertente pensare, il professore fosse dedito. Chiacchiere in libertà le cui fantasie, favorite da fiumi di birra e da qualche canna, si ingigantivano via via costruendo scenari apocalittici con sacrifici umani colmi di perversione e di sesso. Discorsi cupi e paradossali a cui, in realtà, nessuna del gruppo credeva veramente (tranne Virginia) ma che, grazie all'alcol e alle sostanze che facevano varcare il limite della lucidità, finivano poi per trasformarsi in risate scomposte e inarrestabili.

Marta, nascosta dietro al mobile della sala settoria, non vedeva l'ora di raccontare alle amiche quello che aveva sentito: già pregustava lo stupore e l'eccitazione che avrebbe provocato in loro.

Ora però era importante non farsi scoprire: al piano superiore la lezione di Virginia stava per terminare e Marta doveva trovare un modo per uscire dal nascondiglio e raggiungere l'aula di istologia. Ma questo problema venne risolto dallo stesso Caccola che, per convincere il giovane inserviente piuttosto restìo ad accettare la proposta di complicità, lo invitò a prendere un caffè al bar dove avrebbero potuto parlare più tranquillamente. L'ultima frase che Marta colse prima che i due uscissero dall'aula settoria fu una velata minaccia con cui il Caccola intimidì il ragazzo in caso di rifiuto:

"Sono persone molto potenti, sai. E non amano i chiacchieroni. Ci siamo capiti?"

Dopo aver atteso qualche minuto ancora nascosta, la ragazza si avvicinò alla porta, la socchiuse e, visto che il corridoio appariva deserto, ne uscì velocemente. Salì al piano superiore e corse verso l'aula di istologia. Con sollievo vide che la porta era ancora chiusa e quindi la lezione non era ancora terminata.

Dopo pochi minuti di attesa, annunciato da un vocio in crescendo, i ragazzi cominciarono ad uscire. Fra di loro, Virginia apparve sorridente all'amica e l'abbracciò dicendole:

"La solita ritardataria. Ma ti pare logico che io, che da mesi non imbrocco un esame, devo seguire le lezioni anche per te che sei la più brava del corso? Ammettilo che preferisci fumarti una sigaretta in compagnia di una testa mozzata piuttosto che seguire questa palla di lezione. E io lì a prendere appunti per te…"

"E' perché mi vuoi bene, tesoro – disse Marta baciando Virginia sulla fronte – ma quando ti dirò cosa ho scoperto grazie a quella testa mozzata mi vorrai ancora più bene. Ho una notizia clamorosa calda calda da raccontarti. Qualcosa di forte, preparati!"

"Ma cosa aspetti? Vuoi farmi soffrire? Non sto nella pelle. Racconta, racconta!"

"Ah ah, calma. E' una notizia troppo succosa per sprecarla così in un corridoio della facoltà. Andiamo a sederci in un bar dove potremo chiacchierare in pace".

"No no, amichetta. Ho il coltello dalla parte del manico. Se vuoi gli appunti della lezione devi raccontarmi subito tutto".

"Ah già, gli appunti. Sono talmente eccitata che quasi me ne dimenticavo".

Virginia le passò una decina di foglietti dicendo:

"L'esame di domani sarà bello cazzuto. Per fortuna ho ancora domattina per ripassare: io sarò fra le prime del pomeriggio, verso le quattordici. Tu Marta, a che ora passi?"

"Sono fra quelli del mattino, mi pare alle dieci o alle undici…non sono sicura. Meglio controllare l'orario segnato qui sullo statino – disse Marta aprendo lo zainetto e rovistandoci. Poi di colpo Marta impallidì – oh cazzo!"

Sotto gli occhi incuriositi di Virginia, Marta frugò a lungo nello zainetto sempre più freneticamente.

"Oh cazzo cazzo cazzo! Che fine ha fatto lo statino?"

"No, Marta. Non dirmi che lo hai perso. Non c'è tempo per rifarlo, oggi la segreteria è chiusa. E poi dovresti nuovamente pagare la tassa. Lo statino è l'unica ricevuta del versamento".

Marta continuò a rivoltare e scuotere lo zainetto. Poi con espressione disperata disse:

"L'ho perso. Domani mi salta l'esame".

"Noo, non è possibile! L'avrai lasciato in camera".

"Purtroppo no, sono sicura di averlo preso stamattina – poi si ricordò della caduta dalla bicicletta e colpendosi la fronte con la mano continuò – ecco, cazzo, è uscito dallo zaino quando sono caduta con la bici questa mattina. Non lo troverò mai più. A quest'ora chissà dove è volato".

"Magari se andassimo a frugare nei bidoni della spazzatura dalle parti dove sei caduta – tentò di consolarla Virginia – forse qualcuno lo ha raccolto e gettato nel cassonetto. Con la raccolta differenziata basterà cercare il bidone della carta".

"Sì, ci vedi noi due a frugare nella spazzatura? Col mio aspetto ci prenderebbero per barbone tossiche e qualcuno sicuramente chiamerebbe la polizia".

"Il tuo aspetto? Ma se sei fighissima. Mi piacerebbe avere il coraggio di un look come il tuo".

"Certo che sono fighissima, ma la gente non se ne rende conto. Comunque sai cosa ti dico? Non me ne frega un cazzo di non dare quell'esame".

Allo sguardo dubbioso di Virginia, con un sorriso malinconico, Marta puntualizzò:

"Sì, un pochino mi frega dopo tutti questi mesi di studio…ma, del resto, deprimersi non risolve il problema – disse Marta con tono già rasserenato – se ho perso lo statino è perché era destino che non sostenessi l'esame. Probabilmente non lo avrei superato".

"Ho sempre invidiato la tua capacità di recupero, Marta tesoro mio. Allora andiamo a prendere quel famoso caffè sedute in un bar. Così finalmente mi racconterai quella cosa pazzesca che hai scoperto" – disse Virginia prendendo Marta sotto braccio e stringendola teneramente a sé. L'amica appoggiò il capo sulla sua spalla e si lasciò nuovamente baciare, questa volta, sulle labbra. "Sai di caffè cattivo" – disse Virginia.

"Ho appena bevuto quella schifosissima brodaglia della macchinetta e ho proprio bisogno di ripulirmi la bocca con un caffè decente – disse Marta all'amica – andiamo al bar di Geppo, la bicicletta passerò a ritirarla più tardi".

Le due ragazze uscirono dalla facoltà e si avviarono verso il bar. Questa volta, però, fu la stessa Marta che, per distrarsi e togliersi dalla mente la delusione per l'esame saltato, iniziò a raccontare tutto ciò che aveva sentito in sala settoria camminando lentamente e fermandosi per sottolineare i momenti più caldi del racconto. Ad ogni frase con cui Marta raccontava dei traffici di Caccola e del professor Mattioli, Virginia rispondeva con esclamazioni ed espressioni sbalordite.

Il bar di Geppo distava poche centinaia di metri dalla facoltà ma furono sufficienti a Marta per raccontare con tutti i dettagli la "succosa" notizia del commercio di pezzi di cadavere.

"Certo che il Caccola farebbe qualunque cosa per i soldi – disse Virginia – sono sicura che venderebbe anche sua madre".

"Magari dopo averla ammazzata, visto che ha trovato il modo per far fruttare anche i morti" – rispose Marta mentre entravano nel bar pieno di studenti e professori.

"Due caffè di quelli buoni, Geppo! – disse Virginia appoggiandosi al bancone – ci sediamo al tavolino".

"Speriamo che vengano buoni – rispose il barista mentre con aria mesta comprimeva la polvere di caffè nel filtro e lo inseriva nella macchina – non si può mai dire. Il caffè è una cosa viva e a volte dispettosa".

"Ma no, che sono sempre buonissimi i tuoi caffè, Geppo, possibile che tu sia sempre così negativo? – disse Marta sorridendo – cosa dovrei dire allora io che dopo due mesi di preparazione e studio domani non potrò sostenere un esame perché ho perso lo statino…"

"Hai perso lo statino? – rispose Geppo mentre posava i due caffè sul bancone – se l'hai perso da queste parti e se ti chiami Marta Anfossi…forse ho una buona notizia per te".

Capitolo 5

"Ma cos'hai Jos, non ti senti bene? – disse la voce del barista Geppo che al libraio parve provenire da una distanza infinita – sono venuto a ritirare il vassoio del pranzo e ho visto che oggi pomeriggio non hai ancora sollevato la saracinesca".

Il libraio si riscosse poi schiacciò il tasto ESC per interrompere la lettura del testo che usciva ad alto volume dalle casse del computer. Per almeno tre ore non aveva fatto altro che ascoltare quella voce digitale facendola ripartire di continuo ogni volta che giungeva alla fine del libro. Tutto questo con la sensazione che dietro quei suoni ritmici e incomprensibili si nascondesse una chiave di lettura che era lì lì per essere colta ma che, all'ultimo momento, gli sfuggiva obbligandolo a riprenderne dall'inizio l'ascolto. E tutto intorno a lui, una sensazione terribile di presenze occulte che Jos aveva combattuto semplicemente non alzando mai lo sguardo dallo schermo del computer.

"Qui intorno a me, in questo negozio, non c'è nessuno, non può esserci nessuno – aveva pensato – quindi se io alzassi lo sguardo per verificarlo, dovrei ammettere a me stesso una possibilità assolutamente demenziale. Mettendo in dubbio la mia salute mentale".

E questo stato di torpore lo aveva dominato fino a che la voce del barista lo aveva riportato alla realtà.

"Ciao Geppo, scusami, credo di essermi assopito qui davanti al computer" – mentì Jos ben consapevole che qualcosa di strano era successo quel pomeriggio nel suo negozio. Pensò alle figure evanescenti che gli era parso per un attimo di vedere nell'angolo buio della stanza. E a quel senso inspiegabile di presenze ignote nel negozio che fino a poco prima gli era sembrato di percepire intorno a lui.

"Eh sì. C'è una sola spiegazione a tutto questo: devo veramente essermi addormentato" – pensò il libraio. Il ritmo ipnotico della voce digitale, disse a se stesso, doveva averlo portato in uno stato di sopore inconscio e inconsapevole.

"Sai la ragazza punk di cui abbiamo parlato stamane? Quella che ha perso lo statino – disse il barista mentre radunava i piattini e la tazzina vuota sul vassoio – l'abbiamo resa felice. E' passata poco fa a prendere un caffè con un'amica e, ascoltando i loro discorsi, ho sentito che era proprio lei quella dello statino che hai trovato. Era talmente felice che, pensa te, stava per baciarmi quando le ho detto che poteva riaverlo passando qui nel tuo negozio. Ho detto 'stava' per baciarmi. Naturalmente non lo ha fatto perché, come ti dicevo, è sicuramente lesbica".

Jos non rispose qualcosa tipo "tutte quelle che non ti baciano sono lesbiche?" come avrebbe sicuramente fatto in un altro momento. Aveva un forte mal di testa e i suoi pensieri erano confusi.

"La ragazza mi ha detto che ora tornava in facoltà a recuperare la bicicletta poi sarebbe venuta qui da te a prendere il documento. Devo proprio confermarti che, nonostante il look inquietante, è veramente una gnocca clamorosa, non ho mai visto una ragazza così bella. Veramente meravigliosa".

"Geppo, ti sei innamorato di una punk?"

"Amore? Non esagerare. Certo che un pensierino zozzo, guardandola, non puoi non fartelo. E' una figa stratosferica. Ma poi guardami. Credi che una come lei accetterebbe un invito a cena da uno come me? E poi pensa alla mortificazione: ricevere un rifiuto per un innocente invito a cena è come essere considerato un maniaco con secondi fini".

"Secondi fini che, naturalmente non ti hanno neppure sfiorato. Quindi, immagino, non la inviterai a cena…"

"Beh, all'inizio ci ho pensato a lungo poi ho deciso di soffocare i miei dubbi. Per circa dieci minuti ho pensato che la prossima volta che viene nel mio bar la inviterò a cena".

"Addirittura? Sfidare il rischio di un rifiuto? Ti chiamerò Geppo il conquistatore senza paura".

"Altolà! Ho detto dieci minuti. Poi però ci ho pensato un po' più a fondo e non l'ho fatto: è inutile tentare un approccio con questi presupposti. Oltre alla certezza, di cui ti ho detto, che mi ammoscia ogni velleità: quella ragazza è sicuramente lesbica".

"Quindi niente cena con lei?"

"Assolutamente no. E ancora una volta mi sono reso conto di che grande invenzione sia la masturbazione: sicura, piacevole e gratificante". Così dicendo il barista Geppo uscì dal negozio chinandosi e sfiorando la saracinesca semi abbassata. Poi, sempre chinato, si voltò verso il libraio e gli disse:

"Ricordati di sollevare del tutto questa saracinesca, per un pelo mi rifacevo la fronte. Con tutti i guai che ho mi mancherebbe solo una ferita lacero-contusa con eventuale frattura alla base cranica".

Ma Jos non lo stava già più ascoltando, impegnato a premere con un dito il tasto F2 per far ripartire la voce del computer nella lettura del libro.

Dopo qualche minuto il negozio risuonava di nuovo col ritmo di quelle parole ignote eppure così musicali e avvolgenti. Jos, ad occhi chiusi, si lasciò nuovamente catturare da quella litania.

E di nuovo perse il senso del tempo finché, dopo pochi minuti che gli sembrarono molte ore, di colpo, una voce squillante e allegra di ragazza, proveniente dalla strada, non lo riportò alla realtà.

"Ehi libraio rasta, come cazzo si entra in questo negozio?" – e, col fragore di un calcione sferrato sulla serranda ancora semiabbassata, Marta irruppe all'interno.

"Ciao amico, sei un grande! Mi hai salvato la vita" – gridò la ragazza prima di accorgersi che il libraio era immobile davanti al computer con gli occhi fissi sul monitor e che il negozio risuonava di quella strana voce scandita ad altissimo volume. Jos, disorientato, alzò gli occhi dal computer e guardò la ragazza. La fissò come per metterla a fuoco, e nonostante la confusione mentale, gli ci volle solo un attimo a riconoscerla. E ancora una volta si stupì della sua bellezza fuori dal comune, forse resa ancora più evidente per il contrasto coi piercing e coi tatuaggi.

"Ah giusto te, la ciclista maledetta, quella che semina in giro i documenti per sostenere gli esami".

La ragazza, incuriosita, indicò le casse del computer da cui provenivano le parole del libro.

"Ma che cazzo stai ascoltando, amico, una preghiera in arabo? Lo avevo detto stamattina che mi sembravi strano".

"Strano io? Ma ti sei vista allo specchio? Sembri un incrocio tra Lisbeth Salander, Crudelia Demon e un negozio di ferramenta. E poi stamattina non mi hai detto che ero strano ma che ero un maniaco pornografo. Ricordi?"

"Dai, permaloso, non ti sarai mica offeso? Lo so che sono un po' eccessiva quando mi incazzo o mi spavento. E volarti in braccio dalla bicicletta non è stato piacevole. Ma ora ti ho perdonato: e ti amo incondizionatamente. Ho sentito qualcosa per te nel momento stesso in cui Geppo il barista mi ha detto che hai trovato il mio statino" – e qui Marta scoppiò in una risata cristallina che la rese ancora più bella.

"Un amore disinteressato, vero?"

"Del tutto disinteressato. Credi che non potrei innamorarmi sul serio di te? Sei un gran figo con quei capelli rasta – e qui Marta nascose una risatina ironica col palmo della mano – di' la verità, li porti così dagli anni '80? Per te le mode e il look sono solo una categoria della mente? Scommetto che passi le tue serate a farti canne e ad ascoltare Bob Marley e Peter Tosh a tutto volume".

"Mi spiace deludere il tuo talento intuitivo, ma ascolto un solo genere di musica. E non ha nulla a che fare con il reggae".

"Eh su dai, non te la prendere, stavo scherzando. Ti sono molto riconoscente. Per merito tuo domani potrò sostenere il mio esame di istologia. Non hai idea di come mi sono sentita quando mi sono accorta di aver perso lo statino. E' l'unico documento che certifica il versamento della tassa universitaria: no tassa, no esame. E in più, oltre a dover rimandare l'esame alla prossima sessione avrei dovuto anche pagare nuovamente la tassa. Mica sono ricca io…"

Poi guardandosi intorno come se percepisse una strana sensazione disse:

"Ehi ma cos'è questa cazzo di cantilena. Sembra penetrarti nel cervello come una punta di trapano".

Poi Marta alzò gli occhi ad osservare più attentamente il

viso di Jos e, di colpo, percepì una sensazione nuova, ina-
spettata. Si accorse che quel ragazzo non solo le piaceva ma
le comunicava degli strani pensieri: le pareva di conoscerlo
profondamente, di sapere tutto di lui quasi fosse una vecchia amica. Anzi molto di più. Era una sensazione del tutto
assurda considerando che si trattava di una persona appena
conosciuta. Eppure oltre ad un senso di colpa per non essere
riuscita a soffocare almeno una volta il suo carattere imperti-
nente nei confronti del prossimo, più guardava quel ragazzo
un po' invecchiato dall'aria timida, a metà fra un intellettuale
e un fricchettone anni '70, e più si sentiva presa da un'incomprensibile attrazione verso di lui. E quella strana cantilena che proveniva dal computer sembrava quasi manipola-
re il suo cervello facendole apparire quel ragazzo sotto una
prospettiva completamente diversa. Incredibile. Quel mattino, quando era successo l'incidente, il libraio le era apparso
come un individuo assolutamente anonimo a parte la petti-
natura piuttosto datata. Il genere di uomo, insomma, che non
l'aveva mai interessata. Sì, d'accordo, in realtà non esisteva
un genere di uomo che le interessasse. Ma di fronte ad alcuni
maschi riconosceva che oggettivamente il loro aspetto poteva piacere alle ragazze. Ma quel giovane libraio, come le era
apparso quel mattino, sicuramente non apparteneva a quella
categoria di ragazzi. Eppure in questo momento quell'uomo,
che aveva almeno dieci anni più di lei, le sembrava bellissimo. E poi quella sensazione di dejà vu, per cui le pareva di
conoscerlo da molto tempo, era inspiegabile. E quel sentirsi
sedotta dal suo fascino involontario che le faceva battere il
cuore e stimolava la parte più emotiva della sua sensibilità,
era completamente assurdo.

Marta si bloccò confusa per quello che stava provando e
per la sgradevole sensazione che la voce ritmata del compu-

ter, in sottofondo, si stesse via via impadronendo della sua volontà.

"Puoi interrompere quella specie di cantilena? Ha un che di fastidioso".

"Sì, hai ragione ha qualcosa di strano che sto cercando di analizzare – rispose Jos avvicinandosi alla scrivania colma di fogli – comunque, se ti infastidisce, nessuno ti trattiene qui. Ora ti do lo statino per cui sei venuta così te ne puoi andare".

Il libraio, ancora immerso nel senso di stordimento che continuava ad avvolgerlo, spostò vari fogli dalla scrivania cercando, senza vederlo, lo statino della ragazza che, invece, era posato in bella mostra sul tavolo a poche decine di centimetri dai suoi occhi.

Marta si avvicinò a Jos e, appoggiandogli amichevolmente una mano sulla spalla, si sporse sulla scrivania afferrando lo statino. Poi sorridendo e sventolandoglielo sul naso disse

"Eccolo qua. Ce l'avevi davanti agli occhi".

"Ah era lì? Boh, oggi devo essere un po' rincoglionito, comunque in bocca al lupo per il tuo esame di domani".

Ma per Marta non esisteva più alcun esame perché nel momento stesso in cui si era avvicinata al ragazzo appoggiando una mano sulla sua spalla era stata colpita da una specie di scossa emotiva, un turbamento profondo, che non le permetteva di staccare la mano da lui.

Respirò forte e, con la voce che tremava, disse:

"Allora grazie, grazie veramente". Ma la sua mano, quasi fosse dotata di vita propria, continuava a tenere stretta la spalla del libraio anzi la stringeva sempre più forte.

"Ma cosa cazzo mi sta succedendo – pensò Marta – non ho bevuto, non mi sono drogata eppure…"

Restò immobile per un attimo tentando di contrastare l'impulso irresistibile che stava annientando la sua volontà.

"Ok, hai avuto il tuo statino – le disse Jos, sconcertato – penso che tu possa andare. Perché mi stringi la spalla?"

Marta, tutto a un tratto, sentiva per quel ragazzo un amore struggente, disperatamente triste. "Non riuscirò mai più a far l'amore con lui – era un pensiero estraneo che la rapiva tentando di far tacere la sua razionalità che continuava ad urlarle che quella persona era un perfetto sconosciuto. Eppure un flusso di emozioni stava avvolgendo il suo cervello in un senso di amore sconfinato. Voleva accarezzare quel volto, lo voleva baciare, lo voleva toccare con la sensazione di aver ritrovato qualcosa di perduto da molto tempo. L'amore del suo ragazzo. Le lacrime sgorgarono dai bellissimi occhi di Marta e scivolarono sulle guance frangendosi nei piercing delle labbra.

Tentò ancora di resistere puntando i suoi scarponcini a terra e ripetendo a se stessa che erano incollati al pavimento. Scrollò il capo da destra a sinistra, dall'alto in basso come se lo scuotimento potesse far volare fuori dal cervello il senso di disagio che lo stava martellando. Infine cedette: lasciò cadere a terra lo statino e si gettò addosso al libraio baciandolo violentemente sulla bocca. Era il primo uomo che Marta baciava da quando qualche anno prima aveva lasciato il suo ultimo ragazzo. Ed ora le pareva di riscoprire, anzi di scoprire per la prima volta, un desiderio nuovo, una voglia di amore fisico ma soffuso da una disperata tristezza.

"Ma, ma cosa stai facendo… – tentò di ribellarsi, sorpreso e sconcertato, Jos. Ma poi il calore e la morbidezza delle labbra di quella ragazza sconosciuta gli chiusero la bocca. Non si accorse neppure del "clack" prodotto dall'urto dei tre anellini d'oro che trafiggevano il labbro inferiore di Marta contro i suoi denti anteriori. Non si accorse neppure di quanto la lingua della ragazza, resa vibrante da un piercing metallico, scendeva accarezzando il suo palato fino in fondo alla gola.

Le mani del libraio presero a muoversi sulla schiena di Marta scendendo ad accarezzare la parte superiore del sedere lasciato nudo dai jeans a vita bassa. Fu allora che Jos perse il senso del tempo e dello spazio e venne rapito da una sensazione già vissuta con una presenza che conosceva bene. Chiudendo gli occhi non c'era dubbio. Quella ragazza gli ricordava Francesca, la sua Francesca. Lo stesso impeto, lo stesso amore, la stessa tenerezza nelle carezze e nel modo di baciare. Ed ora il ricordo di Francesca diventava ancora più vivido mentre dai baci profondi di Marta il loro abbraccio si stava trasformando in qualcosa di sempre più sensuale. Di profondamente erotico. Le mani di Marta, dopo avergli sollevato il maglione fino al collo, accarezzavano il suo ventre nudo, scendendo dolcemente in basso fino a premere il duro gonfiore sulla patta dei suoi jeans.

Jos si sentì riportare a quei momenti troppo distanti della sua vita, tenuti nascosti da tempo in un angolo impenetrabile della sua memoria. Ecco: in questo momento era ancora con Francesca, la dolce cara Francesca, in uno di quei pomeriggi di amore, di tenerezza e di sesso.

Addirittura gli parve di sentire, mescolata con la cantilena incomprensibile che continuava ad uscire dalle casse del computer, le note sognanti di Keith Jarrett in "The Köln Concert". Era solo una sensazione. Ma quello era il loro pezzo, la colonna sonora del loro amore. E quell'interminabile sequenza di note picchiate sui tasti di un pianoforte, ora con violenza ora con estrema dolcezza, faceva parte di un disco che Jos aveva gettato nel fiume dopo averlo spezzato in due, deciso che non avrebbe mai più ascoltato quel concerto per tutta la vita. Jos, senza più porsi domande, si sdraiò a terra sul tappeto dietro al bancone con la ragazza come incollata, aggrappata con braccia e gambe al suo corpo.

Lei si lasciò trasportare e distendere su di lui continuando a baciarlo, roteando il piccolo pezzo di metallo conficcato sulla sua lingua e sbattendolo violentemente contro i denti di lui. Ma Jos non poteva sentirlo né accorgersene: in quel momento lui era con Francesca. Così quei baci erano esattamente i baci morbidi della sua ragazza e non c'era nulla che potesse distrarlo da quella sensazione. Fu nel momento in cui l'erezione di Jos, trattenuta a stento dai jeans, divenne imbarazzante e quasi dolorosa, che Marta dopo averlo fissato con uno sguardo pieno d'amore e di desiderio afferrò con le dita la cerniera ed iniziò ad abbassarla. Da molti anni non aveva più compiuto un gesto come quello e si era persino scordata, o forse non aveva mai conosciuto, l'emozione che una ragazza innamorata prova nell'accarezzare e stringere in una mano l'eccitazione del proprio uomo.

Fino a quel momento Jos aveva tenuto gli occhi ben chiusi perché non voleva sostituire la fantasia in cui si era profondamente immerso con la realtà di una ragazza tatuata, forse ninfomane, che inspiegabilmente lo stava quasi violentando. Gli occhi strettamente chiusi gli permettevano persino di illudersi che il profumo che sentiva fosse quello di Francesca. E quella specie di punk sconosciuta si stava muovendo su di lui con gesti inspiegabilmente identici a quelli che non aveva mai dimenticato.

Per questo Jos non voleva riaprire gli occhi, a costo di tenerli chiusi per sempre. Ma nel momento in cui sentì che le mani di Marta, dopo aver completamente abbassato i suoi jeans, avevano iniziato a giocherellare dolcemente con i suoi testicoli, con dei movimenti particolari (ora giocherò un po' a bilie, vedrai che vinco io), che facevano parte di un'intimità privata e personale che solo lui e Francesca conoscevano, allora sì, aprì gli occhi. Non poté farne a meno.

E quello che vide gli gelò il sangue.

Alle spalle della ragazza, quattro figure pallide, quasi fluttuanti nell'aria, erano chine su di loro, immobili, ad osservarli. E da quelle presenze si emanava come un fluido di sensazioni orribili, cariche di odio e di tristezza.

L'urlo che uscì dalla gola di Jos fu un grido di lacerante terrore tanto che Marta si alzò di scatto guardandosi intorno con l'espressione confusa. Intanto il computer, proprio in quel momento, aveva terminato ancora una volta la lettura del testo del libro e nel negozio era tornato di colpo il silenzio, rotto solo dal fruscio della ventola interna della macchina.

Fu allora che Marta parve ritornare in sé.

Abbassò gli occhi sul libraio, sdraiato a terra con lo sguardo sconvolto e i jeans semi abbassati e gridò:

"Oh cazzo! Oh cazzo cazzo!" – poi scoppiò in lacrime, si guardò intorno disperata soffocata dalla vergogna, afferrò da terra lo statino e, continuando a piangere, fuggì dal negozio tanto velocemente da urtare il capo contro la saracinesca ancora abbassata.

Jos, ancora incredulo per ciò che gli era successo e soprattutto per ciò che aveva visto, si guardò intorno prima di alzarsi. Le figure che aveva visto (o creduto di vedere) erano scomparse, come dissolte nell'aria ma permaneva, nella penombra del negozio, come un senso di immensa tristezza che ne aveva impregnato totalmente l'atmosfera. Odio e tristezza. Due sensazioni che ancora parevano aleggiare nel locale semibuio come un nebbia ferma a mezz'aria. Jos si alzò da terra e guardò ancora una volta, sullo schermo del computer, l'immagine oscena del demone con la fanciulla. Poi lo spense.

Il fruscio intenso della ventola interna del pc che, ormai, era talmente integrato nella colonna sonora della stanza da divenire impercettibile, tacque portando il silenzio ad un livello ancora più profondo.

Il giovane libraio faticò parecchio a sciogliere dalla mente il senso di terrore e di sconcerto che lo aveva sommerso. Poi, finalmente, riuscì pian piano a contrastare queste sensazioni con la razionalità. Perché Jos era sempre stato un razionale. In fondo che cosa aveva visto? Delle ombre inconsistenti che potevano essere state causate da un gioco di luce o da una corrente d'aria che aveva sollevato la polvere del negozio. E quel senso di malvagità e di tristezza emanato dall'apparizione? Un'allucinazione forse. Può capitare a tutti un'allucinazione dopo una giornata trascorsa tra suoni martellanti e ipnotici davanti alle pagine di un libro dai contenuti demoniaci. Ma la cosa più difficile da spiegare e da razionalizzare era l'incomprensibile comportamento tenuto dalla ragazza. E, soprattutto, ciò che aveva provato lui nell'identificarla per molti minuti con la propria ragazza morta. E allora qui fu veramente difficile per Jos comprendere il proprio comportamento e quello di Marta. Giunse così a darsi la spiegazione più semplice e più comoda, quella che ti tranquillizza, anche se lo sai che in fondo non ci credi.

"Da quanto tempo non ho una ragazza? – pensò Jos – Sto continuando da anni a vivere nel ricordo di Francesca. Ecco perché mi sono sentito come fossi con lei quando quella pazza mi ha baciato. Certo, una pazza, ma bellissima. Come era bellissima la mia Francesca. Tutto torna. La carenza d'amore mi ha fatto dare i numeri".

Mentre pensava ancora al corpo della ragazza su di lui tentando di reprimere un nuovo senso di eccitazione pensò:

"Altro che lesbica, quella è una ninfomane. Devo proprio

dirlo al barista Geppo. Ci resterà un po' male a sentir smontare la sua teoria. Ma è molto triste aver associato il ricordo della mia Francesca a quella assatanata".

E nel momento stesso in cui formulò quel pensiero, ancora una volta, il ricordo di Francesca lo avvolse nelle sue spire di dolore e di rimpianto. Lei aveva quindici anni e lui diciassette quando iniziarono a volersi bene. E quelli passati con lei furono i cinque anni più intensi della sua vita. Con un gesto automatico, come faceva spesso pensando a lei, accarezzò il ciondolo a forma di sax che portava sempre al collo. Era un ciondolo in legno di ebano che lui aveva regalato a Francesca nei primi tempi del loro amore e che lei aveva indossato ogni giorno tanto che il legno aveva preso il suo profumo e lo aveva mantenuto a lungo anche dopo la sua morte. Per questo era rimasto il ricordo più vivo della sua ragazza, quello da cui Jos non si separava mai.

Quante volte, nei primi tempi della loro storia, avevano fatto l'amore per terra, proprio dietro quel bancone, nel punto esatto in cui oggi era stato sul punto di farlo con quella ragazza sconosciuta! Quando ancora il negozio era gestito da suo padre, approfittando della chiusura dell'ora di pranzo, lui e Francesca dopo la scuola, correvano a chiudersi nel negozio lasciando fuori dalla saracinesca tutto il resto del mondo. E alla domenica, alle feste con gli amici o alle gite in montagna, preferivano la penombra di quella bottega in cui potevano finalmente trascorrere interi pomeriggi.

Jos pensieroso, stringendo fra le dita il ciondolo a forma di sax, sollevò gli occhi verso la saracinesca da cui filtravano le prime ombre della sera.

E i suoi occhi ancora una volta si riempirono di lacrime.

Capitolo 6

Marta, con il viso rigato dal trucco sciolto dalle lacrime, corse fuori dal negozio sconvolta. Salì sulla bicicletta e partì a tutta velocità senza alcuna meta, ma con la necessità di muoversi velocemente per tentare di rilassarsi e darsi una spiegazione per il suo comportamento nel negozio del libraio. Cosa le era successo? Come aveva potuto comportarsi come una puttana proprio lei che da anni non provava quasi stimoli sessuali? Nonostante l'immagine trasgressiva che dava di sé con il suo abbigliamento, con i suoi tatuaggi, con il suo linguaggio sboccato, Marta aveva sul sesso un atteggiamento di disinteresse quasi totale. Molti pensavano che fosse lesbica a causa della sua assoluta chiusura a qualunque approccio da parte dei ragazzi.

E lei stessa lo aveva sospettato. Ma dopo alcune esperienze con amiche dichiaratamente omosessuali, aveva scoperto che anche con le donne il suo corpo si rifiutava di avere stimoli che andassero oltre il piacere di un'intima amicizia. Essendo una ragazza bellissima, per evitare di apparire spocchiosa, negandosi continuamente agli amici che si innamoravano di lei, aveva lasciato che circolasse fra di loro la voce di una sua probabile omosessualità, coltivando un giro di amicizie quasi esclusivamente femminili. Con loro frequentava concerti, pub e centri sociali sballandosi di tanto in tanto di fumo o di birra. Ma anche nei momenti delle sue sbronze più devastanti, in tutta la sua vita, non ricordava di aver mai avuto un raptus di follia sessuale come quello che l'aveva presa quel pomeriggio nel negozio del libraio.

Anzi, in realtà, era forse la prima volta che scopriva in sé quella voglia sconosciuta di amore totale e di un corpo maschile che la penetrasse e la facesse godere. Marta aveva perso la verginità a quattordici anni col suo primo ragazzo, un compagno di scuola suo coetaneo. Non aveva provato nulla se non un leggero dolore. Inizialmente aveva attribuito questo al fatto che quasi mai la prima esperienza è soddisfacente per una ragazza. Ma anche negli anni successivi aveva avuto rapporti sessuali completi con ragazzi e ragazze senza provare nessuna soddisfazione né dal punto di vista erotico né da quello del coinvolgimento sentimentale. Da allora aveva preso atto di questa sua frigidità emotiva e sessuale senza alcuna frustrazione ma accettandola come una parte congenita della sua natura.

Per questo era rimasta così sconvolta da ciò che aveva provato in quei pochi minuti di delirio carnale e sentimentale con il libraio. Tanto più incomprensibile considerando che, appena fuori dal negozio, questa follia sembrava del tutto dissolta.

"Cosa posso aver provato per quel ragazzo carino ma con l'aria così malinconica? Io che ho sempre evitato accuratamente le persone tristi? Sì, forse poteva essere abbastanza attraente per una ragazza normale, ma non per una come me – pensava Marta zigzagando velocemente fra le auto – e poi com'è possibile che dopo un'eccitazione così forte da farmi perdere il controllo dei miei impulsi, in questo momento, dopo appena una decina di minuti, non sento più nulla delle sensazioni che l'hanno provocata?".

Pedalare la rilassava sempre ed anche questa volta, dopo qualche giro vizioso a tutta velocità nelle strade del centro storico, si ritrovò nuovamente nel quartiere universitario da cui era partita. Qualche pedalata ancora e giunse di fronte al nuovissimo campus universitario, il residence femminile in cui alloggiava per gran parte dell'anno accademico. Sentiva il bisogno di una doccia o di un bagno, quasi dovesse ripulire dalla sua pelle le sensazioni che aveva provato in quell'assurdo pomeriggio. Bloccò la bicicletta nel cortile del palazzo e corse verso la sua camera, evitando l'ascensore, per potersi ancora scaricare un po' salendo di corsa le scale fino al terzo piano. Giunta nel lungo corridoio su cui si affacciavano le camere delle studentesse, andò velocemente verso la sua camera in fondo. Passò davanti a quella di Virginia, proprio adiacente alla sua, e ne sentì provenire risate e voci. Come sempre le sue amiche si ritrovavano a fine giornata nella camera di una di loro per chiacchierare, cazzeggiare un po' e decidere se cenare alla mensa universitaria oppure in pizzeria. Marta si chiese se non fosse il caso di unirsi a loro: qualche risata poteva essere il modo per alleviare l'angoscia e i pensieri che l'ossessionavano. Ma poi, sentendosi ancora troppo tesa, decise che prima si sarebbe rilassata con un bagno poi, eventualmente, le avrebbe raggiunte.

Nonostante la corsa in bici e la sensazione di essersi calmata, Marta si accorse che le sue mani tremavano ancora, tanto che faticò un po' prima di centrare rumorosamente con la chiave la toppa della sua camera. Fu allora che Virginia, sentendo che l'amica stava rientrando, fece capolino socchiudendo la porta della sua camera e disse a Marta:

"Sei tornata finalmente, ce ne hai messo di tempo per recuperare il tuo statino, dai vieni, siamo tutte qui. Anche le altre vogliono sentire dei traffici del bidello Caccola. Ho raccontato quello che hai visto in sala settoria".

Marta la guardò senza rispondere.

"Ehi Marta, che ti succede? Hai un aspetto terribile. Ti senti bene?"

"Direi di no. Poi ti racconto. Ma ora ho assolutamente bisogno di raccogliere le idee, restare sola e rilassarmi con un bagno. Scusami Virgi".

"Marta, non spaventarmi. E' qualcosa che ha a che fare con quello che hai sentito dire da Caccola? Ne parlavo proprio ora con le altre. Quello stronzo di un bidello va fermato".

"In questo momento l'ultimo dei miei pensieri è il Caccola, tesoro. Spero dopo il bagno di essere più socievole. Aspettatemi e non finite tutte le birre".

"Sei arrivata troppo tardi gioia mia, la scorta è esaurita. Ma ora stiamo tirando a sorte su chi di noi andrà a far rifornimento di bevande al minimarket. Quando arriverai avremo di nuovo il frigo pieno".

Appena entrata in camera Marta incollò con uno scotch lo statino sullo specchio, in bella vista, per evitare di dimenticarlo la mattina dopo andando all'Università.

"Ci mancherebbe ancora che, dopo i casini che mi son successi per recuperarlo, lo lasciassi a casa. Questo esame è disseminato di segni negativi, direbbero mister Freud o la mia nonna medium. Potrebbe essere il presagio di una boc-

75

ciatura – pensò Marta dopo aver aperto il rubinetto della vasca da bagno – per fortuna non ho mai creduto né ai lapsus freudiani né alle doti di sensitiva della mia nonna. Del resto è inutile farsi dei problemi ora: domani lo scoprirò".

Poi, tornata in camera, iniziò a spogliarsi levandosi prima il maglione e liberando i piccolissimi seni percorsi da un multicolore tatuaggio liberty. Si sedette sul letto e si contorse su se stessa per sfilare i jeans aderenti come una calzamaglia. Rimasta in mutandine si fermò ad osservarsi allo specchio. Marta si piaceva, si piaceva molto. Era arrivata a pensare che il suo disinteresse per il sesso nascesse da una sorta di narcisismo che l'accompagnava da tutta la vita. Guardò il suo corpo magro ma proporzionato disseminato da piercing e tatuaggi ma questa volta, a differenza di tutte le altre volte in cui si specchiava nuda, non venne presa da un senso di autocompiacimento e di amore per se stessa. No, questa volta qualcosa dentro di lei sembrava quasi guardare quella bellezza riflessa dallo specchio con un senso di tristezza, come qualcosa di effimero che stava per perdersi o che forse era già perduto. Un senso di cose dissolte, rovinate dal tempo le chiudeva la gola in una sorta di turbamento. Era una sensazione che Marta non aveva mai provato fino a quel giorno. Era un qualcosa che fin dal momento in cui era fuggita dal negozio del libraio, era rimasto latente dentro di lei e che ora, mentre si osservava allo specchio, tentava di riprendere forza e di manifestarsi. Marta sfilò anche le mutandine e, rimasta nuda, si voltò leggermente per osservare la rosa, tatuata sulla coscia sinistra, il cui gambo spinoso circondava la sua vita per finire proprio al centro del pube, quasi la rosa nascesse dai suoi peli chiari e radi come da un cespuglio dalle foglie appassite. Il senso di desolazione si fece più forte. La vista del proprio corpo nudo, questa volta, la riempiva di malinconia e la turbava con un senso di malessere verso se stessa.

Marta diede la colpa di questa sensazione al trauma di quel pomeriggio, raccolse le mutandine da terra, le gettò nel cesto della biancheria sporca ed entrò nel bagno. La vasca era quasi colma e la ragazza, dopo aver versato alcuni sali nell'acqua, vi si immerse. Subito il tepore umido la circondò come fosse un liquido amniotico che donava pace. Allora, dopo aver inspirato ed espirato varie volte profondamente, immerse del tutto la testa sotto l'acqua immaginando di uscire dal proprio corpo per entrare in un tiepido mondo di silenzio. Ogni volta che faceva il bagno in vasca o in piscina o anche al mare, Marta amava immergersi e restare sott'acqua senza respirare fino al limite della resistenza.

Era per lei una sorta di esercizio yoga che quasi sempre le donava un senso di pace interiore.

Questa volta però, dopo qualche secondo di immersione, fu presa da una strana sensazione. Nell'atmosfera sorda e silenziosa dell'immersione le parve di percepire una presenza nella stanza da bagno, proprio accanto a lei. Si trattenne dalla tentazione di emergere immediatamente e guardarsi intorno.

"Qui non c'è nessuno, non può esserci nessuno. Non voglio interrompere la mia immersione per vedere se c'è qualcuno. Ho appena scoperto di avere delle tendenze ninfomani, ci mancherebbe solo di scoprirmi anche paranoica".

Per questo resistette ancora più tempo del solito completamente immersa e ne uscì con la testa solo quando si sentì sull'orlo dello svenimento. Allora si guardò intorno. Effettivamente nel bagno non c'era nessuno. Non poteva che essere così. Eppure quella sensazione di una presenza occulta, non l'abbandonava. Arrivò addirittura a pensare che le amiche dalla camera accanto si fossero trasferite nella sua stanza (non chiudeva mai a chiave) e l'attendessero fuori dal bagno con le birre appena acquistate.

"Ehi, c'è qualcuno di là? – gridò Marta – siete voi ragazze?".

La sua voce cadde nel silenzio.

"Paranoia. Questa è pura paranoia – pensò Marta – comincio a preoccuparmi per la mia salute mentale. Oggi pomeriggio mi sono ritrovata ninfomane, ora sento le presenze. Che cazzo mi sta succedendo?" E, quasi per combattere l'ansia che la stava riassalendo, tornò ad immergere completamente il capo sotto l'acqua. E allora dopo qualche secondo la sensazione di una presenza accanto a lei, nella stessa vasca da bagno giunse quasi palpabile tanto che Marta aprì gli occhi immersi nell'acqua resa opaca dai sali e dal sapone col terrore di intravedere qualcuno o qualcosa.

Non vide nulla ma scoprì che in realtà quello che aveva percepito non era la presenza di qualcuno accanto a lei. No. La presenza di cui intuiva quasi il respiro era esattamente… dentro di lei.

Allora riemerse di colpo guardandosi intorno. Tutto sembrava normale. Anzi no, fissando l'acqua opaca a Marta parve di intravedere qualcosa.

Fra gli arabeschi in movimento che il bagno schiuma componeva e scomponeva mischiandosi con l'acqua Marta vide (o credette di vedere), in fondo alla vasca, le linee incerte di un volto i cui dettagli prendevano nitidezza a tratti e a tratti la perdevano, tornando ad essere semplici volute di schiuma. Sembrava il viso di una donna, che la fissava con uno sguardo carico di tristezza. Fu una rapidissima sensazione che si dissolse immediatamente in un mulinello d'acqua sempre più impetuoso che pareva provenire dal fondo della vasca.

Marta, paralizzata dal terrore, lo fissò con gli occhi sbarrati fino ad accorgersi di un particolare sconvolgente: l'origine del mulinello era la sua vagina. Una forza misteriosa la costrinse ad allargare le gambe mentre il mulinello sempre più vorticoso faceva ribollire l'acqua fra le sue cosce. Con gli occhi sbarrati Marta vide qualcosa di evanescente comporsi nel gorgo uscendo da lei stessa ed innalzarsi nella stanza come una nuvola di nebbia grigiastra. La figura emanava desolazione e sconforto, le stesse sensazioni indefinibili che Marta aveva provato poco prima davanti allo specchio e che ora sentiva uscire dal proprio corpo. La figura emersa dalla vasca fluttuò per qualche secondo assumendo una forma umana, prima vaga poi sempre più definita. Per un attimo, con orrore, Marta vide apparire una giovane ragazza col cranio fracassato, sporco di sangue e di frammenti di materia cerebrale. Poi, spalancando la bocca in un muto ma terrificante grido di dolore, la figura si dissolse nell'aria e scomparve.

Marta non urlò. Non ne ebbe la forza e neppure il desiderio. Perché ora, guardandosi intorno nella calma totale ed abituale del suo piccolo bagno, ebbe la certezza di essersi appena risvegliata da un sogno. Non aveva alcun dubbio, si era sicuramente assopita nella vasca da bagno. E lo stato di agitazione in cui si trovava quella sera, unito allo stress di giorni e giorni di studio per l'esame che avrebbe sostenuto il mattino successivo, le aveva provocato una sorta di collasso emotivo facendola addormentare e vivere un incubo terribile. La cosa strana, però, era che a differenza del risveglio da un incubo che normalmente ti lascia appena sveglia un senso di inquietudine che tarda a dissolversi, questa volta Marta si sentiva come liberata. Perché ora si sentiva così bene? Uscì lentamente dalla vasca da bagno e si rese conto di sentirsi libera e leggera, per la prima volta da quando era uscita dal negozio dei libri. Sentiva di aver ripreso il controllo di se stessa. Guardò il suo corpo allo specchio e, questa volta, si trovò bellissima. Accarezzò con un dito il tatuaggio che le percorreva il corpo e lasciò che la sua mano indugiasse sulla sua pelle fino a scendere a sfiorare il clitoride con un senso di liberazione. Lo accarezzò per qualche secondo come faceva spesso, quando era nuda di fronte allo specchio, non per ottenere piacere ma per stabilire uno stretto contatto fra percezione visiva della propria bellezza e risposta fisica del proprio corpo. La rassicurava sempre verificare che la sua frigidità era esclusivamente mentale. Qualunque cosa incomprensibile le fosse successa quel giorno, ora era definitivamente superata. Lei era tornata la Marta di sempre. Quella ragazza pragmatica e razionale che, fra meno di dodici ore, avrebbe sostenuto il suo esame di istologia. Quella ragazza che prima di accettare il sospetto di essere esaurita e in preda alle allucinazioni, avrebbe lottato con tutte le sue forze e la sua intelligenza per dare una spiegazione razionale a quella folle, assurda giornata.

Capitolo 7

La villa del prof. Mattioli faceva parte di un'antica ca-
scina di proprietà della sua famiglia da oltre trecento anni.
Fino ad una trentina di anni prima, essa sorgeva in aperta
campagna, ma ormai era stata raggiunta e circondata dalla
città. Il grande podere agricolo coltivato a grano e vite da
generazioni di contadini, mezzadri degli antenati del prof.
Mattioli, era ormai stato trasformato nel corso degli anni
in uno dei tanti quartieri popolari che circondano la città.
Dell'antica proprietà rimaneva solo la parte padronale che
si era via via ridotta tanto che anche il grande parco che un
tempo circondava la villa era stato trasformato per metà in
un giardino non particolarmente curato e per metà in un cortile lastricato utilizzato dal professore e dai suoi ospiti come
posteggio per le auto. Dell'antico splendore della casa era rimasto solo il grande cancello d'epoca che il professore aveva
fatto automatizzare e l'antico muro di cinta in mattoni nudi
ricoperti di edera. L'interno della casa manteneva ancora il
suo fascino un po' polveroso di nobiltà decaduta grazie agli
affreschi ormai quasi del tutto scomparsi, ai tappeti scoloriti
dall'umidità e ai mobili originali mai restaurati.
La caldaia e i termosifoni erano stati installati una cin-
quantina di anni prima ma i grandi caminetti, presenti in

ogni stanza, venivano ancora accesi per risparmiare sul combustibile, durante tutto l'inverno. Per questo in tutta la villa si percepiva un buon profumo di legna bruciata. Addetta all'accensione dei camini e al trasporto della legna, Cezarina una domestica rumena, cinquantenne, più larga che alta, ma muscolosa come un lottatore di sumo. La donna, dopo una stentata vita da contadina nei Carpazi, aveva accolto come una benedizione il basso stipendio che il professore poteva offrirle per un impegno di dodici ore al giorno.

Il professor Mattioli, neurologo per laurea e specializzazione, non aveva mai esercitato la professione di medico, preferendo dedicarsi ai suoi studi sulla stregoneria e sulle sue manifestazioni dal punto di vista medico e neurologico. Questa scelta, priva di contropartita economica, aveva via via dissolto, nel corso degli anni, la maggior parte dei beni ereditati dalla famiglia grazie ai quali il professore aveva potuto vivere dedicandosi esclusivamente alla scienza, ai viaggi orientati alle sue ricerche e alla raccolta di materiale di studio. Per questo negli ultimi tempi, ormai privo di mezzi per finanziare ulteriormente le sue ricerche, era stato costretto a riunire intorno a sé una decina di persone facoltose e fortemente interessate ai suoi studi. Ognuno di essi, però, seguiva un tipo di interesse molto personale che non aveva nulla a che fare con le motivazioni scientifiche del professore. La stregoneria, la magia, il satanismo emanavano un fascino particolare su parecchia gente e il professor Mattioli, ben conscio di questa realtà, l'aveva utilizzata per ottenere gli aiuti economici che gli occorrevano. Era stato però costretto ad esasperare i lati più scenografici e folcloristici dell'argomento per tenere viva l'attenzione e la disponibilità dei suoi partner.

Cosicché, accentuando ad arte il lato più oscuro e meno

scientifico dei suoi studi, aveva creato intorno a sé una piccola setta di deliranti adepti alla demonologia e alla pratica della stregoneria. Naturalmente il professore, come scienziato, disprezzava questa impostazione ma si guardava bene dal manifestarlo perché essa rappresentava l'unica strada per poter continuare le proprie ricerche. Del resto non era difficile mascherare i suoi studi, rivolti alle implicazione neurologiche della stregoneria, con rappresentazioni di antichi cerimoniali che mandavano in solluchero i suoi ricchi e generosi finanziatori. Bastava poco per "accontentarli": il professore riuniva il gruppo una volta alla settimana a casa sua e, traendo ispirazione dalla sua sconfinata raccolta di saggi e manuali di stregoneria, lo rendeva partecipe conducendo rituali e pronunciando formule orientate all'evocazione di demoni e alla comunicazione con i defunti. Naturalmente questi riti non davano mai alcun risultato, ma illudevano i partecipanti di essere sulla strada giusta per ottenere i poteri e le capacità che ognuno di loro sperava prima o poi di acquisire. Grazie alla sua cultura e alla sua abilità dialettica il professor Mattioli riusciva sempre ad ottenere l'interesse del gruppo di fanatici convincendoli di volta in volta sulla necessità di continuare a finanziare le sue ricerche, ormai ad un passo da risultati concreti. Anche dal punto di vista "scenografico" il professore dimostrava un'indubbia abilità, riuscendo a soddisfare le macabre aspettative dei suoi finanziatori con l'utilizzo negli esperimenti di veri frammenti di corpi umani, ottenuti corrompendo un bidello della facoltà di medicina.

L'utilizzo della carne umana faceva parte di molti riti della demonologia e della stregoneria e, ad ogni riunione nella villa, nella prima parte della serata, il professore leggeva e traduceva ai presenti i passi tratti da antichi volumi in cui si descrivevano dettagliatamente le operazioni e le formule magiche legate all'utilizzo dei corpi umani. Poi li metteva al corrente degli sviluppi delle sue ricerche (tacendo naturalmente la parte più rilevante e cioè quella relativa ai suoi veri interessi).

Infine il gruppo si spostava dalla biblioteca, passando attraverso una porta segreta nascosta da una libreria basculante, ad un'ampia camera adiacente. Questa stanza segreta era adibita alla pratica e alle sperimentazioni in cui, finalmente, ognuno dei presenti poteva sfogare la sua insana e macabra passione, utilizzando la carne umana secondo le indicazioni degli antichi testi. Qui, fra pareti tappezzate di nero, amuleti e simboli rituali venivano recitate, ad alta voce e in coro, le formule della stregoneria e le preghiere per l'evocazione dei demoni e dello stesso Satana.

Questa era la parte più faticosa per il professor Mattioli, che doveva fingere un coinvolgimento che non provava, partecipando attivamente a questa parte folcloristica delle serate il cui unico scopo era mantenere vivo l'interesse e la partecipazione del gruppo.

Per fare questo proponeva loro i veri documenti originali di cui era riuscito ad entrare in possesso grazie ai loro finanziamenti. La sua astuzia era, però, di presentarli nelle riunioni dando per scontata l'origine demoniaca dei fatti descritti in quelle pagine corrose dal tempo ma poi, privatamente, studiandone ed analizzando le possibili spiegazioni mediche e scientifiche.

Non c'era alcun dubbio, infatti, che un fondo di verità ci fosse nei risultati ottenuti dai rituali satanici e dalle formule magiche usate dalle streghe perché, al di là della superstizione e delle credenze popolari, essi venivano descritti in modo pressoché identico in testimonianze di origine e di epoca diversa. Negli ultimi tempi le ricerche si erano concentrate su uno degli obiettivi a cui, da sempre, la stregoneria e il satanismo avevano puntato e cioè aprire un varco tra il mondo dei vivi e quello dell'ignoto ottenendo da ciò vantaggi e potere.

Da vari documenti antichi, tradotti e presentati al gruppo dal professore, risultava che alcune streghe inglesi, intorno all'anno 1000, erano state in grado di operare questo salto di dimensione grazie a riti particolari basati quasi esclusivamente sull'utilizzo di formule magiche scandite ad alta voce. Era un dettaglio, questo, che interessava particolarmente anche il professore che, da sempre, tentava di dimostrare che le formule ripetitive come le preghiere religiose, i mantra, i suoni a bassissima frequenza di certi strumenti come il didgeridoo, avessero in comune il potere di "ipnotizzare" la mente svuotandola da ogni pensiero fino a causare addirittura una sorta di allucinazioni. Il professore era sicuro che la sua teoria potesse essere confermata dallo studio degli inspiegabili fenomeni di contatto fra i vivi e i morti, avvenuti nel minuscolo villaggio di Boscastle in Cornovaglia, riportati da vari testi giunti fino ai nostri giorni. In essi si descriveva il rito grazie al quale, leggendo ad alta voce le parole del famoso "Libro dei Demoni", le streghe erano in grado di evocare i morti e, in alcuni casi, addirittura di avere rapporti sessuali con essi. Insomma, pensava il professore, con un numero così alto di testimonianze, qualcosa doveva essere veramente successo in quel tempo così distante e, se qualcosa era successo, quel qualcosa poteva e doveva essere spiegato scientificamente. Il "Libro dei Demoni" era passato nel corso dei secoli di mano in mano fra i negromanti ma nessuno di loro era riuscito ad ottenere alcun risultato dalla declamazione dei testi in esso riportati. Il libro era poi stato restituito da un bibliofilo, che ne era venuto in possesso casualmente, alla comunità di Boscastle, il villaggio dove gli storici e le cronache locali ne

85

collocavano l'origine. Da allora il prezioso incunabolo era conservato con estrema cura nel locale museo dedicato alla stregoneria.

Proprio il piccolo villaggio di Boscastle incastrato in una fenditura delle scogliere della Cornovaglia sarebbe stato l'argomento della riunione che il professore stava preparando quel giovedì sera mentre attendeva l'arrivo dei suoi ospiti. Anzi, più che sul villaggio, l'argomento si sarebbe concentrato su una persona appena rientrata da Boscastle, una persona che il professore non conosceva personalmente ma con cui aveva avuto parecchi contatti telefonici. E che quella sera sarebbe intervenuto alla loro riunione per presentare il risultato di un incarico che il professor Mattioli gli aveva commissionato.

Il suo nome era Joseph Mühlbauer, un uomo che non aveva nulla in comune con gli aderenti al gruppo del professore. Perché Mühlbauer era uno dei più famosi ladri internazionali. I suoi unici interessi erano gli oggetti rari e insoliti e le opere d'arte che collezionava nella sua lussuosa casa, una dimora nascosta da qualche parte in Austria in un luogo sconosciuto persino ai suoi più intimi amici. Mühlbauer, ricercato dalle polizie di mezza Europa, era solito vendere a collezionisti privi di scrupoli la maggior parte dei suoi bottini provenienti da musei o da case private ma tratteneva per sé gli oggetti o le opere più rare e interessanti.

Quella sera il professor Mattioli attendeva con ansia l'arrivo del ladro. Da lui si aspettava notizie sull'esito del furto che gli aveva commissionato e, in particolare, sperava di ottenere quella sera stessa quanto gli aveva richiesto. Era la sorpresa che intendeva offrire ai suoi finanziatori, ma soprattutto a se stesso.

A poco a poco, il cortile di villa Mattioli si riempì delle

costose auto dei partecipanti alla riunione.

Per evitare visite non gradite ognuno di loro doveva suonare il campanello per ottenere l'apertura del cancello con una sequenza prestabilita di suoni e quello del portoncino della casa con una sequenza diversa. Solo allora gli ospiti potevano entrare nella villa.

La maggior parte di loro, essendo persone piuttosto conosciute in città, avrebbero preferito entrare rapidamente nella villa senza dare eccessivamente nell'occhio. Ma il fascino da "riunione segreta" faceva accettare loro anche questa complicata procedura di ingresso. La colf rumena si limitava ad aprire il portoncino della villa, facendo accomodare gli ospiti, poi, quando tutti i partecipanti alla riunione erano arrivati, doveva immediatamente ritirarsi nel suo appartamentino ricavato nell'ala della casa che già gli antenati di Mattioli avevano destinato alla servitù.

I componenti del gruppo entravano nella biblioteca e, secondo un rituale ormai divenuto automatico, si dirigevano direttamente al grande tavolo dove era già assegnato il posto ad ognuno di loro. Nel caminetto della stanza un grande ceppo, che la colf aveva sistemato ed acceso prima del loro arrivo, sfrigolava riscaldando i muri scrostati dall'umidità.

Quella sera, quando tutti furono arrivati, le porte della casa vennero chiuse con molti giri di chiave e il professor Mattioli prese la parola per aprire la riunione.

"Questa è una serata molto importante per i nostri studi, cari amici – disse con un sorriso trionfale e trattenendo a stento l'eccitazione – vi avevo più volte parlato del più antico manuale di stregoneria giunto fino ai nostri giorni".

"Sta parlando del "Libro dei Demoni", vero? Quello per cui ha fatto tutti quei viaggi in Cornovaglia?" – disse Alfonso Magnini, anziano industriale dei freni a disco, che divideva il suo tempo libero fra due passioni che alimentava con generosi assegni: quella per l'occulto e quella per il sesso con ragazze giovani e disponibili.

"Esatto – rispose Mattioli – il manuale che le streghe della Cornovaglia utilizzavano per mettersi in contatto con i defunti tramite l'intercessione del demonio".

"Conosciamo bene la storia di quel libro – intervenne l'architetto Bertoldi, appassionato collezionista di documenti sulla stregoneria e sul satanismo, oltre che fedele partecipante alle riunioni – ma, come lei professore ci ha più volte detto, nessuno è mai riuscito a ripetere le evocazioni di defunti di cui si parla nelle testimonianze giunte fino a noi: chi ha visto operare le streghe di Boscastle afferma di aver assistito coi propri occhi ai fenomeni più incredibili".

Il professor Mattioli si schiarì la voce e continuò:

"Infatti. Come ben sapete il segreto per utilizzare il libro, purtroppo, è morto con l'ultima strega della Cornovaglia bruciata sul rogo intorno all'anno 1200".

"Può darsi che il segreto non fosse nelle formule del libro ma nei poteri magici delle streghe ottenuti dal loro patto con Satana. – interruppe ancora il Bertoldi – Ancora oggi molte streghe operano malefici e fatture grazie ai loro poteri, senza utilizzare alcun libro né parole magiche".

Mattioli faticò parecchio ad annuire nascondendo il proprio scetticismo sull'affermazione dell'architetto. Ma non poteva tradirsi coi propri finanziatori, lui che non credeva né alla magia né al demonio. Possibile che nessuno di loro, per lo più persone colte e intelligenti, potesse prendere in considerazione una serie di spiegazioni razionali, tipo ipnotismo o suggestione o isteria, anziché abbracciare una tesi del tutto inverosimile. Per cui dopo aver chinato il capo con un lieve cenno di assenso, continuò:

"Lasciamo da parte per il momento questa possibilità. Per ora concentriamoci sull'incunabolo. Deve essere chiaro che il Libro dei Demoni non è un libro magico, ma un libro di formule con cui le streghe, con una procedura ignota e finora irripetibile, sembra, e sottolineo 'sembra', potessero comunicare con i morti. Si sa per certo che, intorno al '700, quindi molto tempo dopo la scomparsa delle streghe della Cornovaglia, ci fu un occultista che affermò di aver scoperto il segreto del libro: l'uomo sostenne di aver avuto, grazie ad esso, rapporti sessuali con la propria moglie defunta facendola reincarnare in una sua assistente dotata di facoltà medianiche. Purtroppo l'occultista morì improvvisamente durante uno di questi rapporti sessuali senza aver svelato a nessuno le modalità del rito magico con cui utilizzava l'incunabolo e i suoi misteriosi rituali".

"Morto durante un rapporto sessuale. Magari con il fantasma di una donna morta. Che esperienza curiosa fare sesso con una deceduta! E dire che le ragazze sono così belle quando sono vive e calde. Ma forse trombare una defunta che probabilmente non fa sesso da anni, potrebbe essere una variante interessante alle solite scopate banali e ripetitive" – disse ridacchiando l'anziano Magnini.

Qualcuno del gruppo commentò:

"Alcuni la chiamano necrofilia".

Il professore represse una smorfia di disgusto e continuò:

"Il nostro obiettivo, dunque, è scoprire la chiave grazie alla quale il libro veniva utilizzato. Personalmente sono stato almeno dieci volte nella cittadina di Boscastle al Museum of Witchcraft, dove è conservato il 'Libro dei Demoni', studiandolo per giorni e giorni".

"Eh si – disse Matteo Frola, commerciante di carni all'ingrosso, considerato nel gruppo il meno propenso ad aprire la borsa – sappiamo bene dalle sue note spese quante volte lei si è recato in Inghilterra negli ultimi tempi. Spero che i suoi viaggi, fatti coi nostri soldi, ci abbiano portato qualche risultato".

"Purtroppo no – disse il professore – avrei avuto bisogno di avere il libro totalmente a mia, anzi, a nostra disposizione per molto più tempo. Penso sia indispensabile poterlo sottoporre ai nostri esperimenti. Tentare di studiare e decodificare le sue formule scritte in un linguaggio incomprensibile".

"Per questo non basterebbe chiedere al museo di darci in prestito il libro per qualche mese? – chiese uno dei presenti – i musei spesso aiutano la ricerca. E magari se facessimo appoggiare la nostra richiesta da qualche ente culturale o dall'università…".

Scuotendo la testa Mattioli lo interruppe.

"Malauguratamente il direttore e tutto il comitato del Museum of Witchcraft sono assolutamente contrari a farlo uscire dal museo e a darlo in prestito sia pure per motivi di studio e addirittura non permettono di fotocopiarne le pagine. Probabilmente perché il Museum of Witchcraft e i suoi volumi sono l'unico richiamo turistico del villaggio di Boscastle ed attirano ogni anno migliaia di studiosi di magia da tutto il mondo, con notevolissimi vantaggi per l'economia locale. Perciò…" – e qui il professore fece una sapiente e prolungata pausa per sottolineare l'importanza di ciò che stava per rivelare.

"Perciò? – chiese Matteo Frola – non ci starà mica chiedendo di finanziare un'altra lunga permanenza in Cornovaglia per aver tutto il tempo necessario ai suoi studi?"

"Assolutamente no – rispose sorridendo il professore – fra qualche minuto, almeno lo spero, qualcuno suonerà il campanello di questa casa, e voi conoscerete la persona a cui ho dato l'incarico di trafugare il volume dal Museum of Witchcraft. Si tratta di Joseph Mühlbauer, uno dei più famosi ladri d'arte d'Europa".

"Un ladro? – chiese preoccupato Manlio De Rossi consigliere regionale del partito di maggioranza – non è un po' rischioso essere i mandanti di un'azione illegale? Non si dimentichi che qualcuno di noi non può assolutamente essere coinvolto in uno scandalo".

"E poi se si tratta di un famoso ladro internazionale – intervenne ancora Matteo Frola – chissà quanto ci costerà il suo servizio".

"Tranquillo consigliere De Rossi – sorrise il professore – dobbiamo essere ben consci che la riuscita dei nostri studi non possa percorrere sempre i sentieri dell'ufficialità e della legalità…del resto pensate che acquistare cadaveri rubati da un bidello della facoltà di medicina sia del tutto privo di rischi? Eppure nessuno di voi ha mai fatto obiezioni sull'utilizzo di quei corpi. Per quel che riguarda poi il timore del signor Frola, posso assicurarvi che grazie ad un particolare accordo questa sarà un'operazione a basso costo. Appena arriverà, sarà lo stesso Mühlbauer ad illustrarvi il perché – poi guardando l'orologio con aria preoccupata aggiunse – sperando che venga. Avrebbe già dovuto essere qui".

"Magari lo hanno arrestato…mai fidarsi dei ricercati!" – disse preoccupato il consigliere De Rossi.

"Certo – ridacchiò l'anziano Magnini – meglio fidarsi dei consiglieri comunali. Quelli non li arrestano mai!"

"Gli ha spiegato la sequenza con cui deve suonare il campanello?" – chiese qualcuno.

"Certo – rispose il professore – e comunque anche avesse dimenticato la sequenza, gli apriremmo comunque. A quest'ora solo lui potrebbe suonare il campanello".

"In attesa di questo fantomatico ladro, non potremmo andare di là nella stanza segreta a proseguire gli esperimenti coi nostri cadaveri?" – disse Matteo Frola.

E Magnini aggiunse:

"Mi pare un'ottima idea. Stavamo studiando la volta scorsa il rito magico per ottenere una pomata con gli effetti del viagra, utilizzando il grasso sottocutaneo dei cadaveri. La fattucchiera lucana da cui abbiamo ottenuto la formula assicura che funziona".

"Queste sono stupidaggini – rispose con irritazione il professor Mattioli. Poi, pentito del tono brusco che gli era sfuggito con l'industriale, addolcì il tono e continuò – inoltre non ci sono cadaveri freschi. E senza celle frigorifere i pochi frammenti di corpo umano che ci sono di là saranno ormai da gettare nonostante la formaldeide. I nuovi pezzi di cadavere arriveranno solo domani, sempre che il nostro bidello non si faccia sorprendere".

Sul gruppo scese un silenzio di attesa. Mattioli, che aveva preparato l'impostazione di tutta la riunione di quella sera sulla presenza di Joseph Mühlbauer, guardò ancora una volta con preoccupazione l'orologio poi si avvicinò alla finestra per verificare se fuori dal cancello ci fosse qualcuno in attesa. A volte infatti era successo che il campanello si fosse guastato e non avesse suonato. Nel buio del giardino, fiocamente illuminato dalla luce proveniente dalla finestra, non riuscì a vedere nulla se non la propria ombra riflessa sul prato e una sottile nebbia che iniziava ad alzarsi. E davanti al cancello non c'era nessuno, neppure i radi passanti notturni, in quella zona quasi sempre tossicodipendenti o spacciatori, che spesso si soffermavano ad osservare incuriositi oltre le sbarre quella che sicuramente era la casa più antica del quartiere.

La nebbia pareva quasi muoversi e creare delle strane

figure evanescenti che si componevano e si dissolvevano continuamente. Tutti i partecipanti alla riunione erano ora davanti alla finestra ad osservare il buio della notte. Ma di colpo, alle loro spalle , qualcosa successe.

Il silenzio in cui era caduta la stanza fu sufficiente perché tutti percepissero improvvisamente, al di là della libreria che nascondeva la camera segreta, un fruscio inquietante seguito da un raspare deciso contro il retro del mobile. I presenti si raggelarono e tutti gli occhi si volsero verso la libreria. Ognuno di loro sapeva che la stanza segreta non aveva né finestre né altri ingressi per cui anche la presenza di un gatto o di un animale che si fosse introdotto, attirato dall'odore di cadavere, non era pensabile. Il rumore misterioso continuò per qualche secondo poi si interruppe. I presenti si guardarono uno con l'altro quasi cercando il segno di uno scherzo di cattivo gusto. Lo stesso Mattioli era impallidito e fissava la libreria. Lui era entrato nella stanza segreta poche ore prima e, quando l'aveva richiusa, tutto sembrava normale. Il raspare contro la libreria proveniente dall'interno della stanza era assolutamente inspiegabile.

Poi, mentre tutti fissavano immobili e sconcertati il massiccio mobile colmo di libri, questo cominciò lentamente, molto lentamente, a ruotare sul proprio asse, come se qualcuno o qualcosa rimasto imprigionato nella stanza segreta, stesse aprendo la porta per uscirne.

Prima che la porta fosse del tutto spalancata, una corrente di aria gelida ne uscì, raffreddando in un attimo, nonostante il fuoco acceso nel caminetto, la stanza della riunione. Ma nessuno (anche se sarebbe stato il pensiero più logico) attribuì la sensazione al fatto che la stanza segreta veniva sempre mantenuta con i termosifoni spenti e l'aria condizionata sparata al massimo livello per avere la temperatura più bassa possibile. Nessuno volle ammetterlo poi a se stesso, ma tutti pensarono di trovarsi finalmente davanti ad uno dei fenomeni che da sempre attendevano. I frammenti di corpo umano conservati di là avevano forse generato un fantasma o una forza sconosciuta in grado di materializzarsi ed uscire dalla stanza segreta?

Poi, quando la libreria fu del tutto ruotata sul proprio asse lasciando aperto il passaggio, sotto gli occhi sgranati dei presenti, ne apparve, lentamente, un uomo magrissimo, alto, con lunghi capelli bianchi che scendevano sulle spalle.

Con uno sguardo penetrante fissò ad uno ad uno tutti i presenti.

Nel silenzio si percepiva quasi il pulsare dei cuori e il senso di emozione che riempiva la biblioteca.

"Un fantasma! – pensò qualcuno di loro – non può che essere un fantasma".

Poi l'uomo dai capelli bianchi parlò con un fortissimo accento tedesco.

"Buongiorno signori, chi di voi è il professor Mattioli?". Il professore, sconcertato, balbettò:

"Sono io – subito dopo aver riconosciuto la voce e l'accento tedesco dell'uomo con cui aveva più volte avuto contatti telefonici – ma lei, come è possibile, lei è…"

"Sono Joseph Mühlbauer, signori, ho appena visitato la vostra stanza dei giochi. Ma non preoccupatevi, potete stare tranquilli: non ho trovato nulla di mio interesse. Nella mia collezione di oggetti rari non ho una sezione di organi umani sotto formalina. Certo, ho delle 'tsantsa', le teste mozzate e compresse dalle tribù indigene dell'Amazzonia. Possiedo anche il corpo mummificato di un uomo dell'età del bronzo, piccolo souvenir del museo della preistoria di Hannover, ma sono entrambi oggetti che presumo non rientrino nel vostro giro di interessi".

"Ma...ma come ha potuto entrare in casa mia, le porte erano tutte chiuse a chiave e, soprattutto come è entrato nella stanza segreta? L'unico passaggio è attraverso quel mobile" – disse Mattioli sconcertato, avvicinandosi al passaggio segreto e appoggiando una mano sul bordo blindato dell'apertura, quasi volesse verificare se fosse stata in qualche modo scassinata.

"Beh, entrare nella sua casa, con le ridicole serrature di cinquant'anni fa, è stato uno scherzo. Non deve dimenticare il mestiere per cui sono piuttosto famoso. Ho fatto tardi al nostro appuntamento perché mi sono permesso di dare un'occhiata a tutta la sua casa. I suoi quadri settecenteschi sono carini ma valgono poco più di una crosta. Invece faccia esaminare il ritratto che tiene appeso nel corridoio delle camere da letto. Ho il sospetto che possa essere attribuito ad un allievo del Pinturicchio. Potrebbe avere un discreto valore, per lo meno per un antiquario di provincia.

"Si, ma la stanza segreta? – disse Mattioli – non c'è alcuna possibilità di accedervi se non dalla libreria in questa stanza".

"Eh sì, più che un ladro – disse l'architetto Bertoldi – lei mi sembra un seguace del grande Houdini o magari...

Uno dei presenti concluse la frase:

"...o magari lei è un mago dotato di poteri occulti. In questo caso si trova fra persone in grado di comprenderla".

"Ma visto che non credo che lei abbia delle doti magiche – disse bruscamente il professore – ora ci deve spiegare come ha fatto ad introdursi nella stanza segreta".

Mühlbauer sorrise e, con una tecnica da attore consumato, socchiuse gli occhi prima di parlare, quasi volesse attendere l'attenzione totale del suo pubblico. Poi parlò.

"Come ogni artista, non amo divulgare i miei segreti – spiegò l'uomo in un singolare mix di lingue che utilizzava con indifferenza vocaboli tedeschi e italiani – ma, visto che siete i miei committenti, farò un'eccezione. Del resto è stato così semplice entrare che ci sarebbe riuscito qualunque ladro di polli purché magro come il sottoscritto. Date un'occhiata ai condotti di alluminio dell'aria condizionata. Quando ho visto che il muro tra la biblioteca e la stanza successiva era troppo lungo per non contenere un'altra camera, sono stato preso dalla curiosità. Allora ho svitato le grate e mi sono introdotto nei condotti dell'aria condizionata. Ovunque riesca a passare un gatto, riesco a passare io. Sono un ottimo contorsionista, nonostante la mia età. Ho sperato che una camera segreta potesse contenere chi sa quali segreti di valore e invece…un braccio umano semi ammuffito, una lingua bianchiccia, un paio di dita con le unghie sporche, un cervello sezionato. Ognuno è libero di divertirsi con ciò che preferisce".

"I cadaveri freschi arriveranno solo domani sera – disse uno dei presenti un po' piccato dal tono ironico del ladro – lei ha trovato solo pochi avanzi di…".

Il professor Mattioli lo interruppe:

"Il signor Mühlbauer è qui per riferirci dell'incarico che gli ho commissionato e per consegnarci il frutto del suo lavoro. Per cui, per favore, smettiamo di divagare ed ascoltiamo che cos'ha da dirci e soprattutto da darci".

"Bene, signori, allora veniamo al punto. Normalmente per i miei lavori chiedo ed ottengo compensi importanti, ben superiori a quello che ho concordato con il qui presente professor Mattioli – iniziò a parlare Joseph Mühlbauer, guardando ad uno ad uno tutti i presenti con sapiente abilità comunicativa – questo perché la natura del…prelievo è rappresentata da un oggetto che è anche di mio interesse. Dal punto di vista del collezionista di cose rare, naturalmente. La magia e il satanismo non mi interessano e li lascio ad altri… appassionati". Qualcuno pensò, probabilmente a ragione, che l'aggettivo che stava per pronunciare il ladro non fosse "appassionati" ma qualcos'altro di meno gratificante, ma nessuno osò interromperlo.

"Alla luce di questo dato di fatto – continuò Mühlbauer – ho concordato col professore che il libro originale resterà in mio possesso e a voi consegnerò una copia digitale del volume. Ho già affidato il libro ad uno dei migliori artigiani del settore dell'editoria digitale clandestina che opera nella vostra città. Questo per esser certi della riservatezza dell'operazione: chi è fuori legge non ha nessun interesse a divulgare i dettagli del proprio lavoro".

Un po' deluso Mattioli intervenne dicendo:

"Speravo che, già questa sera, potessi disporre della copia digitale del libro. E mi sarebbe piaciuto, per una volta almeno, poter mostrare ai miei ospiti l'incunabolo originale".

"Mi spiace ma questo non era stato concordato – rispose il ladro con tono dispiaciuto – domani stesso riceverete la copia digitale del libro e io, col mio volume originale, sarò già in volo per Vienna. Questa sera sono passato da voi solo per ritirare il compenso pattuito. In assegno, come concordato…

Il professore con aria rassegnata estrasse il blocchetto degli assegni, ne compilò uno e lo porse al ladro.

Ma a quel punto Matteo Frola, che fino a quel momento aveva tenuto l'atteggiamento di chi vorrebbe contestare ma si trattiene, esplose strappando di mano l'assegno al professore e gridando:

"Eh no! Lei ha rubato un prezioso volume su nostro incarico ed ora vorrebbe tenerselo per sé, lasciandocene solo una copia? E per una cosa del genere noi le abbiamo pagato addirittura…"– e qui si interruppe per leggere l'assegno. Dopo averlo fatto sgranò gli occhi increduli e restò a bocca aperta fissando la cifra che vi era scritta sopra. Poi passò l'assegno agli altri presenti che con aria sconcertata lo lessero e se lo passarono uno con l'altro quasi non credessero ai proprio occhi. Perché l'importo dell'assegno era di…un euro.

Con una risata Joseph Mühlbauer si prese l'assegno, lo controllò, lo ripiegò e se lo infilò nella tasca dell'impermeabile.

"Stupiti? Quando il professor Mattioli mi parlò di questo libro decisi che doveva assolutamente far parte della mia collezione. Il lavoro lo avrei anche fatto gratis ma, cosa volete, la mia professionalità, ma soprattutto una firma che certificasse a scanso di pentimenti il vostro coinvolgimento nell'operazione, mi hanno imposto di richiedervi un compenso sia pure simbolico come questo. Domani stesso riceverete la vostra copia digitale, la cui realizzazione sarà naturalmente a carico mio. Auf wiedersehen, signori". Detto questo, con un elegante inchino il ladro si accomiatò ed aprì la porta della biblioteca per andarsene. Ma un attimo prima di uscire, si voltò verso i presenti e, con un inquietante sorriso, disse:

"Il dottor Faust vendette l'anima per un prezzo ben superiore a quello che avete pagato voi questa sera. Penso che abbiate fatto un buon affare – poi accennò ad uscire ma ancora una volta si voltò ed aggiunse – non disturbatevi ad accompagnarmi all'uscita. Conosco bene la strada. La stessa che ho percorso per entrare".

Il professor Mattioli si avvicinò alla finestra per vedere l'uomo uscire dal cancello. Ma, nel buio del giardino nebbioso, non vide uscire nessuno.

Capitolo 8

Il mattino dopo quello strano ed assurdo incontro con la ragazza punk, Jos giunse in negozio prima del solito. Non aveva praticamente dormito quella notte, ancora turbato dagli avvenimenti del giorno prima. E, voltandosi e rivoltandosi nel letto, aveva continuato a pensare a quel macabro libro senza titolo, allo strano ritmo che le parole stampate su di esso prendevano quando venivano lette dal computer. Un ritmo ossessivo che continuava a risuonargli nella mente e che si sovrapponeva all'immagine della ragazza piena di tatuaggi e di piercing, quella ragazza bellissima che lo stringeva con una sensualità a cui non era più abituato. E il pensiero di Francesca.

In tre anni, dopo l'incidente, Jos era riuscito a fatica a non pensare più a lei con troppa frequenza. Anche quando, ascoltando la sua radio preferita specializzata in jazz, si ritrovava di colpo a sentire le prime note di "The Köln Concert" di Keith Jarrett, riusciva velocemente a spegnere l'apparecchio prima di essere colto dalla tristezza e dalla nostalgia.

E quando scorgeva da lontano qualcuno dei vecchi amici, che aveva smesso di vedere dopo la morte di Francesca, gli bastava cambiare rapidamente strada per evitare qualunque pensiero che lo riportasse al passato. E invece, solo il giorno prima, una ragazza del tutto sconosciuta, bellissima ma totalmente diversa da Francesca (e questo era veramente inspiegabile), gli aveva fatto rivivere l'emozione di stringere fra le braccia proprio lei, il suo grande amore rintanato ma sempre presente in un angolo oscuro del suo cervello. E dopo quell'emozione, così dolce e assoluta, era sopraggiunto all'improvviso quel terrore ancora più totale: che cos'erano quelle figure evanescenti che gli era parso di vedere sopra di lui mentre era steso a terra avvinghiato alla ragazza? Quelle che lo fissavano con odio, quelle che per un attimo erano sembrate del tutto reali ma subito dopo erano divenute solo sensazioni di memoria visiva? Jos, rigirandosi nel letto, aveva tentato di attribuirle ad un particolare stato emotivo: uno stato in grado di trasformare i giochi di luce ed ombra in vere e proprie allucinazioni.

Tutte queste immagini e queste sensazioni, in quella notte di insonnia, si erano sovrapposte in continuazione fino a fondersi, quasi fossero direttamente connesse tra di loro.

Poi, ad un tratto, gli era parso che i pensieri si fossero materializzati nell'angolo più scuro della sua camera. Alla luce fioca dell'orologio digitale gli era sembrato di percepire un movimento. Aveva atteso vari minuti prima di accendere la luce, quasi temesse ciò che avrebbe potuto vedere. Poi si era fatto coraggio. Aveva allungato la mano e premuto l'interruttore dell'abatjour. La camera era deserta. In lontananza percepiva lo sgocciolio di un rubinetto che perdeva. Ma la camera aveva qualcosa di strano. Come quando hai ricevuto degli ospiti e se ne sono appena andati, ma ti pare, per qualche minuto, di percepire ancora la loro presenza piacevole ed amichevole nella tua casa. Solo che in questo caso, nell'atmosfera della camera, Jos non percepiva nulla di piacevole ed amichevole: solo disperazione, odio e un tocco di follia.

Poi la sensazione di una presenza si era fatta più forte, forse proveniente dallo studio che era nella camera adiacente. Si era alzato rabbrividendo per il freddo ed era uscito dalla camera da letto. Aveva percorso il corridoio fino a fermarsi davanti alla porta chiusa del soggiorno-studio. Aveva esitato per qualche istante appoggiando l'orecchio sul legno che lo separava dalla stanza. Nessun rumore ne proveniva. Ma dai battenti gli parve di veder filtrare una debole luce che gli fece l'effetto di uno spiffero di terrore. Aprì di scatto la porta.

Sulla scrivania, aperto sotto la lampada accesa, c'era il libro che lo aveva tanto turbato. La sera prima, dopo aver saputo dal dottor Mangusti che si trattava di un libro di valore, aveva preferito non lasciarlo in negozio ma portarlo con sé a casa. Prima di dormire si era ancora soffermato a sfogliarlo, probabilmente dimenticando di spegnere la luce. Anche se questa era una dimenticanza strana per lui così abituato a spostarsi nella sua abitazione nel buio totale.

Alzò gli occhi verso la finestra buia, quasi attendesse di vedervi apparire qualcosa di mostruoso. E per un attimo vide effettivamente qualcosa di mostruoso.

Chi era quell'uomo pallido che lo osservava attraverso il vetro?

Fu solo un istante di terrore prima di riconoscere nel viso stravolto e cadaverico, segnato da profonde occhiaie, il proprio volto riflesso dal vetro della finestra.

Il suo sguardo si posò nuovamente sul libro.

Ora aveva la sensazione di aver commesso un errore nel portarselo a casa. Qualcosa gli diceva che, finché non avesse restituito quel libro al suo proprietario, non avrebbe ritrovato la serenità. Terminato l'inutile giro della casa, senza sentirsi rassicurato, era tornato a letto. Il display dell'orologio digitale segnava le tre di mattina. Jos aveva poi deciso che per quella notte non avrebbe più tentato di addormentarsi. Aveva preso dal comodino il romanzo che stava leggendo, un classico della fantascienza di Ray Bradbury, tentando di concentrarsi su di esso. Ma i pensieri che fino a quel momento lo avevano tenuto sveglio avevano continuato a distrarlo e a fargli perdere il filo della lettura.

Aveva continuato a percepire nel resto della casa dei fruscii e degli scricchiolii, ma si era imposto di non alzarsi più dal letto. Aveva fissato gli occhi sulla porta chiusa della camera come se potesse guardarvi attraverso poi, scuotendo la testa, aveva tentato di concentrarsi sul romanzo.

Così il mattino dopo i segni della notte passata in bianco si potevano vedere tutti scolpiti nelle sue occhiaie, mentre aveva percorso velocemente la breve strada dalla metropolitana al negozio. Tra le mani teneva il libro con la speranza che quello stesso giorno il proprietario sarebbe venuto a riprenderselo.

Fu proprio mentre varcava ancora turbato la saracinesca del negozio che Jos sentì lo squillo del telefono. Si precipitò a rispondere e non riuscì a trattenere un sospiro di sollievo nell'udire l'accento tedesco dell'interlocutore.

"E' pronto il lavoro?" – chiese l'uomo.

Alla risposta affermativa del libraio, aggiunse sbrigativo:

"Sarò da lei tra mezzora a ritirare il libro. Mi prepari un cd con il volume digitalizzato in formato epub e pdf. Le darò istruzioni e un indirizzo a cui consegnare il cd in giornata". Senza attendere la risposta di Jos, l'uomo riattaccò il telefono. Il libraio, prima ancora di accendere i computer, posò il libro sul bancone ed iniziò a sfogliarlo. Ora che stava per liberarsene, contrariamente a quello che aveva pensato per tutta la notte, provava quasi il desiderio di non restituirlo, di tenerlo con sé e di leggerne e rileggerne le parole incomprensibili. Era sicuro che contenesse un segreto, qualcosa di sfuggente che lo sfiorava ma che lui non riusciva a cogliere. Si chiese se questa sensazione potesse nascere dalle immagini erotiche che rappresentavano gli accoppiamenti fra giovani ragazze e demoni ma, ad un'attenta analisi, giunse alla conclusione che queste non erano altro che una serie di bellissimi disegni creati da un artista dotato di una fantasia morbosa. Allora, pensò, il mistero nasceva dai testi, da quei testi indecifrabili ed oscuri. Jos aprì il libro su una delle pagine e tentò di declamare ad alta voce il testo stampato per ricreare il ritmo che l'aveva così affascinato quando l'aveva ascoltato dalla voce del computer. Ma stranamente, leggendo, Jos si accorse che sia la cadenza che la pronuncia dei fonemi uscivano dalla sua bocca totalmente diversi da quelli che aveva udito il giorno prima con la lettura elettronica. Le parole che leggeva erano le stesse che il computer aveva letto eppure il ritmo quasi musicale, quel ritmo che lo aveva ossessionato per gran parte della notte, ora altro non era che un confuso guazzabuglio di parole senza senso. La spiegazione di questo fatto gli apparve subito evidente: c'erano sicuramente alcune regole, inserite dai programmatori del software della sintesi vocale, per cui, in base alla lingua del testo da leggere, alcuni caratteri dovevano essere pronunciati con o senza legature vocali ai caratteri che li seguivano. Solitamente questo viene fatto perché il software sia compatibile con tutte le più diffuse lingue del mondo. E normalmente il computer analizza le parole per stabilire le regole di quale lingua applicare nella loro lettura. Non riuscendo però la macchina a stabilire a quale ceppo linguistico appartenesse il testo, aveva probabilmente applicato le regole di molte lingue in un mix confuso che aveva generato un tipo di lettura assolutamente slegato dalla normale fonetica. Incuriosito da questa intuizione, Jos accese il computer deciso a riascoltare la lettura elettronica del libro compiuta dal software ed analizzarne le differenze di pronuncia e di ritmo con una normale declamazione vocale. Ma, guardando l'ora, si accorse che mancava poco all'arrivo del cliente tedesco. Aveva detto che sarebbe arrivato entro mezzora. Jos non poteva perdere altro tempo e doveva affrettarsi a finalizzare il cd che gli era stato richiesto.

Decise allora di fare una cosa che, per una sua etica personale, non aveva mai voluto fare, neppure con i libri rari che a volte gli venivano affidati: realizzare per sé una copia digitalizzata del libro da conservare nella memoria del proprio computer. Jos riteneva infatti che i libri digitali che realizzava per i propri clienti, in quanto pagati, erano e restavano di loro esclusiva proprietà, e, salvo un'autorizzazione, non aveva alcun diritto di trattenerne delle copie. Per questo, non appena consegnato il lavoro, cancellava dalla memoria del computer ogni traccia del file. Un comportamento un po' schizofrenico per uno che viveva violando continuamente diritti d'autore e di pubblicazione. Questa volta, comunque, avrebbe tenuto una copia del libro per sé. Sentiva che fra quelle pagine c'era qualcosa di strano, qualcosa che, in qualche modo, aveva influenzato gli avvenimenti del giorno precedente e della notte appena trascorsa. Voleva aver la possibilità di capire se la sua sensazione era giustificata.

Appena terminata la masterizzazione del cd per il cliente, Jos copiò velocemente in una partizione nascosta del suo hardisk, il file del libro che intendeva conservare per sé.

Fece appena in tempo. Dopo pochi minuti la porta del negozio si aprì ed apparve l'uomo che gli aveva affidato il libro.

"Buongiorno, mi chiamo Mühlbauer, le ho telefonato poco fa" – disse l'uomo col suo inconfondibile accento tedesco.

Magrissimo, alto, con i lunghi capelli bianchi che gli scendevano sulle spalle, elegante nel suo impermeabile scuro, l'uomo gli fece la stessa impressione del primo fugace contatto del giorno precedente quando gli aveva consegnato il libro. L'aspetto da artista bohemien e lo sguardo magnetico e penetrante gli donavano un potere di seduzione a cui era difficile sottrarsi.

"Complimenti per il suo negozio. Queste antiche librerie mi hanno sempre affascinato con la loro atmosfera. Mi fa piacere che una persona giovane come lei abbia preferito gestire un negozio di libri anziché, come la maggior parte dei commercianti suoi coetanei, un tristissimo emporio di telefonini o di abbigliamento jeans. Ha fatto un'ottima scelta".

"In realtà non è stata una scelta mia. Questo negozio appartiene alla mia famiglia da un'ottantina di anni ed è passato da mio nonno a mio padre ed infine a me. Io l'ho solo adeguato alle nuove tecnologie".

"Bello, molto bello. Sembra quasi di percepire la presenza di tutti i clienti che in ottant'anni sono entrati qui dentro, hanno indugiato sui libri, hanno respirato la loro polvere" – disse l'uomo ruotando il capo intorno a sé con gli occhi socchiusi, quasi volesse riempirsi i polmoni dell'atmosfera del negozio".

"Sì, è un fascino che sento anch'io, signor Mühlbauer – rispose Jos – ho passato qui gran parte della mia infanzia e della mia adolescenza. Qui ho imparato a leggere e a scrivere, qui ho preparato i miei esami universitari, qui ho… – Jos si interruppe perché non gli sembrava opportuno raccontare ad un estraneo che, sdraiato dietro al bancone, aveva pure perso la sua verginità con Francesca parecchi anni prima. Un attimo di turbamento ma poi sorrise all'uomo e riprese – forse è per questo che non mi sono liberato di queste migliaia di libri cartacei che probabilmente non venderò mai. E, del resto, loro mi proteggono fornendo una copertura legale alla mia attività di pirata letterario".

"Bene – disse l'uomo con l'accento tedesco sorridendo – allora vediamo il lavoro di questo giovane pirata letterario. Mi hanno parlato molto bene di lei e...della sua riservatezza. Ci sono persone che stanno attendendo con ansia la copia del libro che le ho affidato".

"Certo, gliela mostro subito" – disse Jos prendendo dal cassetto del bancone la scatoletta in plastica trasparente da cui estrasse il cd che inserì nell'apposito vano del computer.

Subito sullo schermo apparve l'oscena copertina. Senza alcun commento, Jos fece scorrere sul monitor, una dopo l'altra, una decina di pagine mentre Mühlbauer approvava annuendo.

"Basta così, mi pare un ottimo lavoro – disse poi l'uomo – non ho tempo di visionare tutte le pagine. Le detto il nome e l'indirizzo a cui dovrà far pervenire entro questa sera il cd".

Dopo aver appuntato l'indirizzo su un foglietto, Jos prese dal bancone il pesante libro originale per restituirlo a Mühl-bauer. E proprio mentre le sue mani stavano per lasciare il volume fra le mani dell'uomo, Jos percepì un'intensa vibra-zione che gli sembrò provenire dal libro. Alzò di scatto il viso. Ma Mühlbauer aveva tolto la mano sinistra dal volume e l'aveva portata alla tasca. Cos'era questa sensazione? Per un attimo a Jos era parso che il libro non volesse abbando-narlo e vibrasse per comunicargli che voleva rimanere con lui nel vecchio negozio.

"Ancora autosuggestione, forse ho bisogno di un po' di riposo" – pensò Jos, poi si accinse a lasciare il libro nella mano dell'uomo che lo stava sostenendo.

"Ecco a lei. Questo è il suo libro".

"Mi scusi lo tenga ancora lei per un attimo – disse il tedesco mentre, con la mano nella tasca interna dell'impermeabile, cercava qualcosa. Ne estrasse il cellulare che stava ronzando e vibrando. Lesse il display e, con tono di scusa, allontanandosi di qualche metro, sussurrò a Jos: –"una telefonata molto personale".

"Ecco che cos'era la forte vibrazione che ho sentito, quando gli ho passato il libro – pensò il libraio mentre, per discrezione, si allontanava il più possibile dall'uomo andando a sistemare alcuni libri in uno scaffale – altro non era che il cellulare che vibrava. Ultimamente sto diventando piuttosto irrazionale. Finirò per leggere gli oroscopi e curarmi con l'omeopatia. Devo essere un po' esaurito".

Nonostante si fosse allontanato fino al lato opposto del negozio e l'uomo parlasse a bassa voce, Jos non poté fare a meno di ascoltare tutta la telefonata.

"Mi spiace, conte Mainini, che lei oggi abbia avuto questo imprevisto – diceva Mühlbauer con tono contrariato – ma io non posso attenderla fino a domani per consegnarle…ehm, l'orsacchiotto. Ho già previsto di rientrare in Austria questa sera stessa".

Dopo una pausa piuttosto lunga in cui Mühlbauer ascoltava l'interlocutore con espressione pensierosa infine rispose:

"D'accordo. Allora lascerò 'l'orsacchiotto' da qualche parte qui in Italia in modo che lei possa recuperarlo quando le fa più comodo – poi alzò gli occhi verso Jos che attendeva in fondo al negozio – per esempio, proprio qui. Sono in un negozio di libri tenuto da una persona assolutamente affidabile. Gli chiederò se può tenere 'l'orsacchiotto' finché qualcuno passerà a ritirarlo. Intanto lei mi faccia oggi stesso il bonifico sul solito conto svizzero".

Mühlbauer, dopo aver comunicato l'indirizzo e il numero

di telefono del negozio di Jos, concluse la telefonata e rimise in tasca il telefonino.

Poi, rivolgendosi a Jos che gli stava nuovamente porgendo il suo libro, gli disse:

"Devo ancora chiederle una cortesia. Un mio cliente, il conte Mainini di Ruffa a cui dovevo fare una consegna oggi, ha avuto un contrattempo. Le posso lasciare un pacchetto che lui passerà a ritirare al più tardi domani?"

Jos esitò. Aveva sentito la telefonata e la parola "orsacchiotto" pareva tanto un messaggio in codice. E se si fosse trattato di traffico di droga internazionale? Quanto rischiava nel detenere un pacco di droga? Molto di sicuro.

Esitando per l'imbarazzo chiese:

"Non si tratterà mica di qualcosa di illegale, vero?"

"Tranquillo. Si tratta solo di un oggetto da collezione. Il conte è appassionato di...beh, lasciamo perdere. Questi nobili sono tutti un po' pazzoidi".

Così Jos, per nulla tranquillizzato, maledicendo la propria timidezza con le persone sconosciute, non riuscì a rifiutare.

"Sì, certo, lasci pure il pacco qui in negozio".

"Bene – rispose Mühlbauer sorridendo – anche questo problema è risolto. Poi prendendo dalle mani di Jos il libro, continuò – ed ora non mi resta che ritirare questo".

L'uomo lo prese con delicatezza, ne accarezzò la copertina, e lo aprì su una pagina a caso, quasi volesse dargli ancora un'occhiata prima di riporlo nella borsa. Poi alzò gli occhi verso il libraio e, inaspettatamente, gli chiese:

"Mi dica, a lei che vive in mezzo ai libri da sempre, non è mai successo di imbattersi in un libro dotato di un fascino incomprensibile, quasi possedesse un'energia in grado di comunicare con il suo io più profondo?"

Jos lo guardò con espressione sorpresa. Allora forse non

era stato vittima di autosuggestione: veramente quel libro era dotato di un magnetismo occulto e indecifrabile. Jos si chiese se era il caso di parlare all'uomo delle allucinazioni e delle sensazioni che aveva provato da quando aveva ricevuto il libro, ma si trattenne per paura di essere scambiato per pazzo.

Mühlbauer, sorridendo, continuò:

"Non mi fraintenda. L'argomento del libro non c'entra nulla con ciò che le ho detto. Non sto parlando di qualcosa di magico o satanico. Si tratta dell'anima che sono convinto possiedano alcuni libri. Qualcosa che le persone che li hanno scritti sono riuscite a mettere dentro di essi: un po' di se stessi che è stato imprigionato fra le loro pagine. Ho provato la stessa sensazione quando sono (ehm) venuto in possesso del manoscritto originale dell'Ulysses di James Joyce. Dalle sue pagine mi pareva quasi che il protagonista Leopold Bloom mi comunicasse telepaticamente il suo flusso di pensieri. Pagine e pagine senza punteggiatura perché i pensieri volano liberi senza le costrizioni di una virgola o di un punto".

"E questo libro le ha dato le stesse sensazioni? – chiese Jos indicando il volume che Mühlbauer teneva aperto fra le mani – anche i testi di questo libro non contengono punteggiatura. Ma qui non solo il senso ma anche le parole sono incomprensibili".

"Forse sì – rispose Mühlbauer – ma non è necessario comprendere del tutto un libro per coglierne l'anima. Quando ho preso per la prima volta questo volume fra le mani ho sentito l'impulso incontrollabile di possederlo, dalle sue pagine indecifrabili mi arrivava un messaggio: quel libro doveva essere mio".

Jos tacque pensando che era la stessa sensazione che aveva provato lui stesso. Poi Mühlbauer aprì la sua valigia, vi ripose il libro e ne estrasse un pacchetto giallo di cartone più o meno delle dimensioni di una scatola da scarpe.

"Questo è il pacco che deve consegnare all'uomo che verrà a ritirarlo qui nel suo negozio. Non si preoccupi per il suo aspetto un po' bizzarro. Si tratta di un collezionista di oggetti rari. Un milionario eccentrico. La ringrazio ancora per la sua gentilezza".

Poi, chiudendo la serratura a combinazione della valigia continuò:

"Ora devo andare. Mi dica quanto le devo per il suo lavoro e ci aggiunga il costo del corriere con cui farà pervenire il cd entro questa sera all'indirizzo che le ho indicato".

Jos fece rapidamente su un foglietto il conto delle ore di lavoro a cui aggiunse il costo del cd e lo porse all'uomo.

Mühlbauer diede un'occhiata distratta al foglietto poi estrasse il portafoglio e posò sul bancone parecchie banconote di grande taglio, praticamente il quadruplo della cifra indicata da Jos.

"Tutto quello che c'è in più serve a ripagare la sua totale discrezione, ed anche il favore che mi concede nel consegnare il pacco al mio cliente".

"La discrezione fa parte del mio lavoro ed è già compresa nella cifra che le ho richiesto. Comunque, naturalmente, con i tempi che corrono sarei stupido a rifiutare la sua generosità" – rispose Jos riponendo le banconote nel cassetto del bancone – questa cifra equivale al mio intero incasso del mese scorso".

"Sono sicuro che il denaro non ha per lei alcuna importanza. Io lo so che lei si sente già ampiamente ripagato dal privilegio del vivere in mezzo a tutti questi meravigliosi, polverosi concentrati di sapienza" – disse Mühlbauer voltandosi mentre usciva dal negozio e alzava la mano in un gesto di affabile saluto.

Pur non condividendo la frase dell'uomo (non sempre Jos arrivava a fine mese con il denaro sufficiente per pagare tutte le bollette) rispose al saluto con un sorriso.

Poi pensò:

"Solo i ricchi possono permettersi di non dare importanza al denaro".

Rimasto solo si sentì per la prima volta, nelle ultime quarantotto ore, finalmente sereno e rilassato. Il non possedere più quel libro pareva aver migliorato non solo il suo umore ma l'atmosfera stessa del negozio. Poi diede un'occhiata al pacchetto chiuso che l'uomo gli aveva lasciato. Chissà cosa conteneva, chissà cosa intendeva Mühlbauer chiamando il contenuto della scatola 'orsacchiotto'. Preferì allontanare il pensiero che la scatola contenesse qualcosa di illegale o pericoloso, per non turbare la sensazione di serenità che sentiva dopo essersi liberato del libro.

Prese delicatamente il pacchetto giallo e lo ripose nel ripiano più alto del grande armadio rosso di stile ottocentesco che arredava il negozio. Poi chiuse a doppia mandata la serratura. Alle sue spalle sentì la porta del negozio che veniva aperta.

Col sorriso, che riservava sempre ai clienti, alzò gli occhi verso la porta . Finalmente era ora di tornare al lavoro. La sua giornata stava tornando nei binari sicuri della normalità quotidiana. Jos era pronto ad accogliere con gentilezza e professionalità il nuovo cliente che stava entrando.

E invece, quando vide chi era la persona entrata nel negozio, il sorriso gli si trasformò in uno sguardo sorpreso e preoccupato.

La ragazza con i capelli viola, i tatuaggi e il piercing lo stava fissando con un'espressione indecifrabile.

Capitolo 9

Qualche ora prima di recarsi nel negozio di Jos, Marta aveva sostenuto il suo esame di istologia.

Era stato un vero successo. Il professore, dapprima visibilmente prevenuto dall'aspetto poco convenzionale della ragazza, l'aveva trattata con un po' di distacco. Marta si era, infatti, presentata all'esame con una ridottissima minigonna nera, pesanti anfibi ai piedi e una corta t-shirt che lasciava intravedere sul ventre nudo parte di un tatuaggio decorato da una serie di piercing. Ma poi, man mano che le domande diventavano più tecniche e approfondite, il professore era stato via via conquistato dalla profonda conoscenza della materia e dalla proprietà di linguaggio con cui la ragazza aveva saputo destreggiarsi fra specifiche morfologiche e funzionali dei tessuti epiteliali e connettivi.

Alla fine il professore non aveva potuto fare a meno di congratularsi con la studentessa. Trenta e lode era stato il voto assegnato. Prima che Marta si alzasse per lasciare il posto ad un altro esaminando, il professore le aveva chiesto se sapeva già quale specializzazione avrebbe scelto dopo la laurea.

"Non so, mi manca ancora troppo tempo alla specializzazione – aveva risposto Marta – forse sceglierò di fare il medico di base o di trasferirmi in un paese del terzo mondo con 'Medici senza frontiere'. Deciderò più avanti'".

"Con il suo aspetto, le consiglierei quest'ultima soluzione. Il terzo mondo non ha prevenzioni su tatuaggi, piercing o acconciature eccentriche. Qui da noi, invece, per un medico un aspetto autorevole è più importante di un'effettiva conoscenza della medicina. Nessun paziente la prenderebbe sul serio come medico con la sua cresta di capelli viola e blu. Noi dottori siamo il più grande bluff della società occidentale" – detto questo il professore aveva strizzato l'occhio a Marta e le aveva restituito il libretto. Lei aveva risposto con un sorriso un po' forzato poi aveva raggiunto il gruppo delle amiche che erano venute con lei per assistere al suo esame. Tutte si erano congratulate ma a nessuna era sfuggito che Marta, nonostante lo splendido esame, aveva un'espressione cupa e pensierosa. Allora, una alla volta, avevano compreso che la ragazza avrebbe preferito restare sola e si erano allontanate discretamente. Solo la sua migliore amica era restata con lei, stringendole le mani e guardandola fisso negli occhi.

"Sei stata bravissima – le aveva detto Virginia abbracciandola e baciandola sulle guance – io sosterrò l'esame nel pomeriggio ma, nella migliore delle ipotesi, prenderò diciotto. E sarà più che sufficiente per me. Ma dimmi, perché hai quella faccia terribile? Con un esame così dovresti urlare di felicità. Penso che un voto come il tuo io riuscirei a prenderlo solo se mi presentassi all'esame in topless prospettando al professore una cena intima con happy end".

"Uhm, fai troppo affidamento sulle tue tette. Per tutto il tempo dell'esame il professore non ha tolto gli occhi di dosso dal ragazzo biondo seduto a sinistra nell'aula".

"Cazzo allora l'unica speranza per me di passare questo esame tramite sbattimento di ciglia sfuma miseramente".

"Ma dai, io lo so che sei preparatissima. E per quel che

riguarda la mia faccia non voglio turbarti coi miei problemi, visto che oggi anche tu dovrai sostenere l'esame. Ne parleremo stasera dopo il tuo trenta".

"Beh, se aspetti il mio trenta per confidarti con me, mi sa che dovrai rivolgerti a Telefono Amico – aveva risposto Virginia osservando preoccupata il viso tirato dell'amica – per me sarebbe già un successo un bel ventidue. Non sono un genio della medicina come la mia migliore amica, qui davanti a me".

"Dai Virgi, se l'esame mi è andato bene, nonostante lo sguardo ostile che mi ha lanciato il prof quando mi sono seduta davanti a lui, andrà sicuramente bene anche a te. Hai sentito anche tu cos'ha detto. Lui è molto attento all'aspetto. E' convinto che sia la cosa più importante per un futuro medico – aveva risposto Marta appoggiando una mano sulla spalla dell'amica e accarezzandone i lunghi capelli biondi – tu sei curata, sei elegante e non spaventi la gente. Col tuo maglioncino in cachemire e le tue scarpe da trecento euro hai un futuro assicurato, magari da primario. Io invece, secondo il prof, coi miei piercing e i miei tatuaggi, sono destinata a fare lo stregone in qualche primitiva tribù africana. Qui da noi potrei spaventare i pazienti".

"Oh sì sì tesoro mio, fai veramente paura, col tuo aspetto dark. Nessuno, guardandoci, penserebbe che tra noi due la vera strega sono io. Chi lo direbbe che io, col mio look da brava ragazza, trombo ogni settimana con un ragazzo diverso, ho provato ogni droga esistente e mi metto anche le dita nel naso".

"Non buttarti così giù, Virginia. Non ti ho mai vista con le dita nel naso" – aveva sorriso Marta colpendo con un finto pugno la spalla dell'amica.

"Oh, finalmente ti ho vista sorridere. Insomma mi vuoi

dire cosa ti è successo? Ieri sera ci hai detto che dopo la doccia saresti venuta da noi e invece, alla fine, ci hai fatto il pacco. Sai quante birre ci siamo dovute bere da sole? Adesso hai preso trenta lode e hai la faccia di una che si è fatta un frontale con un TIR ed è rimasta incinta del camionista. Si può sapere che cos'hai tesoro?"

"Difficile da spiegare, prima devo capirlo io – aveva risposto Marta pensierosa – credo che tornerò da quel tizio che ha trovato il mio statino".

"Allora c'entra il libraio rasta? Cosa ti ha fatto? Non ti avrà mica violentata? Oppure sei in crisi perché hai trovato finalmente un ragazzo che ti piace. E' carino ma non mi sembrava il tuo tipo".

Marta aveva sollevato il capo di scatto, fissando l'amica con uno sguardo smarrito, poi, con un incomprensibile scatto di nervi, dopo aver gettato a terra il libretto universitario, trattenendo a stento le lacrime aveva gridato:

"Non mi ha violentata. E non è assolutamente il mio tipo. Nessuno è il mio tipo".

Ma subito dopo Marta, scuotendo la testa, aveva ripreso il controllo di se stessa.

"Scusami Virgi, scusami davvero, non volevo essere odiosa. Mi farò perdonare, ma ora devo andare". Poi, dopo aver raccolto il libretto da terra, si era voltata bruscamente e, sotto lo sguardo perplesso di Virginia, si era allontanata verso l'uscita a passi rapidi.

In quello stesso momento, a poca distanza dall'università, Mühlbauer stava entrando nel negozio di Jos per ritirare il suo libro. E Marta, camminando rapidamente, stava raggiungendo lo stesso luogo.

"Ma cosa le è successo, avete litigato? – aveva chiesto una ragazza del gruppetto di amiche avvicinandosi a Virginia

– non ho mai visto Marta così alterata".

Lei, seguendo con lo sguardo preoccupato l'amica che si allontanava aveva risposto:

"Neanch'io l'ho mai vista così. Vorrei proprio sapere cosa le sta succedendo. Marta ha qualche problema di cui non vuole parlare. Devo scoprire che cosa le è successo. E visto che penso abbia a che fare col negozio del libraio, mi sa che la raggiungerò lì".

Marta intanto, uscita dalla facoltà dopo essersi asciugata le lacrime, si diresse velocemente verso il negozio di libri usati che distava solo un paio di isolati. Non sapeva se vi avrebbe trovato le risposte che cercava ma qualcosa le diceva insistentemente che doveva assolutamente tornare là per tentare di comprendere che cosa le era successo il giorno prima. Ma lungo la strada venne presa da mille dubbi. Cosa avrebbe potuto chiedere al giovane libraio? Cosa avrebbe potuto dirgli? Come avrebbe potuto giustificare il suo comportamento del giorno precedente? Sicuramente lui aveva pensato che fosse matta. E forse non aveva tutti i torti. Si bloccò ancora una volta: vado o non vado? Ma poi si fece coraggio: doveva tornare assolutamente da lui. Era ancora immobile a una trentina di metri dal negozio di libri quando ne vide uscire un uomo altissimo con lunghi capelli bianchi che si avviò veloce nella sua direzione. L'uomo passandole accanto le sorrise. Si fermò davanti a lei guardandola con ammirazione.

Poi, parlando con un forte accento tedesco le disse:

"Buongiorno signorina, complimenti per il bellissimo colore dei suoi capelli. Lei è una ragazza creativa che non ama la banalità".

Un po' stupita per l'atteggiamento inconsueto dello sconosciuto, Marta lo guardò incuriosita e poi gli sorrise. Lei che nelle sue scelte dava sempre molta importanza ai segni premonitori, prese quel sorriso come un incoraggiamento del destino. Così invece di rispondere in malo modo come faceva spesso quando riceveva un complimento da sconosciuti disse:

"Grazie, lei è molto gentile. Oggi avevo proprio bisogno di una voce amichevole".

"Allora, se mi permette, ruberò una frase del mio concittadino Karl Kraus che penso le si adatti perfettamente. La sua bellezza, signorina, per essere perfetta manca solo di una cosa: un difetto".

"In questo caso penso di essere molto più che perfetta: se dovessi elencarle i miei difetti, passeremmo tutta la giornata qui sul marciapiede. Comunque grazie".

"Passerei volentieri tutta la mia giornata con lei su questo marciapiede. Ma purtroppo ho un aereo che mi attende per riportarmi in patria. La saluto e le auguro ogni bene. Auf Wiedersehen!" L'uomo sorrise e accennò un piccolo inchino. Poi riprese il suo cammino velocemente.

Marta si voltò a guardarlo incuriosita.

"Che strano personaggio – pensò – strano ed affascinante".

Poi accelerò il passo verso il negozio e dopo un'ultima piccolissima esitazione di fronte alla vetrina, prese coraggio ed entrò.

Il libraio le apparve con uno sguardo stralunato e le occhiaie tipiche di uno che ha passato la notte in bianco. Jos alzò gli occhi verso di lei sorridendo ma subito il sorriso si trasformò in sorpresa. Marta era l'ultima persona che si sarebbe atteso di veder comparire nel negozio. Lei lo fissò imbarazzata. Restarono alcuni secondi così, a guardarsi senza parlare. Poi, finalmente, Marta si fece coraggio e superò il turbamento.

"Ciao. Sono venuta a chiederti scusa per ieri. Non so cosa mi sia successo".

Jos, come sempre timido di fronte ad una ragazza, restò a guardarla imbambolato cercando disperatamente una risposta che non lo facesse sembrare un idiota. Poi gli venne in mente lo statino.

"Oggi avevi l'esame. Come è andata?" – chiese.

"Molto bene. Grazie a te. Se tu non avessi trovato il mio statino non avrei potuto dare l'esame".

"Eh sì. E non ci saremmo conosciuti"– rispose Jos pentendosi subito della sua frase ed arrossendo violentemente al pensiero che potesse essere interpretata come un riferimento all'episodio del giorno prima. Infatti la ragazza annuì senza rispondere. Pareva seguire un suo pensiero difficile da esternare poi, finalmente, dopo qualche secondo di esitazione, gli rispose:

"Proprio per questo sono venuta qui ora. Volevo parlare con te di quello che è successo ieri".

Era ciò che Jos aveva temuto fin dal momento in cui aveva visto entrare la ragazza nel negozio. Tentò un diversivo:

"Penso che prima di tutto dovremmo presentarci. Io mi chiamo Jos" – disse il libraio guardando la ragazza, stupito del cambiamento avvenuto in lei rispetto al giorno precedente.

Marta non sembrava più quella persona trasgressiva e totalmente priva di inibizioni. Ora Jos non vedeva altro che, davanti a sé, una ragazza bellissima, quasi timida, e con un aspetto decisamente fuori dall'ordinario.

"Comunque so che ti chiami Marta. L'ho letto ieri sul tuo statino. E' un bel nome".

"Un bel nome! Più banale di così si muore" – pensò Jos

subito pentito di ciò che aveva detto.

"Il mio nome non è molto importante – rispose Marta – almeno fino a che non ti ho parlato di me, e del fatto che io sono molto diversa da quello che può averti fatto pensare il mio comportamento folle di ieri. Ci tengo molto a dirti che non sono né pazza né ninfomane, o per lo meno non lo sono mai stata fino a ieri".

"Non l'ho affatto pensato – mentì Jos, poi proseguì – comunque non preoccuparti, Marta. Anche a me ieri è successo qualcosa di inspiegabile. Ho gridato perché…".

Jos esitò, incerto se comunicare alla ragazza delle figure evanescenti che gli era parso di vedere alle sue spalle ma, al suo sguardo di attesa ansiosa, continuò: – ti devo essere sembrato un po' fuori di testa quando di colpo mi sono messo a gridare".

"Fuori di testa tu? Ma no, ho capito perfettamente perché lo hai fatto. Lo avrebbe fatto chiunque. Con il mio comportamento da pazza ti ho spaventato tanto da farti gridare di terrore. Ma è stato un bene. Il tuo urlo improvviso mi ha fatto tornare in me. Non hai idea di quanto mi sia sentita imbarazzata ieri – disse Marta, poi aggiunse abbassando il capo – ed anche ora".

La ragazza sembrò a Jos veramente turbata. Una persona del tutto diversa da come se l'era immaginata. Allora, sottovoce, inghiottendo la saliva, chiese impacciato:

"Potresti dirmi perché lo hai fatto? Era uno scherzo? Una scommessa persa? Mi hai baciato, mi hai stretto, mi hai accarezzato come se io fossi irresistibile…so benissimo di non esserlo".

"Effettivamente non lo sei – poi rendendosi conto di ciò che aveva appena detto alzò gli occhi con un sorriso di scusa – oh perdonami, non intendevo offenderti. E' che io con i

119

maschi non ho mai avuto molti stimoli".

"Ah, ecco. Comunque non preoccuparti. Non ho nulla contro le lesbiche".

"Ma no, non sono così. Beh, molti lo pensano. E un tempo ho pensato anch'io di esserlo. Ma in effetti, alla prova dei fatti, credo di essere…proprio nulla. Insomma non ho mai amato il sesso con altre persone, maschi o femmine che fossero".

"Fino a ieri pomeriggio, immagino".

"Solo ieri pomeriggio. Ora sono tornata…normale. Sempre che non avere alcuno stimolo sessuale voglia dire essere normale".

"Su questo ho qualche dubbio. Ma credo di capirti. Anch'io non sono molto portato per quel genere di cose. Ma per me si tratta di una questione molto personale, legata al mio passato. Eppure ieri…"

"Infatti. Eppure ieri".

"Allora sei venuta da me per capire che cosa può essere successo. Capiti male. Ci ho pensato tutta la notte. Anche perché per me non si è trattato solo di un momento di passione improvvisa. Io ho avuto delle…allucinazioni – disse Jos talmente imbarazzato da non accorgersi dell'espressione di Marta che lo guardava con gli occhi sgranati. E continuò con un tono quasi di scusa – è per quello che ieri ho gridato. Non ero spaventato per quello che hai fatto tu ma per quello che ho visto io. Insomma, mentre tu mi stavi…lo sai cosa stavi facendo, ho aperto gli occhi e mi è sembrato di vedere dei fantasmi chini su di noi che ci guardavano".

"Allucinazioni? Anche tu? – quasi gridò Marta afferrando il braccio di Jos e fissandolo con gli occhi increduli – ma allora…"

Non si sforzò di trattenere quel senso di estremo sollievo molto simile a quello di chi scopre, leggendo l'esito di un esame clinico, di non avere una grave malattia. Se anche il libraio aveva avuto delle visioni, non poteva essere una coincidenza: c'era qualcosa in quel negozio che le aveva provocate. E, in questo caso, nessuno di loro due era pazzo. Allora, quasi balbettando per l'impeto con cui voleva comunicarlo, gli disse che anche lei aveva avuto qualcosa di molto vicino ad un'allucinazione. Gli raccontò di quel qualcosa di misterioso che si era impadronito della sua volontà e l'aveva costretta a gettarsi su di lui e poi delle inspiegabili sensazioni che aveva provato nel bagno appena tornata a casa. Non c'era dubbio: la ragione di tutto ciò che era successo loro, la dovevano cercare insieme.

Anche Jos si sentì improvvisamente rincuorato: non era pazzo. Pensò che se due persone che non si conoscono e che non hanno mai avuto problemi mentali, di colpo, dopo essere venute in contatto per la prima volta, vengono colpite entrambe da allucinazioni non può assolutamente trattarsi di una coincidenza. E l'unica cosa che li aveva riuniti era stato il suo negozio, qualcosa che era nel suo negozio. O forse qualcosa che c'era stato ed ora non c'era più perché lo aveva restituito al suo proprietario.

Sì, pensava al libro, quel maledetto libro.

Da quando Mühlbauer, qualche minuto prima, se lo era ripreso pareva che l'atmosfera nel negozio fosse tornata quella di sempre. Impossibile non pensare che anche Marta ne avesse subìto in qualche modo l'influsso, entrando nel suo negozio il giorno precedente. Jos le sorrise timidamente, cercando di soffocare il senso di colpa che lo aveva preso, pensando a ciò che poteva aver provato la ragazza per colpa di qualcosa che aveva a che fare col suo negozio.

Allora le prese una mano e la strinse.

"Ok Marta. Cancelliamo ciò che è successo ieri fra noi due. O per lo meno proviamo a non pensarci. Abbiamo avuto un'esperienza inspiegabile ma ora dobbiamo assolutamente cercare di capire insieme cosa ci è successo".

Poi Jos prese una sedia che teneva dietro il banco e la porse alla ragazza invitandola a sedersi.

Entrambi restarono per qualche minuto in silenzio cercando di razionalizzare e mettere insieme tutti gli elementi dell'enigma. Jos, da parte sua, continuava ad avere in mente il libro di Mühlbauer: pur essendo quasi sicuro che in qualche modo fosse responsabile degli avvenimenti, esitava a parlarne alla ragazza. Come avrebbe potuto dire ad una studentessa di medicina, perciò razionale e pragmatica, che sospettava che la colpa delle loro allucinazioni avesse avuto origine dagli influssi di un misterioso libro? Considerando che Jos stesso non aveva mai creduto ad occultismo, magia, fantasmi e a nulla che non potesse essere spiegato razionalmente, come avrebbe potuto affermare, senza sembrare pazzo, che erano entrambi caduti in balia di un qualche incantesimo demoniaco? E tutta questa congettura ipotizzata esclusivamente dal fatto che…quel libro conteneva illustrazioni di demoni. No, non aveva alcun senso: la spiegazione, se c'era, doveva essere un'altra. E fu proprio Marta, dopo averci pensato a lungo, che azzardò un'ipotesi che forse poteva in qualche modo giustificare ciò che non era giustificabile.

"Ho il cervello che fuma – disse la ragazza tenendo strette le mani alle tempie – ma un'idea continua a frullarmi nella zucca. E i tuoi capelli rasta, se segui la loro filosofia, potrebbero anche confermarmela. Ma non ti offendere visto che è una semplice supposizione.

"Cosa c'entrano i miei capelli rasta? Li porto così da anni".

"Beh, i tuoi capelli mi fanno pensare ad una filosofia tipo sesso, droga e rock and roll...non è che per caso tieni qualche allucinogeno qui in negozio? Un acido o roba del genere con cui per qualche motivo siamo venuti in contatto? In passato ho provato l'Lsd e l'effetto era qualcosa di simile a ciò che abbiamo provato"– disse Marta guardando fisso Jos per capire se avrebbe risposto sinceramente alla sua domanda.

"Sesso ti ho già detto che non lo faccio da tempo, al rock and roll preferisco il jazz e per quel che riguarda la droga...a parte qualche canna come tutti, io non ho mai fatto uso di sostanze – rispose Jos piuttosto irritato – e comunque, anche se lo avessi fatto, non terrei nulla qui in negozio. Svolgo già un'attività piuttosto illegale per rischiare anche di essere arrestato per detenzione di droga".

"Eppure aver assunto, magari inconsapevolmente, un allucinogeno è l'unica spiegazione che giustificherebbe tutto. Pensaci bene Jos, qualche tuo amico burlone, magari per farti uno scherzo, non potrebbe aver vaporizzato qui nel tuo negozio una qualche sostanza? O magari spargendola sui libri perché la respirassi? Io mi sono sentita strana appena entrata qui dentro".

"Sui libri?" – ripeté Jos, pensando che tutte le tessere stavano andando finalmente al loro posto con una spiegazione verosimile. Allora confermò:

"Molto più probabilmente su 'un' libro".

Non c'era dubbio. Ciò che aveva detto Marta era assolutamente plausibile. E giustificava gli avvenimenti. Allora si decise a parlarne:

"Credo si tratti di un libro. Un libro che mi hanno lasciato ieri per la digitalizzazione. Hai ragione. Fra le sue pagine

c'era qualche sostanza allucinogena. Così tutto si spieghe-
rebbe. Da quando l'ho avuto qui in negozio anch'io mi sono
sentito improvvisamente strano. Paure inspiegabili, ansia e,
infine, allucinazioni".

"Evvai che ci siamo – esclamò Marta – le pagine di quel
libro contengono una droga allucinogena. Qualcosa tipo
peyote, acido lisergico, crack".

Jos la guardò perplesso: "E perché mai qualcuno avrebbe
dovuto farcire un libro con della droga?"

"Ma dove vivi? Non lo sai che i trafficanti sciolgono le
sostanze nei mezzi più impensati, per recuperarle poi una
volta giunti a destinazione. E un libro è un ottimo contenitore. Fammelo subito vedere".

"Purtroppo è appena venuto il proprietario a ritirarlo. Uno
straniero. Un certo Mühlbauer".

"Allora era quel signore che ho visto uscire dal negozio
poco prima che io entrassi! Mitico! Forse abbiamo scoperto
un traffico internazionale. Però quel tipo era molto gentile.
Non sembrava affatto un delinquente".

"Inoltre c'è qualcosa che non quadra – disse dubbioso Jos
– se Mühlbauer fosse un trafficante di droga, non avrebbe
mai lasciato il suo libro ad un estraneo come me".

"Giusto – rispose Marta tornando pensierosa. Poi dopo
qualche minuto pensò di aver trovato una spiegazione – è più
probabile che questo tizio sia stato un corriere inconsapevole. Qualcuno gli ha lasciato il libro pieno di droga da portare
in Italia…"

"…e lui, senza immaginare che fosse solo un contenitore,
dopo averlo sfogliato – proseguì la frase Jos – se n'è appassionato così tanto da volerne fare una copia digitale".

"Poi tu hai aperto il libro per passarlo allo scanner – concluse Marta finalmente soddisfatta dai tasselli dell'enigma

che stavano prendendo ognuno il suo posto – e la sostanza, in qualche modo, ne è fuoriuscita".

"Sì – disse Jos – e credo anche di capire la causa per cui è uscita dalle pagine. Quando io per errore ho attivato la lettura elettronica del computer, le parole lette ad alto volume dal Pc, hanno provocato delle forti vibrazioni sul piano di lavoro, oltre che nel mio cervello. La droga può essersi liberata nell'aria in questo modo. Poi sei arrivata tu per recuperare il tuo statino".

"Ed entrambi ne siamo venuti a contatto. Così io sono diventata una ninfomane visionaria e tu hai avuto il tuo bel trip da conquistatore. Ti sei divertito almeno?".

"Per niente, ti assicuro – rispose Jos – se è stato un trip, è stato un very bad trip...tranne quando mi sei saltata addosso. In quel momento è successa una cosa piacevole ma molto strana: ho avuto la sensazione che tu fossi la mia ex ragazza. Ma questo è un argomento di cui non ho voglia di parlare".

"Perché non vuoi parlarne? Hai paura di offendermi? Era una ragazza così brutta? – disse sorridendo Marta col suo buonumore ritrovato – se mi hai scambiata per una racchiona, un calcio in culo non te lo leva nessuno".

Jos esitò prima di rispondere:

"No, era una ragazza molto bella. Purtroppo 'era' ma... Francesca è morta qualche anno fa. Un incidente in motorino".

Dal tono e dall'esitazione con cui Jos aveva parlato, a Marta fu subito chiaro che il dolore per la perdita non fosse ancora stato assorbito da quel ragazzo. Provò per la prima volta una forte simpatia per lui. E forse qualcosa di più, che non aveva nulla a che fare con l'impulso del giorno precedente: un senso di empatia che Marta provava, a volte, di fronte a certe persone, anche al primo incontro.

"Scusa, mi dispiace molto, a volte sono proprio una stronza che parla senza pensare".

"Non preoccuparti. Non potevi saperlo. Ed è passato molto tempo. Ma ora concentriamoci sul libro. Questa sera devo spedire la copia digitale a questo indirizzo – Jos allungò una mano a raccogliere il foglietto con l'appunto e lesse un nome e un indirizzo – il destinatario del cd è un certo professor Mattioli".

"Maddai, Mattioli? Di nuovo lui. E' la seconda volta in due giorni che ritrovo il nome del professor Mattioli. Che strano".

"Lo conosci?"

"E chi non lo conosce in facoltà? E' un medico eccentrico, studioso di stregoneria. Ha tenuto varie conferenze da noi a medicina. Sembra estremamente preparato…e anche un po' invasato".

"Come fa un medico ad occuparsi di stregoneria? – disse Jos – Un medico stregone: mi sembra un vero e proprio ossimoro".

"Mattioli afferma che la stregoneria altro non è che la capacità da parte di alcune persone di riconoscere ed utilizzare certe facoltà che sono innate nel nostro sistema neurologico, ma che si sono atrofizzate nel corso dei millenni. Qualcosa che ha a che fare con i pressorecettori, strutture ancestrali nel fisico umano, eredità di una antica natura acquatica della nostra specie".

"Ma che rapporto ci può essere fra uno studioso di neurologia e il possibile traffico di allucinogeni?"

"Su Mattioli non mi stupisco più di nulla. Pensa che, proprio ieri mattina, ho casualmente scoperto che utilizza cadaveri trafugati alla facoltà di medicina per i suoi esperimenti – disse Marta – e poi, quello strano libro allucinogeno che gli devi consegnare. Mi spiace veramente non aver potuto dargli un'occhiata. Potevamo capire se la sostanza che conteneva era racchiusa nella copertina oppure disciolta in qualche modo sulle pagine".

"Ora qui, purtroppo, ho solo la copia digitale – rispose Jos indicando il computer – non penso proprio che guardandola sul monitor si possa capire se c'è qualcosa di strano fra le sue pagine".

"Eh già, una copia digitale dell'Lsd non avrebbe alcun effetto. Però, cazzo, pensa che idea per un romanzo di fantascienza. Se in un futuro bastasse passare della droga allo scanner per ottenerne una copia perfettamente funzionante".

"Non si può mai dire – rispose pensieroso Jos – la tecnologia fa passi da gigante".

"Cazzutissimo! – si entusiasmò Marta – magari i nostri figli o nipoti potranno farsi una copia di una canna col computer, stamparla con una stampante 3D e poi fumarsela. I pusher andrebbero in rovina – e Marta tornò, col suo sorriso, ad essere la ragazza allegra di sempre – comunque sì, se hai voglia di mostrarmelo, mi piacerebbe dare un'occhiata al file del libro. Chissà che non riusciamo a scoprire che in qualche modo il professor Mattioli è coinvolto anche in qualche traffico di droga, oltre che nel furto di cadaveri".

"Questo mi sembra difficile. Come abbiamo detto, la droga può viaggiare fra le pagine di un libro ma non fra i bit di una copia digitale. Anche lui probabilmente, come Mühlbauer, è inconsapevole di ciò che conteneva il volume originale. Credo che a lui interessi solo l'argomento del libro" – disse Jos mentre, nella partizione riservata del suo computer, cercava la cartella in cui aveva conservato il file.

"Ecco qui – disse cliccando sul file che aveva chiamato 'libro senza titolo' – ora ti mostrerò le pagine passate allo scanner. Non ti turbare. Sono piuttosto spinte".

"Oh my god! Per chi mi hai preso? Non amo il sesso ma non sono un'orsolina. E poi so cosa c'è su quelle pagine. Non ti ricordi che ieri mattina ci ho dato un'occhiata, quando mi hai fatto cadere dalla bicicletta?"

"Come potrei dimenticarlo? E' stato quando mi hai dato del maniaco onanista" – rispose Jos ridacchiando mentre faceva partire il programma per visualizzare le pagine del libro.

"Onanista? Non uso queste parole 'per bene'. Al massimo ti avrò dato del segaiolo. Ma non ti devi offendere, non ho nulla contro i ragazzi che si fanno le seghe. Di solito sono timidi, gentili e vivono in un loro mondo di fantasia. Li riconosco a prima vista: sono quelli che mi guardano fisso e poi distolgono lo sguardo: non osano parlarmi forse perché stanno già seguendo un loro pensiero. Quel pensiero per cui, appena a casa, andranno a chiudersi in bagno".

"Allora ho capito perché frequenti il bar di Geppo. Lui è un teorico della masturbazione. Anche se non è né timido né gentile. Solo depresso".

Marta non rispose perché la sua attenzione era stata catturata dallo schermo del computer su cui era apparsa la copertina del libro.

Velocemente Jos fece scorrere le altre pagine sul monitor.

"I disegni sono molto belli – disse Marta – ricordano le chine di Beardsley – ma il testo hai idea di che cosa significhi?"

"No, ma ho la sensazione che non si tratti di parole ma di fonemi. Mi è sembrato che, se quel testo viene letto in un certo modo, si crei un ritmo quasi musicale".

"Tipo rap? Possibile? – disse Marta, poi, sporgendosi verso lo schermo, iniziò a leggere ad alta voce le parole stampate sulla pagina. E, mentre leggeva, tentò di seguire la lettura battendo con la mano un ritmo sul tavolo – ...sdermchaess tros daimen purtest kataplos skeyrsimulos attrisswortyblis". Poi guardò dubbiosa Jos.

"Non c'è un cazzo di ritmo musicale nella lettura di questo testo. Solo parole senza senso".

"Lo so – rispose Jos – ho provato anch'io a ricreare il ritmo leggendo. Ma, probabilmente, sbagliamo intonazione ed accenti. Il computer, invece, grazie alla programmazione per un centinaio di pronunce diverse, azzecca casualmente una modalità di lettura da cui scaturisce un ritmo ossessivo che ha qualcosa di musicale".

"Fichissimo – disse Marta – fammi sentire. Magari potremmo farne un disco da vendere su iTunes e guadagnare un sacco di soldi".

Proprio nel momento in cui Jos stava per far partire la lettura automatica del computer, squillò il telefono. Quando sentì la voce del commercialista, sbuffando silenziosamente e con un'occhiata di scusa, il libraio fece capire alla ragazza che, suo malgrado, si sarebbe trattato di una telefonata abbastanza lunga".

Allora Marta, per ingannare il tempo, iniziò a gironzolare per il negozio soffermandosi di tanto in tanto a sfogliare qualche libro. Su una parete nascosta da uno scaffale vide la fotografia incorniciata di un uomo anziano ripreso dentro al negozio colmo di libri. Era evidente, dalla rassomiglianza, che si trattava del padre o del nonno di Jos.

Visto che dopo dieci minuti, nonostante i tentativi di porre fine alla telefonata, Jos stava ancora rassicurando il commercialista sul rispetto delle scadenze, sul versamento di iva e imu e di altre decine di tasse arretrate (e non ancora pagate) e sul fatto che no, non aveva ancora provveduto a saldare la parcella delle sue competenze professionali relative agli ultimi due anni, Marta pensò di approfittare dell'attesa per risolvere un problema di pipì. Mostrando la mano con due dita tese fece capire a Jos che voleva sapere dov'era il bagno. Allora il libraio, a gesti, le indicò la porta del magazzino facendole segno di scendere le scale e di cercarlo sulla sinistra.

Marta si avviò oltre la porta socchiusa del magazzino, cercando a tentoni l'interruttore della luce. Non lo trovò ma scese ugualmente le antiche scale, approfittando della fioca luce proveniente dalla porta lasciata aperta alle sue spalle in alto. Poi giunta nell'ampio magazzino sotterraneo riuscì finalmente a trovare un interruttore della luce che illuminò, sia pur con deboli lampadine a basso voltaggio, un locale con i soffitti a volta pieno di scaffali e librerie consumate dal tempo.

Qui erano stipati migliaia di libri invenduti perché troppo consunti o poco interessanti, che sarebbero stati da mandare al macero già fin dai tempi in cui il negozio era gestito dal padre di Jos.

Naturalmente, come tutti gli amanti dei libri, sia il padre che il nonno di Jos si erano sempre rifiutati di far distruggere anche un solo libro.

Marta trovò sulla sinistra la porta del bagno e vi entrò. Più che un bagno era un piccolissimo gabinetto con tazza alla turca e un lavandino sul muro di destra. Pur dimostrando, dall'ossidazione dei rubinetti e dalle crepe delle ceramiche, anni e anni di utilizzo, il bagno era pulitissimo e profumato con un deodorante alla lavanda. Marta sollevò la minigonna, abbassò le mutandine e si accovaccio sulla tazza. Non chiuse la porta per un vago senso di claustrofobia che le causavano sempre gli spazi piccoli. Dall'alto sentì la voce del libraio che, finalmente, terminata la telefonata le gridava:

"Scusami Marta, col mio commercialista le telefonate sai quando iniziano ma non sai se e quando finiscono. Hai trovato il bagno?"

"Si, grazie. Ma non scendere che lo sto ancora usando. Non ci crederai ma sono un po' timida in queste cose" – rispose Marta strappando in pezzetto di carta igienica per pulirsi.

"Ascolta bene. Ora faccio partire il computer nella lettura vocale del file" – disse dall'alto la voce di Jos.

Marta si avvicinò al lavandino e, mentre apriva il rubinetto per lavarsi le mani, sentì provenire dal negozio sovrastante una stranissima cantilena. Era il suono di una voce digitale che pronunciava quelle incomprensibili parole senza alcun significato ma che, ora sì, assumevano un incredibile ritmo quasi musicale.

"Ecco la voce del computer. Aveva ragione il libraio – pensò Marta asciugandosi le mani – il risultato della lettura di quel testo è veramente strano. Ed anche un po' inquietante".

Fu mentre usciva dal gabinetto che ebbe la strana sensazione che nel magazzino colmo di libri ci fosse qualcuno che la osservava, forse nascosto dietro uno degli scaffali.

"Non fare scherzi, Jos. Mi hai spiato mentre ero in bagno? Ti perdono, ma esci fuori subito". Ma tutto era silenzio, tranne la strana ipnotica cantilena che proveniva dal piano superiore.

"Jos!" – chiamò Marta, ma non ottenne nessuna risposta se non un fruscio dietro ad un grande, lunghissimo mobile a scaffali che si perdeva nella penombra del magazzino. Allora si avvicinò titubante alla zona buia dove finiva il mobile quasi adiacente alla parete in fondo. E lì, nel piccolissimo spazio tra scaffalatura e muro, accovacciato a terra e con la faccia rivolta verso il muro, Marta vide qualcuno.

"Sei tu Jos? Non fare scherzi, ti prego, non è il momento" – disse la ragazza con l'intima terribile certezza che quella figura non fosse il libraio. Spalancò gli occhi mentre, lentamente molto lentamente, la figura rivolta al muro si girava verso di lei. E quando Marta vide il volto che la osservava, urlò. Urlò con tutto il fiato che aveva in gola. Gridò chiamando disperatamente Jos.

Capitolo 10

Il grido di Marta, proveniente dal magazzino, risuonò lacerante in tutto il negozio.

Ma Jos non lo udì, non poteva udirlo. Paralizzato dall'orrore, raggelato, restava immobile a fissare la figura fluttuante che, pochi istanti dopo che aveva avviato la lettura elettronica sul computer, era improvvisamente apparsa in fondo al negozio, a una decina di metri da lui. Alle spalle di Jos la voce del computer continuava a scandire la nenia e man mano che procedeva nella lettura del libro, la figura davanti a Jos si rivelava sempre più solida, assumendo i contorni incerti di una ragazza. La sua espressione, carica di tristezza, era resa ancora più terribile dal fatto che la parte destra della scatola cranica fosse scoperchiata e tutto il suo viso fosse ricoperto di sangue. Senza emettere alcun suono o rumore, la figura si avvicinava a Jos a passi lenti, brandendo le mani verso di lui quasi volesse stringerlo in un abbraccio. I pochi denti rimasti in quell'orribile bocca apparivano e scomparivano in un impossibile tentativo di sorriso. Fu allora che Jos, con la gola chiusa dall'angoscia, riconobbe nel povero volto sanguinante la sua Francesca, come gli era apparsa stesa sull'asfalto il giorno che era corso sul luogo dell'incidente, mentre ancora i vigili non avevano coperto il cadavere con un lenzuolo.

Tentò di gridare ma l'urlo gli si bloccò in gola.

"Francesca!" – tentò di chiamare ma la sua voce non fu altro che un rantolo di terrore. Intanto la ragazza si era avvicinata a lui e gli tendeva le mani nel tentativo di toccarlo. Ma le sue braccia erano impalpabili e passavano attraverso il corpo di Jos come fossero semplici riflessi nell'acqua di un lago. La donna lo fissava con uno sguardo carico di desolazione che, a poco a poco, si trasformò in un pianto muto. Poi alzò il capo sanguinante verso di lui e si portò le mani sugli occhi contorcendosi come se stesse compiendo uno sforzo terribile. Dopo qualche secondo la sua figura prese a mutare. Scomparve il viso tumefatto dall'incidente, si richiuse la ferita sul cranio, ed il viso di Francesca, bello come nei suoi giorni più felici a diciassette anni, si sollevò per guardare Jos negli occhi.

Lui prese a tremare violentemente, alzando le braccia verso di lei.

Allora lei tentò ancora una volta di abbracciarlo e di stringerlo tendendogli le mani. Ma il suo corpo continuava a non avere alcuna consistenza e a passare attraverso Jos senza alcuna possibilità di toccarlo.

"No, tu non sei Francesca" – mormorò Jos.

Allora la ragazza dopo averlo fissato con espressione disperata, chinò il capo verso il basso accovacciandosi a terra con un inusuale movimento circolare. Un movimento tipico di Francesca che Jos ricordava bene.

Poi il fantasma sollevò gli occhi verso di lui fissandolo con uno sguardo malinconico come se volesse dire con quel gesto:

"Hai riconosciuto il mio modo di sedermi? Hai visto che sono proprio io, la tua Francesca?" Ma in quel momento la figura si accasciò, come fosse stremata dalla fatica, e il suo viso riprese il mostruoso aspetto col cranio fracassato e sanguinante. Alzò ancora gli occhi verso Jos tendendogli una mano.

Ma Jos non poteva credere che quel simulacro di donna potesse essere la sua Francesca. Aveva spesso desiderato di credere nella vita dopo la morte, nella speranza che lei ritornasse da lui almeno per una volta. Ma questa figura con quell'espressione sconvolta e disperata non poteva essere la sua Francesca, il suo grande amore che lo aveva abbandonato in un caldo pomeriggio di aprile restando immobile sull'asfalto in una macchia di sangue che si allargava lentamente.

Fu solo allora che Jos sollevò lo sguardo con espressione smarrita e ciò che vide fu un terribile incubo ad occhi aperti. Per tutto il negozio decine e decine di figure umane si aggiravano mute da una parete all'altra. Uomini e donne dall'espressione malata. E quasi tutti loro avevano qualcosa di famigliare nella fisionomia deformata dal pallore tipico della morte.

E allora, guardando bene quelle figure fluttuanti, vi riconobbe molti volti finora persi nella memoria e negli anni. I volti di persone appena conosciute e i volti di lontani parenti. Un vecchio compagno di liceo ucciso dalla leucemia, il droghiere del negozio sotto casa di quando era bambino e poi, in un angolo più buio del negozio…vide suo padre e sua madre che lo fissavano intensamente. Ma il loro sguardo non era quello che ricordava, quel sorriso dolce di sua madre e quell'espressione a volte troppo seria di suo padre. No. Le due figure lo guardavano con indifferenza, quasi non lo riconoscessero.

"Mamma, papà..." – riuscì a malapena a sussurrare in un soffio Jos. Allora i due alzarono il viso verso di lui e scoppiarono in una risata terribile anche se del tutto muta. Suo padre estrasse la cinghia dai pantaloni e prese a frustarsi la schiena e le gambe, sempre fissando Jos con uno sguardo canzonatorio. E sua madre, con un'espressione folle, gli si slanciò contro con le unghie rivolte ai suoi occhi quasi volesse accecarlo. Ma gli passò attraverso scomparendo alle sue spalle.

Jos era bloccato da una paralisi di terrore che non gli permetteva di muoversi né verso quelle figure fluttuanti né, soprattutto, verso il computer per interrompere il suono di quella voce che continuava a declamare. Perché, pur nella confusione mentale in cui si trovava, aveva ormai capito che la causa di tutto questo non poteva che essere proprio quella voce. Qualcosa gli diceva che se fosse riuscito ad interrompere quel flusso di parole incomprensibili, anche questo terribile incubo si sarebbe dissolto.

Quegli orridi personaggi continuavano a muoversi lentamente nel negozio con lo sguardo fisso davanti a sé, ma, quando si accorgevano che Jos li stava guardando terrorizzato, si bloccavano fissandolo con stupore. E lentamente lo stupore si trasformava in altri sentimenti: odio, invidia, tristezza. A poco a poco tutte le figure si immobilizzarono fissando il libraio. Solo Francesca rimase seduta a terra con lo sguardo rivolto al pavimento.

Intanto, nel magazzino sotterraneo, Marta fissava con orrore la figura accovacciata a terra che ora, col volto girato verso di lei, aveva riconosciuto. Una figura che l'aveva ossessionata ed angosciata per gran parte della sua vita.

La nonna, quella nonna che, considerata pazza da tutta la famiglia, affermava di essere una medium, di poter parlare coi morti. Ed ora la nonna la guardava socchiudendo la bocca sdentata in un accenno di macabro sorriso.

"Hai visto Marta, tesoro mio, che anche tu hai avuto il mio dono? Riesci a parlare coi morti. Riesci ad ascoltarmi. Non mi credevi quando te lo dicevo. Ed ora scopri che, portando nelle vene il mio stesso sangue, hai qualcosa che ti permette quello che pochissime persone hanno la possibilità di fare. Richiamare dalle tenebre della morte i defunti e farli agire e parlare attraverso il tuo corpo e le tue labbra".

"No, vattene, questo che sto vedendo non è possibile. Io non ti sto parlando, nonna – balbettava Marta – tu sei un'allucinazione. C'è qualche droga nell'aria di questo posto. I morti sono morti e non possono tornare".

"Ah sì? – ridacchio la figura con uno sguardo beffardo – guarda un po' chi c'è alle tue spalle. Ti sembra una persona viva?".

Marta si voltò di scatto. Dietro di lei stava immobile un uomo molto anziano, pallidissimo con profonde occhiaie scure. La ragazza riconobbe l'uomo il cui ritratto era appeso nel negozio al piano superiore. L'uomo stava guardando verso l'alto e muoveva ritmicamente la testa come se seguisse la cadenza della cantilena che proveniva dal negozio.

Poi di colpo l'uomo, quasi si fosse accorto solo in quel momento della presenza di Marta, voltò di scatto il viso verso di lei e contrasse il volto emaciato in un tentativo di terribile sorriso.

Infine, lentamente, si mosse verso di lei. Marta provò a fuggire ma inciampò in qualcosa e si ritrovò distesa, bloccata fra l'angolo del muro e la scaffalatura proprio dove un attimo prima c'era la sua nonna. Ma ora non c'era più nulla in quell'angolo, solo il muro gelido contro la sua schiena. Vide il vecchio davanti a lei che, senza cambiare espressione, si avvicinava fino a giungerle accanto. Marta tentò di alzarsi per fuggire ma ormai il vecchio l'aveva raggiunta e chino su di lei la fissava con un'espressione indecifrabile. Poi allungò le braccia scarne sul capo della ragazza e spinse le dita lunghe ed affilate ma inconsistenti come nebbia dentro il suo viso terrorizzato. Lei sentì svanire di colpo la sua forza di volontà.

Al piano superiore, nel negozio infestato da quella miriade di pallide larve fluttuanti, Jos stava ancora tentando di superare la paralisi di terrore che lo aveva immobilizzato. Poi sentì un rumore provenire dalle scale che portavano nel magazzino. Alzò a fatica lo sguardo verso la porta e ne vide uscire lentamente Marta. Il suo viso era deformato da un'espressione oscura che assomigliava terribilmente a quella della morte. La ragazza si avvicinò lentamente a Jos, senza degnare di uno sguardo quella moltitudine di esseri, e quando gli fu davanti parlò con una voce roca e profonda. Una voce stentata, che aveva qualcosa di famigliare:

"Ciao nipotino, come va? Ti vedo ogni giorno. Ma oggi, finalmente, tu puoi vedere me". La cosa terribile, che portò Jos sull'orlo di una crisi isterica, fu il riconoscere la voce che proveniva dalla bocca di Marta. Era la voce di suo nonno. Ma non era dolce ed affettuosa come la ricordava. No. Il suo tono era lugubre e carico di sconforto.

La ragazza posseduta tese le mani come fossero contratte da una malattia e si mosse verso Jos come per accarezzarlo sul volto o forse per aggredirlo.

Fu allora che il ragazzo riuscì a sbloccarsi dalla paralisi e a trattenere le braccia di Marta stringendole i polsi. Ma lei pareva avere una forza soprannaturale e spinse Jos a terra tentando di stringerlo in un abbraccio disperato ma violento. Rotolarono avvinghiati sul pavimento circondati da tutte quelle figure evanescenti che li osservavano con indifferenza fluttuando lievemente nell'aria. Nel tentativo di sottrarsi all'abbraccio violento di Marta che lo bloccava con tutto il suo peso, Jos rotolò a terra su se stesso colpendo con la schiena il tavolo su cui era posato il computer. Il tavolo si inclinò ed il computer piombò violentemente a terra. La macchina si infranse con fragore emettendo una serie di scintille elettriche seguite da un piccolo sbuffo di fumo che odorava di plastica bruciata.

Di colpo nel negozio cadde il silenzio. La voce si era interrotta, le casse erano mute. Jos alzò il viso e vide che il negozio era tornato deserto, le figure si erano dissolte quasi del tutto e lentamente stavano scomparendo nell'aria. A terra, Marta pareva svenuta. Poi, dalla sua bocca semiaperta, parve uscire come una piccola nuvola di nebbia che velocemente si sparse nel negozio prima di dissolversi nell'aria. Fu allora che Marta aprì gli occhi e, a fatica, tentò di sollevarsi sui gomiti.

Poi scoppiò in lacrime mentre Jos si chinava su di lei e la abbracciava. Marta appoggiò il viso sulla sua spalla come se fossero amici da sempre e non solo da un'ora.

"Porca puttana! Mi è di nuovo successo – disse con la voce fievole – proprio come ieri. Come se una forza misteriosa dominasse la mia volontà. Sentivo quella cazzo di voce che ti parlava attraverso la mia bocca ma non riuscivo a bloccarla. Ho addirittura tentato di mordermi la lingua ma non c'è stato verso. E in quel momento sentivo verso di te una profonda, inarrestabile voglia di abbracciarti, ma non per affetto. Sentivo solo rabbia che rasentava l'odio. Ieri, invece, sentivo il bisogno inarrestabile di scopare con te. E dentro di me c'era un amore sconfinato mischiato con tanta tristezza".

"Ma hai visto anche tu le figure che riempivano il negozio? – chiese Jos asciugandosi il sudore freddo che gli ricopriva la fronte – non me li sono sognati, vero? Non era un'allucinazione. Non c'entra nulla la droga. Quelli erano veri fantasmi".

Sospirando Marta tentò di fermare il tremito delle mani che non si era ancora placato:

"No, non li ho visti. Ho visto qualcosa di molto peggio giù in magazzino. Ho visto la mia nonna che mi ha parlato. E ho anche visto l'uomo anziano, quello che mi è sembrato entrare dentro di me. Ma non erano fantasmi, sono sicura. I fantasmi non esistono. Cazzo!".

"E invece sì. A questo punto l'ipotesi droga non funziona più. Il libro che, secondo te, avrebbe dovuto contenere un allucinogeno non è più qui. Se l'è ripreso il suo proprietario. La nostra teoria è saltata. E non c'è altra spiegazione: tu hai parlato con la voce di mio nonno, l'ho riconosciuta perfettamente. E la ragazza che era davanti a me era Francesca. Esattamente come l'ho vista stesa sull'asfalto dopo l'incidente. Col cranio fracassato e il viso pieno di sangue. Marta, abbiamo visto dei fantasmi" – disse Jos asciugandosi il sudore e guardando la ragazza con aria sconvolta.

"Non è possibile, cazzo – rispose la ragazza fra i singhiozzi – non sai quanto ho dovuto faticare a cancellare tutte le paure che mi aveva inculcato la mia nonna quando ero bambina. Lei era sicura di avere un dono. Parlava coi morti e mi raccontava ciò che i morti le dicevano. Io ero terrorizzata e non volevo ascoltarla. Ma poi, crescendo, sono riuscita a convincermi che erano tutte balle. I morti sono morti e non possono parlare con noi – poi Marta alzò gli occhi verso la porta del sotterraneo e rabbrividendo pensò a ciò che aveva visto – hai detto che avevo la voce di tuo nonno? Così quel vecchio che ho visto giù in magazzino…"

Jos si avvicinò all'espositore di libri a rotelle che nascondeva parte di una parete del negozio e lo tirò verso di sé per circa un metro. Sul muro, ora perfettamente visibile, c'era l'antica fotografia incorniciata. Jos la staccò dal muro e la porse a Marta, ma prima che la ragazza la prendesse disse:

"Questa è la foto di mio nonno. Tu non l'hai mai vista quindi il tuo cervello non può averne creato un'allucinazione con il suo viso. Se il vecchio che hai visto nel magazzino era questo, devi rassegnarti alla realtà. Era un fantasma".

Marta prese la fotografia dicendo: "Allora c'è ancora una possibilità. Avevo già visto questa foto prima di scendere in magazzino. E avevo anche pensato che potesse trattarsi di tuo nonno. Per cui il mio cervello può aver creato un'allucinazione con il suo volto. Ma anche così, resta inspiegabile come io possa aver utilizzato una voce molto simile alla sua senza averlo mai sentito parlare".

"Non era una voce simile alla sua, quella con cui parlavi. Era la 'sua' voce".

Marta prese la fotografia osservando con attenzione la persona ripresa. Non c'era alcun dubbio. Nonostante l'aspetto dell'uomo anziano ma sano e in piena forma ritratto sulla foto stridesse con l'apparizione emaciata e pallida giù in magazzino…sì, era proprio lui il vecchio che le era apparso e che aveva allungato le mani verso di lei privandola di ogni forza di volontà e dominandola nei gesti, nella voce e nelle parole.

Marta lasciò cadere la fotografia in grembo e si coprì il volto con le mani mormorando

"Non capisco, non capisco. Vorrei che mia nonna fosse

ancora viva. Lei saprebbe cosa dirmi. Anche se non ho mai creduto che fosse una medium. E lei, un attimo fa, mi è apparsa. Con un'espressione folle che non le avevo mai visto. Dai suoi occhi trasparivano pazzia e odio".

Jos alzò gli occhi e vide all'esterno del negozio delle persone ferme ad osservare i libri esposti in vetrina. Si alzò di scatto e andò ad abbassare la saracinesca del negozio lasciando esposto il cartello "Oggi chiuso per motivi di famiglia". In quel momento non voleva vedere nessuno, tantomeno dei clienti. Voleva solo tentare di capire. Guardando il computer fracassato a terra Jos disse:

"E' abbastanza evidente che ciò che è successo è stato provocato dal quel testo che ho fatto leggere al computer. Insomma, io penso che quel testo abbia... – Jos non trovò le parole per dire ciò che poteva essere successo – ...generato fantasmi? Aperto una porta con l'aldilà? Oppure forse ci ha ipnotizzati materializzando le nostre paure. Appena il computer è caduto e la voce si è fermata, quell'incubo si è interrotto".

Allora Marta si riscosse e rispose:

"Se è come dici tu, potremmo riprovare a far leggere quel testo dal computer. Restando pronti a schiacciare il pulsante di stop e interrompere la lettura se veramente sta succedendo qualcosa di pericoloso".

"Facile, con il computer ridotto in cento pezzi" – rispose Jos osservando i resti del suo Asus sparsi in terra – e comunque non mi sembra proprio il caso. E non ci sarebbe neppure il tempo. Mi sono impegnato a far arrivare il cd al professore, via pony express, il più presto possibile nel pomeriggio. E la copia che avevo fatto per me se n'è andata con l'hardisk del mio computer.

"Possiamo farci imprestare il pc da qualche amico e utilizzare il cd del professore prima che tu glielo spedisca – disse Marta – cos'è, hai paura di ciò che potresti vedere? Tira fuori un po' di palle, amico, siamo di fronte a qualcosa di eccezionale e tu te lo vuoi lasciar passare sotto il naso senza fare un cazzo di nulla? Jos, titubante, restò muto a fissarla per qualche secondo mentre lei pensava a come procurarsi un computer in prestito. Poi, all'improvviso, un muggito di mucca ruppe fragorosamente il silenzio. Jos balzò sulla sedia guardandosi intorno con uno sguardo terrorizzato.

"E che cazzo succede ancora – gridò – dopo i fantasmi ci mancava che apparissero anche gli animali qui dentro! Basta, ora cerco uno psichiatra e mi faccio ricoverare".

"Tranquillo Jos. Almeno questo non è un cazzo di fantasma, è la suoneria del mio cellulare" – disse Marta estraendo il telefonino dalla tasca.

"Ciao Virginia. Sì, sono ancora qui nel negozio di libri. Fanculo, non ho voglia di scherzare, Virgi, non sto facendo sesso. Mi è successa una cosa terribile…no, non sono stata violentata e non sono sotto minaccia – disse Marta alzando gli occhi verso Jos – anzi col libraio rasta siamo diventati amici".

Poi, senza interrompere la comunicazione, coprì la cornetta con la mano e chiese a Jos:

"E' la mia migliore amica. Secondo te posso dirle quello che ci è successo oggi?"

"Se non hai paura di essere scambiata per pazza".

Allora Marta riportò il telefono all'orecchio:

"Virginia, tu mi hai sempre detto di credere ai fantasmi".

La risposta di Virginia, preoccupatissima, fu immediata:

"Ti senti bene? Vengo subito lì da te. Devo vedere cosa ti sta succedendo".

Marta alzò uno sguardo eloquente verso Jos, per confermargli che i suoi dubbi erano fondati. Poi disse a Virginia:

"Vieni pure, tesoro. Devi farmi un grande piacere, però. Porta qui il tuo pc portatile" – e senza attendere la risposta dell'amica interruppe la conversazione.

Jos guardò preoccupato Marta e disse:

"Hai proprio ancora voglia di fare quell'esperimento? Io non so se reggerei ad un'altra simile esperienza".

"Dai, non fare il cagasotto. Dobbiamo assolutamente capire se basta far leggere quel testo al pc per ricreare una situazione come quella che abbiamo vissuto – rispose Marta – oltretutto ci sarà anche Virginia. Una persona in più che non ha mai dato segni di pazzia. Se avrà anche lei delle allucinazioni avremo una prova che ciò che abbiamo visto non ce lo siamo immaginato".

Jos la guardò dubbioso:

"Non sarebbe meglio prima rivolgersi a qualcuno che ne sa più di noi su questo argomento? Per esempio il destinatario della copia del libro – Jos prese l'appunto dal tavolo e rilesse nome e indirizzo – il professor Mattioli. Invece di inviare un moto taxi potrei andare personalmente a consegnarglielo. Chissà che non sappia darmi qualche risposta. Mi hai detto che è uno studioso di stregoneria. Forse sa qualcosa sugli strani effetti del libro".

"E se non volesse parlartene? – disse Marta – Non dargli subito la copia del libro, aspetta che prima abbia risposto alle domande. Tieni il cd in tasca. Gli dirai… no. Gli diremo. Voglio venire con te…gli diremo che hai avuto problemi col computer e la copia sarà pronta solo per domani. Gli racconteremo cosa ci è successo. E se sa qualcosa lo costringeremo a parlarcene. Non dimenticare che io sono al corrente dei furti di cadaveri di cui è il mandante. Un ottimo strumento di persuasione. E solo quando saremo soddisfatti di ciò che ci

144

dirà gli consegneremo la copia del libro".

"Sì, insomma, un ricatto" – rispose un po' preoccupato Jos, che a parte la pirateria letteraria e qualche droga leggera, non aveva mai violato la legge. Ma il fatto che la ragazza si fosse offerta di accompagnarlo quella sera gli fece piacere. Qualunque cosa si fosse sentito di raccontare al professore, lo rassicurava avere con sé una testimone che poteva confermare gli avvenimenti.

In quel momento qualcuno bussò alla saracinesca chiusa del negozio. Una voce ansiosa, dall'esterno, gridò:

"Marta? Sei qui dentro? Cosa ti stanno facendo? Aprite o chiamo la polizia".

Marta corse alla porta

"Tranquilla Virginia, va tutto bene. Ora ti faccio aprire".

Jos sollevò la saracinesca ed una ragazza bionda, che teneva a tracolla la borsa di un computer portatile, balzò come una furia nel negozio ed abbracciò Marta.

"Come ti senti? Stai bene? Mi ero preoccupata – poi guardando Jos con sospetto si rivolse all'amica – è colpa sua? ti ha fatto qualcosa di brutto? Al telefono mi sei sembrata così strana. Ho temuto che fossi minacciata, magari tenuta sotto tiro con una pistola".

Poi valutando più attentamente lo sguardo mite di Jos aggiunse con voce più tranquilla:

"Beh, non da lui sicuramente. Ma perché hai parlato di fantasmi?"

"E' tutto ok, Virgi, nessuno mi ha minacciata. Per quel che riguarda quei cazzo di fantasmi, ora ti racconteremo. E' una storia incredibile. E forse, in qualche modo, c'entra il professor Mattioli".

"Ah, non gli basta giocare coi pezzi di cadavere che gli porta il Caccola? Quello si interessa pure ai fantasmi". Ma di colpo Virginia, sgranò gli occhi e fissando Marta con un'espressione trionfante esclamò:

"Non dirmi nulla, ho capito tutto. Quando hai sentito ieri sera che io e le altre stavamo pensando uno scherzo da fare al Caccola e al professore tu, zitta zitta, hai studiato qualcosa per sorprenderci. Stronzissima amica, sei sempre la migliore. Dimmi tutto. Io ci sto a prescindere".

Jos e Marta si guardarono come se si fossero pentiti dell'idea di coinvolgere anche Virginia nel loro esperimento. Ma lei, inarrestabile, continuò:

"Insomma immagino che per il nostro Caccola abbiate pensato ad uno scherzo a base di fantasmi. Cadaveri rubati, stregoneria…mi sembra un'idea perfetta per la situazione. Si cagheranno addosso il bidello e il professore. Ma adesso basta coi misteri, come intendete impostare lo scherzo?"

"No, nessuno scherzo. Mi spiace Virginia. Stiamo parlando di fantasmi veri – rispose Marta aprendo la tracolla dell'amica ed estraendone il computer portatile – e se la nostra teoria è giusta, fra poco potrai vedere anche tu…i tuoi primi fantasmi".

"Brutta stronza – gridò ridendo Virginia – allora lo scherzo non era per il bidello ma per me".

"Ti ripeto Virginia. Non è uno scherzo. Stiamo parlando di veri fantasmi. Anche se continuo a pensare che sia una follia e che i fantasmi non esistano".

Questa volta l'espressione seria di Marta e Jos sembrò convincere Virginia. Guardando negli occhi l'amica scandì le parole per dare loro più importanza:

"Non mi stai prendendo per il culo vero? Porca puttana! Lo sai quanto sono attratta dall'occulto – gridò Virginia tutta esaltata – Ma tu Marta sei l'ultima persona da cui avrei pensato di sentire un discorso simile. Non sei tu quella che fino a ieri, ogni volta che nel campus con le amiche si facevano sedute spiritiche, si rifiutava di parteciparvi dicendo che erano tutte sciocchezze?"

"Infatti, bestiolina, sai bene che in quelle vostre sedute non è mai successo nulla".

"Ok, è vero. Ma la Pucci dice che è solo perché nessuna di noi è una medium. E noi abbiamo sempre continuato a farle perché speravamo prima o poi che una di noi lo diventasse".

"Se anche tu avessi avuto una nonna convinta di essere una medium – rispose Marta mentre accendeva il computer – avresti capito che le sedute spiritiche non sono altro che cazzate per spaventare i bambini e…gli adulti che ci credono".

"Avevi una nonna medium? Ma pensa, allora magari anche tu lo sei, dicono che certi poteri sono ereditari".

Marta preferì non rispondere mentre il pensiero della visione di sua nonna nel magazzino la fece rabbrividire.

Appena il computer ebbe caricato il sistema operativo, Jos prese da un cassetto il software di sintesi vocale, quello che trasformava in suoni e parole i caratteri dei testi e lo installò nel portatile di Virginia. Poi, inserendo il cd che doveva consegnare a Mattioli, copiò sull'hard disk il libro digitalizzato. In una decina di minuti tutto fu pronto per l'esperimento. Mentre Virginia non stava nella pelle, Marta e Jos avevano un'espressione tesa e preoccupata.

"Sei sicura di voler fare questa prova? – chiese Jos a Marta – tu lo sai: se la nostra teoria è giusta, ciò che vedremo potrà essere terribile".

"L'importante è essere preparati – rispose la ragazza - uno di noi deve stare vicino al computer. Se la situazione diventa pericolosa, ci basterà interrompere l'esperimento spegnendolo".

Il pomeriggio aveva lasciato ormai spazio alla sera e dalla

vetrina del negozio si vedeva filtrare la luce dei primi lampioni accesi sulla strada. L'atmosfera all'interno era ovattata e la luce dei due lampadari non riusciva a penetrare fin negli anfratti creati dalle scaffalature contro le pareti dove si formavano delle intense zone di ombra.

Jos fece partire la lettura del testo del libro mentre Marta teneva sulle ginocchia il portatile e una mano pronta a premere il tasto che interrompeva la riproduzione sonora. Virginia li osservava senza capire, fremendo dall'impazienza.

"Ed ora dovrebbero apparire dei fantasmi? – pensò Virginia ancora dubbiosa di essere il bersaglio di uno scherzo – magari questi due burloni hanno installato sul mio pc uno di quei videogames tridimensionali a base di mostri e spettri. Se pensano di farmi paura, resteranno delusi. Quegli scherzetti li conosco tutti".

I pensieri di Virginia vennero interrotti dalla voce del computer. Il timbro sintetico del portatile era molto diverso dalla voce del computer di Jos. Era decisamente più metallico e di volume più basso, questo perché le casse acustiche di un portatile sono piccolissime ed inserite nel corpo della macchina mentre quelle di Jos erano esterne ed amplificate dall'impianto in alta fedeltà. Ma ciononostante la cantilena del testo fu altrettanto ipnotica e suggestiva.

Anche Virginia, che l'ascoltava per la prima volta, mutò la sua espressione diffidente in stupore e, sgranando gli occhi, restò muta ad ascoltarla.

Le parole si susseguivano senza soluzione di continuità man mano che la macchina procedeva nella lettura. Passarono almeno cinque minuti prima che qualcosa attraesse l'attenzione di Jos.

Allora alzò il dito indicando alle altre due l'angolo più lontano del negozio, quello più in ombra.

C'era qualcosa laggiù. Ma sia Marta che Virginia non colsero il gesto di Jos perché continuavano a fissare nell'altra direzione da dove pareva provenire un leggero rumore.

Dal bordo di una scaffalatura di libri Jos vide sbucare una mano bianca e rugosa che si teneva aggrappata al bordo del mobile. Dall'oscurità emerse lentamente un uomo molto anziano, diafano, che iniziò a spostarsi verso il lato opposto del negozio guardando fisso davanti a sé e dondolando il capo a destra e sinistra quasi per seguire il ritmo della voce del computer. Il vecchio procedeva senza muovere le gambe, quasi scivolando a qualche centimetro dal pavimento.

Jos gridò:

"Guardate, lo vedete anche voi?"

Ma Virginia non si voltò. Più eccitata che spaventata, stava guardando nella direzione opposta e si lasciò sfuggire:

"Cazzo! Questo sì che è un vero fantasma" – avvicinandosi di qualche passo all'alta figura nebbiosa che aveva visto defluire dalle fessure del grande armadio rosso, nell'angolo del negozio.

Ma quando l'apparizione divenne più solida e definita, Virginia lanciò un grido. E non era un grido di terrore ma di entusiasmo. Si portò le mani nei capelli e istericamente urlò:

"Tu! Sei tu, proprio tu – rivolta al giovane con la faccia semidistrutta da un colpo di fucile – Kurt, quanto ho sognato questo momento!"

Virginia tentò di abbracciare Kurt Cobain, ma le sue braccia passarono attraverso il corpo del cantante dei Nirvana stringendo null'altro che aria. L'apparizione non alzò gli occhi verso Virginia ma continuò a fissare e a stringere con espressione smarrita un pacchetto giallo che teneva fra le mani.

Jos intanto, senza badare ai gridolini convulsi di Virginia, continuava a fissare sul lato opposto del negozio il vecchio che aveva una consistenza lieve, semitrasparente: era sicuro di aver già visto il suo viso e tentava di ricordare chi fosse.

Poi gli venne in mente. Un ricordo di quando era bambino.

L'uomo era un affezionato cliente che frequentava quasi quotidianamente la libreria, quando era ancora gestita da suo padre. Si ricordò di questo signore simpatico e ciarliero, della sua dolcezza e delle caramelle alla liquerizia che portava sempre con sé ed ogni volta gli offriva. Sì, i lineamenti sia pur evanescenti, erano proprio i suoi. Ma l'espressione era molto diversa. Scomparsa ogni traccia di dolcezza il suo sguardo vacuo comunicava solo un senso di demenza e alienazione. E mentre l'uomo continuava a muoversi da una parete all'altra del negozio, altre figure, a decine, emergevano dagli angoli e prendevano a spostarsi lievemente.

Erano quasi tutte persone anziane ma, fra loro, spiccava un bambino di circa dieci anni in pantaloncini corti che lasciava intravedere il troncone sanguinante di una gamba amputata. Allora Jos ricordò l'episodio di qualche anno prima quando era avvenuto uno scontro frontale fra due auto proprio di fronte al negozio. I genitori del bimbo erano rimasti illesi nell'incidente mentre il piccolo aveva avuto la gamba amputata. Il padre lo aveva preso fra le braccia e lo aveva portato nel negozio in attesa dell'ambulanza. Il bimbo era cosciente ed urlava dal dolore mentre il suo sangue si spargeva sul pavimento del negozio e la madre, in preda ad una crisi isterica, piangeva disperata tentando di arrestare la fuoriuscita ritmica del sangue arterioso. Jos aveva poi saputo che il bimbo era morto per dissanguamento sull'ambulanza che lo trasportava in ospedale.

Jos guardava tra tutte quelle figure in movimento. Non

voleva ammetterlo a se stesso ma stava proprio cercando qualcuno tra di loro. Qualcuno che infine vide apparire proprio in fondo al negozio. La sua Francesca era là, con il capo fracassato e pieno di sangue. Anche lei si aggirava fra le altre persone e passando attraverso di loro come facevano tutti ora che il negozio era quasi pieno di terribili immagini fluttuanti, alcune molto definite quasi fossero persone reali, altre inconsistenti come una pallida nebbia. Ma nessuno di loro, fino a quel momento, aveva dato segno di accorgersi della presenza di Jos, Marta e Virginia.

Almeno fin quando quest'ultima, con lo sguardo affascinato e per nulla spaventato, si avvicinò nuovamente a Kurt Cobain tentando ancora una volta di accarezzare il suo volto.

"Ti prego Kurt, lasciati toccare. Vi prego, ditemi che non sto sognando, questo è il momento più bello della mia vita. Sto per toccare il fantasma dell'uomo più meraviglioso che sia mai esistito".

La mano di Virginia passò attraverso la testa fracassata e sanguinolenta del cantante come fosse passata in una nuvola di fumo.

Fu solo in quel momento che il fantasma cambiò espressione e con uno scatto violento si voltò a fissare la ragazza con una terribile smorfia che mise ancora più in evidenza la voragine che deturpava il suo volto. E fu allora che tutte le figure si immobilizzarono di colpo ed alzarono lo sguardo stupito verso i tre come se solo in quel momento si fossero accorti della loro presenza.

Lo sguardo di alcuni di loro passò rapidamente dallo stupore ad un mix di odio e follia. Altri invece li fissavano con un'incontenibile tristezza. Virginia, finalmente turbata, si rese conto dell'assurdità della propria reazione e, tenendo le mani sulla bocca, indietreggiò verso gli altri due.

Jos, che aveva udito Virginia gridare il nome del cantante dei Nirvana, distolse gli occhi da Francesca e guardò verso di lei ma non vide Kurt Cobain. Accanto alla ragazza c'era solamente il bambino senza una gamba.

Fu allora che alcune delle figure iniziarono a muoversi lentamente verso Jos e Virginia con le braccia tese come se volessero artigliarli per sbranarli. Marta, si era già allontanata di qualche metro all'indietro, e stringeva con un braccio contro di sé il computer portatile pronta ad arrestare la cantilena che ne usciva implacabile. I fantasmi ormai guardavano tutti verso di loro e quelli che erano giunti accanto a Jos e Virginia tentavano inutilmente di colpirli ma le loro mani inconsistenti non riuscivano a far presa e passavano attraverso i loro corpi.

Fu allora che il fantasma di Francesca alzò lo sguardo verso Marta e, come se in qualche modo l'avesse riconosciuta, fluttuò verso di lei con un sorriso che ai suoi occhi sconvolti e increduli parve terribile ma che forse era solo pieno di speranza. Marta la fissò e si rese conto che quel simulacro di una ragazza che era stata bellissima era la stessa che il giorno precedente l'aveva posseduta entrando dentro di lei e dominando la sua volontà. E capì che lo aveva fatto per stringere ancora una volta con amore quello che era stato il suo ragazzo. Ora anche tutti gli altri spiriti nella stanza smisero di guardare verso Jos e Virginia e cominciarono, con un movimento impercettibile estremamente lento, a scivolare verso Marta quasi lei possedesse la capacità di attirarli come una calamita.

Né Marta né Virginia, con lo sguardo fisso sulle apparizioni, notarono Jos che frugava in un cassetto del bancone, ne estraeva qualcosa di molto piccolo, poi si accovacciava scomparendo dietro ad un basso tavolino colmo di libri. Subito dopo ne riappariva alzandosi in piedi e faceva vagare lo sguardo su tutto il negozio.

Intanto i fantasmi, seguendo Francesca, continuavano il loro mesto e lento avvicinamento a Marta che li fissava tenendo stretto fra le mani il computer.

Fu allora che il fantasma del bambino dalla gamba amputata superò tutti gli altri e, passando attraverso il fantasma di Francesca, arrivò per primo con le mani ad artiglio a ghermire Marta. Poi con una terribile smorfia che rendeva ripugnante il suo viso infantile balzò improvvisamente dentro di lei con tutto il suo piccolo corpo mutilato. Marta sentì che la sua volontà iniziava a dissolversi e capì che era venuto il momento di interrompere la voce del computer ma, purtroppo, già le sue dita non rispondevano più ai comandi del cervello. L'ultima cosa che vide, prima di abbandonarsi ad una forza che la dominava, fu il volto di Francesca, quello che un tempo era stato bellissimo, trasformarsi in una mostruosa maschera di delusione. Il suo sguardo filtrava, terribile, attraverso i rivoli di sangue e di materia cerebrale che colavano sugli occhi dal cranio spaccato. Marta percepì, prima di affondare in quella lucida paralisi, il senso di disperata tristezza di Francesca per non essere riuscita, come il giorno precedente, a raggiungerla e a possederla prima che lo facesse il bambino. Virginia, ora sconvolta, vide l'espressione di Marta divenire impersonale e dalla sua bocca una voce infantile con tono piagnucoloso disse:

"Mamma, mammina dove sei? – poi la bocca di Marta si deformò in un ghigno innaturale e con la voce da bimbo gridò – mamma, bastarda, brutta troia schifosa perché mi hai lasciato solo?"

Con un balzo Jos si gettò su Marta e le strappò dalle mani il computer portatile riuscendo a premere il tasto che interrompeva la misteriosa cantilena che per tutti quei terribili momenti aveva invaso la stanza. Il silenzio irruppe come un fragoroso colpo di spugna.

Tutte le presenze di colpo scomparvero e Marta si lasciò cadere su una sedia con l'espressione sconvolta. Tutti tacquero per almeno un minuto. Poi, quella che per prima riacquistò la padronanza di se stessa fu Virginia.

"Ragazzi, ragazzi che esperienza – disse mentre in un attimo aveva riacquistato tutta la sua spumeggiante superficialità – ma vi rendete conto? Abbiamo visto dei fantasmi, dei veri fantasmi! Kurt Cobain! Ho visto Kurt Cobain! Non vedo l'ora di raccontarlo alla Pucci e a tutte le altre".

Jos la guardò come se non avesse capito poi, portando le mani alle orecchie, ne estrasse qualcosa e disse:

"Cosa hai detto? Non ho sentito nulla. Poco fa, quando mi sono abbassato dietro al bancone, ho voluto provare a mettere nelle orecchie dei tappi di cera. E' il risultato è stato proprio quello che immaginavo".

Virginia parve non essere assolutamente interessata all'esperimento di Jos e continuò con entusiasmo ed esaltazione a dire: "Ma vi rendete conto? Abbiamo avuto un'esperienza sensazionale. Dobbiamo far sapere a tutti che possiamo vedere i fantasmi. Io ho visto Kurt Cobain! Ora ci chiameranno nei talk show, diventeremo famosi!"

Jos, come per cercare la sua approvazione, diede un'occhiata imbarazzata a Marta che si stava riprendendo poi, rivolgendosi a Virginia disse:

"Forse sarebbe bene non raccontare a nessuno questa esperienza. Almeno fino a quando non avrò parlato col professor Mattioli per saperne qualcosa di più".

"Jos ha ragione – disse Marta asciugando con un fazzoletto il sudore che colava abbondante dai suoi capelli viola e blu – questa sera io e lui andremo da Mattioli. E ci dovrà dire tutto quello che sa. Non parlare a nessuno per il momento, Virginia. Non sappiamo neppure se veramente abbiamo visto dei fantasmi oppure quella cantilena ci ha, in qualche modo, ipnotizzati facendoci vedere semplici proiezioni della nostra mente o delle nostri paure. Del resto solo tu credi di aver visto Kurt Cobain. Io ho visto ben altro. Per fortuna Jos è riuscito a fermare la cantilena, io non ero più in grado di farlo, ero diventata un bambino impazzito che voleva solo fare del male a qualcuno".

Così finalmente Jos poté parlare dell'esperimento che aveva fatto durante l'apparizione dei fantasmi.

"Mentre vedevo ciò che vedevate anche voi, mi sono ricordato dei tappi di cera che tengo in quel cassetto per le rare volte in cui mi fermo a dormire qui in negozio. Qui in centro c'è casino fino a tardi e i tappi sono un'ottima soluzione per addormentarsi in un silenzio totale. Allora li ho presi e me li sono messi nelle orecchie. Ebbene, appena inseriti i tappi, non ho più sentito la voce del computer, ed esattamente come immaginavo di colpo tutte le presenze sono scomparse.

Non vi sembra strano che dei fantasmi possano essere influenzati da una voce digitale?

E' molto più probabile che in qualche modo il suono ipnotico del computer con quelle parole incomprensibili stimoli il nostro cervello facendoci vedere qualcosa che vive solo nella nostra mente".

Marta però mordendosi le labbra per la concentrazione, continuava a pensare al vecchio che le era apparso nel magazzino sotterraneo:

"Ma la persona che ho visto era tuo nonno. E la fotografia che mi hai poi mostrato io l'avevo vista ma la sua voce? Non l'avevo mai sentita. Come avrebbe potuto la mia fantasia creare precisamente il timbro vocale di una persona di cui non conoscevo neppure l'esistenza? Del resto tu sei sicurissimo che io ti abbia parlato con la voce di tuo nonno..."

"Mentre telefonavo – rispose Jos nel tentativo disperato di rendere giustificabile razionalmente qualcosa di irrazionale – ho visto che ti aggiravi nel negozio. E ti ho anche vista quando ti sei avvicinata a quella parete con le fotografie. Probabilmente questo mi ha fatto pensare inconsciamente a mio nonno, alla sua voce. Magari mentre il tuo cervello registrava inconsciamente il suo viso e poi te lo ricreava in un'allucinazione il mio si preparava a ricreare per me la sua voce.

E quando tu sei apparsa sulla porta del magazzino la prima frase che hai pronunciato è stata 'ciao nipotino, come va?'. Così il mio inconscio, avendomi tu chiamato nipotino, mi ha fatto percepire la tua voce come quella di mio nonno". Detto questo Jos abbassò gli occhi per nascondere il suo stesso scetticismo su ciò che aveva appena detto.

"Comunque – concluse Jos – in te è successo qualcosa di diverso rispetto a me e Virginia. Noi abbiamo semplicemente visto delle figure tu...tu ti sei addirittura identificata in loro".

"Identificata? Direi posseduta. In quei momenti non ero più io. Sono stata la tua Francesca, il tuo nonno e quel povero bambino".

Virginia assolutamente convinta dell'origine occulta delle visioni disse rivolta a Jos:

"Ma certo, la nonna di Marta era una medium. E sicuramente lo è anche lei. Altro che allucinazioni, ragazzi! Comunque se la pensate così continuate pure ad autoconvicervi che sia tutto una creazione del nostro cervello. Prima o poi vi scontrerete con la verità".

In effetti né Marta né Jos erano molto convinti di questa teoria ma preferivano che Virginia lo pensasse. Così avevano una giustificazione per chiederle di non parlarne con nessuno. La ragazza pareva troppo eccitata da ciò che aveva visto: dovevano assolutamente trattenerla dal raccontare in giro quell'esperienza. Prima sia Jos che Marta volevano comprendere esattamente ciò che era successo. Provavano entrambi un forte timore di essere scambiati per pazzi.

Così Marta, ripiegando lo schermo del computer e restituendolo a Virginia, interpretando anche il pensiero di Jos, le disse:

"Per ora non dire nulla a nessuno per favore. Stasera quando tornerò al campus dopo essere stata da Mattioli passerò in camera tua e ti racconterò tutto ciò che ho saputo. Così decideremo insieme cosa fare".

"D'accordo – disse Virginia con voce un po' delusa – ma sappi che non ci sono dubbi: abbiamo visto dei veri fantasmi. E un segreto come questo non riuscirò a trattenerlo per troppo tempo, lo sai vero? Sono chiacchierona e anche un po' esibizionista. Cazzo! Voglio che la gente dica 'quella è Virginia, la ragazza che ha visto Kurt Cobain dieci anni dopo la sua morte, voglio essere famosa come…come…come Bernadette".

"Ma quella ha visto la madonna – disse Marta tentando di frenare l'entusiasmo dell'amica – mica il cantante dei Nirvana".

"Madonne o fantasmi, sempre di apparizioni si tratta – rispose Virginia riponendo il suo computer nella tracolla – e sappiate che per vivere questa esperienza con voi oggi pomeriggio, io mi sono persa anche l'esame di istologia".

"Mi spiace Virgi" – disse Marta appoggiandole una mano sulla spalla.

"A me no – rispose Virginia sorridendo – un pomeriggio come quello di oggi ne vale cento di esami di istologia".

Detto questo, con il suo computer a spalla, si avviò verso l'uscita del negozio.

Poi, prima di sollevare la saracinesca per uscire, si girò verso Marta dicendole:

"Allora ci vediamo stasera al campus. Quando arrivi passa subito da me. Voglio assolutamente sapere cosa vi ha detto Mattioli".

"D'accordo, tesoro – poi, come colta da un improvviso pensiero, Marta bloccò Virginia – aspetta, c'è ancora una cosa che devi fare. La devi fare assolutamente".

Marta indicò il computer che Virginia teneva a tracolla:

"Appena arrivi in camera cancella dal tuo computer il file del libro".

"Ehm – esitò Virginia prima di rispondere – lo farò. Hai pensato che volessi rifare l'esperimento da sola, vero?". E la sua espressione era in effetti quella di chi è stato colto in fallo.

"Non fare cazzate – insistette Marta – quel file può essere veramente pericoloso. Giurami che lo cancellerai. Altrimenti, riaccendi subito il computer e lo cancelliamo qui tutti insieme".

"Te lo giuro, te lo giuro – rispose Virginia sbuffando e avviandosi velocemente verso l'uscita del negozio – appena sarò in camera cancellerò il file del libro".

Rimasti soli Jos e Virginia restarono per qualche minuto in silenzio per far ordine nei loro pensieri. Poi, come se gli fosse venuto improvvisamente in mente qualcosa, Jos si alzò di scatto e andò verso l'armadio rosso in fondo al negozio. Sotto lo sguardo incuriosito di Marta, lo aprì e ne estrasse un pacchetto giallo che posò sul bancone.

"Voglio proprio vedere cosa mi ha lasciato quello strano

tedesco da consegnare ad un suo cliente. Con tutto quello che ci sta succedendo, non mi fido più di nessuno".

Poi, utilizzando un affilato cutter, tagliò delicatamente lo scotch che fermava la carta gialla che avvolgeva il pacco.

"Il tedesco lo ha chiamato 'orsacchiotto'. Ora vedremo veramente cosa dovrò consegnare a questo fantomatico cliente".

Marta si avvicinò a Jos mentre lui, dopo aver scartato il pacco, ne apriva il coperchio.

Entrambi si sporsero contemporaneamente a guardare dentro la scatola, tanto che le due teste si urtarono. Ed entrambi, massaggiandosi il capo, scoppiarono in una risata quando videro che il contenuto della scatola altro non era che...una borsetta rosa a forma di orsacchiotto.

"Mühlbauer mi ha detto che la persona che lo ritirerà è un ricco collezionista di oggetti rari. Ma questa borsa a forma di orsacchiotto mi sembra tutt'altro che un oggetto raro. Ne ho viste di simili al supermercato qui vicino".

"Può darsi che questa borsa abbia qualcosa di particolare – rispose Marta – magari è il prototipo studiato da un famoso designer prima che venisse lanciato sul mercato. Oppure contiene qualcosa di illegale".

Allora Jos tentò di aprire la borsetta ma si accorse che questa era chiusa con un piccolissimo lucchetto.

"E' chiusa ma non credo contenga nulla di particolare – disse Jos soppesandola con una mano – la borsa è leggerissima e, dal suo peso, pare sia del tutto vuota. Sicuramente non potrebbe contenere né una partita di droga né delle armi".

"Stiamo diventando nevrotici e diffidenti. Quando verranno a ritirare il pacco proverò a farmi spiegare il significato di questo oggetto – disse Jos ricomponendo il pacco e riponendolo nell'armadio rosso – ma ora pensiamo alla consegna del cd. Sei sicura di voler venire con me?".

Alla decisa risposta affermativa di Marta, si accordarono su come affrontare l'argomento col professor Mattioli. Bisognava essere preparati visto che avevano deciso di non consegnargli il file del libro se non avessero avuto le informazioni che si attendevano da lui.

"Sarà il caso di avviarci – disse Jos – il professore abita in periferia".

Poi mettendo il cd del libro in una tasca interna del giubbotto e battendoci una mano sopra aggiunse: "…e questo disco non uscirà da questa tasca se non ci dirà ciò che vogliamo sapere".

"Hai una bicicletta? – chiese Marta – Per andare in periferia si farebbe molto più in fretta che coi mezzi pubblici".

"Sei matta. Ho visto come vai sulla bici tu. Anche se io ne avessi una, non riuscirei a starti dietro. Lascia la tua bicicletta qui in negozio. Andremo in taxi".

La luce del tramonto si era già dissolta da tempo e, con i negozi e gli uffici ormai chiusi, la strada era buia e senza passanti.

Il taxista che giunse qualche minuto dopo trovò sul marciapiedi in attesa una coppia insolita, molto diversa dai suoi abituali clienti. Un uomo dalle lunghe trecce rasta sulle spalle ed una ragazza semirasata sul lato destro e con i capelli viola e azzurri sul lato sinistro.

Prima di farli salire, per scaramanzia, accarezzò il pulsante antirapina nascosto sotto il volante.

Capitolo 11

Quella sera Joseph Mühlbauer, in taxi diretto all'aeroporto, sfogliava con la curiosità del collezionista il rarissimo volume che, per conto del professor Mattioli, aveva trafugato dal Museum of Witchcraft in Cornovaglia. Sollevò gli occhi dal libro per chiedere al taxista di accelerare l'andatura: sperava di riuscire a prendere ancora l'ultimo volo serale per Vienna. Non vedeva l'ora di rientrare nel suo lussuoso rifugio segreto, immerso nell'ultima propaggine della Selva Boema a poca distanza dal Danubio. Pregustava già una serata di relax circondato dalle sue opere d'arte, con un sottofondo di musica classica, sorseggiando un Macallan Fine and Rare del 1926: un whisky rarissimo la cui bottiglia costa circa 38.000 dollari. Naturalmente Mühlbauer non aveva acquistato quel prezioso liquore ad un'asta riservata ai collezionisti ma…ne era venuto in possesso dopo una visita notturna nelle sale riservate ai vip dell'Hotel Casino di Atlantic City in New Jersey.

Purtroppo, nonostante il taxista, allettato da una lauta mancia, avesse tirato al massimo la velocità del suo taxi, bruciando un paio di semafori rossi e violando ogni limite di velocità, giunsero all'aeroporto proprio mentre l'aereo per Vienna iniziava il rullaggio per il decollo.

Da vero signore Mühlbauer ringraziò il taxista e gli diede ugualmente la mancia promessa più un extra per l'impegno che ci aveva messo nel tentare di soddisfarlo.

"Ed ora che faccio?" – pensò Mühlbauer che odiava pernottare nei grandi alberghi italiani, che giudicava pretenziosi e inadeguati come servizio.

Decise di dare un'occhiata al tabellone partenze dell'aeroporto per vedere se ci fosse qualche volo notturno se non per l'Austria almeno per la Germania. Pur non potendo rincasare in nottata avrebbe comunque preferito dormire a Francoforte che attendere in Italia il primo volo per Vienna del mattino. Quello che vide sul tabellone nel grande atrio dell'aeroporto, però, gli ridiede la speranza di raggiungere in poche ore la propria casa. Dopo appena un'ora e mezza era programmato un volo per Bratislava in Slovacchia. La città distava appena sessantacinque chilometri dal centro di Vienna. Mühlbauer, invece di prendere un taxi all'aeroporto Wien-Schwechat di Vienna come previsto, avrebbe potuto affittare un'auto all'aeroporto slovacco ed avrebbe raggiunto la sua casa in poco più di un paio d'ore. Si recò velocemente alla biglietteria sperando che ci fossero ancora liberi dei posti su quel volo. Un individuo, vestito di grigio, fermo accanto ad una colonna dell'atrio partenze, alzò gli occhi al passaggio di Mühlbauer e lo fissò attentamente. Chiuso il giornale che stava fingendo di leggere mentre osservava i viaggiatori in partenza, seguì discretamente l'uomo che aveva attratto la sua attenzione fino allo sportello della biglietteria, mettendosi in coda proprio dietro di lui.

Mühlbauer si informò sul volo per Bratislava e, saputo che in quel volo c'erano ancora parecchi posti liberi, tirò un sospiro di sollievo. L'uomo vestito di grigio alle sue spalle, fingendo di attendere il proprio turno, ascoltò con discrezione il dialogo tra Mühlbauer e l'impiegata allo sportello, poi uscì dalla coda e si diresse rapidamente verso i piani superiori dell'aeroporto, dove erano dislocati gli uffici. Mühlbauer che intanto aveva cambiato il biglietto, comprò una copia di Bild e si accomodò in una delle poltrone della sala partenze in attesa del check-in.

L'uomo in grigio camminò velocemente, quasi di corsa, lungo il corridoio degli uffici dell'aeroporto ed entrò ansimando nella sede della polizia aeroportuale. Si chinò su una scrivania e senza neppure sedersi iniziò a digitare sulla tastiera del computer. Sullo schermo apparvero in rapida sequenza una trentina di foto segnaletiche. Una di queste era quella di Mühlbauer. Trionfante l'uomo vestito di grigio mormorò:

"Allora non mi ero sbagliato, sei proprio tu" – poi prese la cornetta del telefono e compose il numero della questura. Dopo essersi presentato come sovrintendente di P.S. in servizio all'aeroporto, chiese di parlare con la sezione ricercati.

"Qui all'aeroporto ho riconosciuto dalle foto segnaletiche un latitante, certo Joseph Mühlbauer – disse all'interlocutore – sta per prendere un volo per la Slovacchia. Ditemi cosa devo fare. Lo posso arrestare o devo attendere il vostro ok?".

La risposta tardò ad arrivare come se l'interlocutore stesse chiedendo istruzioni ai superiori tanto che l'uomo in grigio, sbuffando, alzò gli occhi verso l'orologio appeso al muro e portò alle labbra una sigaretta senza accenderla.

Dopo qualche minuto, udì finalmente la voce del poliziotto:

"Qui dicono che quell'uomo non deve essere arrestato. Abbiamo avvisato quelli dell'Interpol di Bratislava perché si preparino a seguirlo al suo arrivo. Pare sia molto più importante scoprire dov'è il suo rifugio, quello in cui conserva refurtiva per milioni di euro. Arrestarlo ora significherebbe non recuperare nessuna delle opere d'arte per cui è ricercato. Insomma, per dirla chiara, ora non sono più cazzi nostri ma dell'Interpol".

L'uomo in grigio tirò un sospiro di sollievo.

"Grazie collega, non sai quanto mi faccia piacere ciò che mi hai detto". Era quasi giunta la fine del suo turno ed eseguire un arresto avrebbe ritardato, con tutte le pratiche burocratiche, il suo rientro a casa di almeno un paio d'ore.

L'aereo partì puntualissimo e Mühlbauer viaggiò comodamente in business class giungendo a destinazione in meno di 90 minuti. Scendendo dalla scaletta dell'aereo, nel piccolo aeroporto di Bratislava, si riempì con piacere i polmoni con l'aria frizzante delle vicine montagne e fu preso da una sensazione di estremo benessere. Sarà stato per la soddisfazione di tornare a casa dopo un'assenza piuttosto lunga, oppure per il profumo delle foreste di conifere che sentiva nell'aria e gli anticipava le essenze della Selva Boema dove abitava, si sentì avvolto da una strana euforia: qualcosa gli diceva che quella sera avrebbe avuto per lui un significato molto importante.

Appena superato il controllo della polizia (Mühlbauer viaggiava sotto falsa identità con documenti perfettamente contraffatti) si sentì felice e in pace col mondo, tanto da avvicinarsi ad una bellissima ragazza che aveva viaggiato nel suo stesso aereo ed offrirsi di aiutarla a portare il pesante trolley fino ad un taxi. La ragazza ringraziò e rifiutò con un sorriso e Mühlbauer la salutò con un ampio gesto galante.

Nell'atrio arrivi dell'aeroporto si diresse negli uffici della Hertz per noleggiare una vettura. Chiese la più veloce disponibile e gli venne messa a disposizione un'Audi A6. In pochi minuti Joseph Mühlbauer era al posto di guida ed allacciava le cinture di sicurezza pronto a partire. A una decina di metri dietro la sua auto, qualcun'altro stava allacciando le cinture di sicurezza. Erano quattro agenti dell'Interpol pronti a seguirlo.

"Vai bello che non ti molliamo" – disse il guidatore parlando tra sé e sé.

"Dipende da quanto sei bravo a guidare – disse uno dei due poliziotti alle sue spalle – se con questa sfigatissima Skoda riesci a star dietro a quell'Audi, bisogna dire che hai sbagliato mestiere. La formula uno sarebbe la tua vera strada".

Mühlbauer partì nella notte, guidando con attenzione, costeggiando per un breve tratto il Danubio e lasciandosi distrarre dalle comitive di giovani che raggiungevano i locali pieni di musica della notte slovacca. Ma gli bastò percorrere una decina di chilometri nello scarso traffico notturno fuori città per notare, con sospetto, i due fari che si mantenevano a distanza costante accelerando solo quando lui accelerava e non superandolo quando lui rallentava. Fece la classica prova di svoltare in una strada secondaria, percorrerne qualche centinaio di metri e poi fermarsi spegnendo le luci. Pochi secondi dopo anche l'auto che lo seguiva svoltò, rallentando fin quasi a fermarsi poco distante dalla sua auto ferma.

"Bene – sorrise Mühlbauer – posso divertirmi un po'. Era da molto tempo che non mi facevo una bella corsa 'guardie e ladri' con la polizia. Questi, poi, sono slovacchi a bordo di una Skoda. E' come sparare sulla croce rossa. Li seminerò in un attimo".

Fece urlare il motore fuori giri, fischiare le ruote sull'asfalto e con una derapata partì di scatto. In pochi secondi era già sui centotrenta chilometri all'ora in una strada larga poco più di tre metri.

Alle sue spalle i poliziotti tentavano di non perderlo di vista ma la Skoda, aveva ben poche possibilità di stare dietro all'Audi. In pochi minuti Mühlbauer ritornò sulla strada statale molto più frequentata e, dando un'occhiata al retrovisore, non riuscì più a distinguere, tra i tanti fanali, quale fosse l'auto degli inseguitori.

Decise comunque di continuare a viaggiare a velocità sostenuta mantenendo la lancetta del contachilometri tra i centonovanta e i duecento chilometri all'ora. Giunse a tutta velocità allo svincolo Bratislava-Jarovce, mantenendo la destra e seguendo le indicazioni per la E58 in direzione Vienna. Quando vide il cartello che annunciava a pochi chilometri il confine con l'Austria, sorrise fra sé e con quella carica di adrenalina che gli dava la guida veloce, schiacciò ulteriormente l'acceleratore fino a toccare i duecentotrenta chilometri zigzagando fra un'auto e l'altra nei sorpassi. A causa degli scossoni e degli ondeggiamenti dell'auto lanciata a folle velocità, ad un tratto il libro delle streghe, che Mühlbauer teneva sul sedile accanto a quello di guida, cadde a terra scivolando accanto al piede che teneva schiacciato l'acceleratore.

Il libro rimase aperto su una pagina completamente occupata dall'illustrazione di un demone ghignante. Nonostante la penombra dell'abitacolo, per uno strano gioco di luci, la pagina era perfettamente visibile tanto che Mühlbauer ebbe quasi la sgradevole sensazione di essere osservato dal demone.

Senza rallentare, l'uomo si chinò per raccoglierlo. Non molto distante dalla strada, a cinquecento metri sulla destra,

nel buio totale della notte, spiccava, illuminata da riflettori, una suggestiva chiesa gotica. Era bellissima e Mühlbauer
era stato un giorno, qualche anno prima, a visitarla. Mentre si sollevava con il libro fra le mani, prima di ritornare a
guardare la strada davanti a sé, buttò un occhio sul disegno
del demone e poi sulla chiesa lontana pensando a come due
espressioni di arte tanto distanti tra di loro potessero ispirare
la stessa emozione.

Quella chiesa gotica fu l'ultima cosa che i suoi occhi videro. L'auto lanciata a tutta velocità sbandò, colpì il guar-
drail, rotolò più volte su se stessa, saltò sulla corsia opposta e si schiantò frontalmente contro un TIR. In un attimo le
fiamme avvolsero completamente l'Audi bruciando tutto ciò
che l'auto conteneva. Anche del prezioso libro delle streghe
in pochi attimi non restò che un mucchietto di cenere. Ma
Mühlbauer non se ne poté rammaricare: era morto sul colpo
nel terribile schianto ancor prima di essere completamente
avvolto dalle fiamme.

Capitolo 12

Per tutto il percorso dal negozio di libri al campus universitario, Virginia rimuginò su quello che Marta le aveva raccomandato.

"Insomma – pensava, per la prima volta irritata con l'amica del cuore, abbiamo trovato la chiave per comunicare col regno dei morti e lei mi chiede di cancellarla dal computer. Potremmo realizzare il desiderio di chiunque abbia perso una persona cara. Un desiderio che gli uomini si portano dietro dall'inizio del mondo. Marta e Jos non hanno proprio idea delle potenzialità di ciò che hanno scoperto".

Nello stesso tempo, però, Virginia non voleva tradire la raccomandazione dell'amica. Da troppo tempo Marta non era solo la sua migliore amica ma si era anche dimostrata la sua più valida consigliera. Per una ragazza come Virginia che si rendeva conto di essere, sia nello studio che nella vita, superficiale e tutto sommato non estremamente raziocinante, essersi affidata nelle scelte importanti ad un'amica come

Marta, pronta ad analizzare con lucidità ogni problema, l'aveva sempre aiutata a trovare la giusta soluzione. Virginia tendeva a perdersi dietro all'effimero delle mode, del sesso occasionale, degli aperitivi nei locali eleganti, delle piste di cocaina mentre Marta, in contrasto con il suo linguaggio e il suo aspetto trasgressivo, amava rannicchiarsi in un mondo privato fatto di riflessioni, di letture, di musica rock e di qualche piccola concessione alle droghe leggere. Amiche da sempre le due ragazze si completavano a vicenda così da rendere un po' meno chiusa in se stessa Marta, trascinata spesso da Virginia nelle sue frenetiche attività festaiole, e un po' meno frivola Virginia, costretta da Marta a dedicare almeno un po' del suo tempo ad una seria riflessione nelle scelte più importanti.

Immersa in questi pensieri, Virginia giunse al campus universitario in pochi minuti, salì di corsa le scale ed entrò nella sua camera. Estrasse il computer dalla custodia, lo posò sulla scrivania e schiacciò il pulsante di accensione. Poi si sedette sul letto e si mise ad osservarlo mentre caricava il sistema operativo, ancora incerta su cosa avrebbe fatto. Marta le aveva raccomandato di cancellare il file del libro appena arrivata in camera. Ma se lo avesse fatto, non avrebbe più potuto rivivere l'esperienza di quel pomeriggio: vedere dei veri fantasmi che si muovevano davanti a lei. Se non lo avesse fatto, però, avrebbe rischiato di rovinare la sua amicizia con Marta. Virginia fissò lo schermo del suo portatile mentre il sistema operativo era ormai del tutto caricato. Quel computer davanti a lei era una tentazione troppo forte. Sapeva che le sarebbe bastato aprire il libro digitale e far partire il programma di sintesi vocale, che i fantasmi sarebbero apparsi intorno a lei, proprio lì, nella sua camera. Non le avrebbero fatto del male. Aveva visto che erano inconsistenti, che le loro braccia non potevano toccare i vivi ma passavano attraverso i loro corpi. Tranne per Marta, una medium inconsapevole. Solo con lei i fantasmi potevano parlare e prenderne possesso del corpo. Per Virginia invece non c'era alcun pericolo. Insomma, Marta non aveva alcun diritto di toglierle il piacere di rinnovare un'esperienza tanto emozionante. Perché era così protettiva nei suoi confronti? Sì, certo, era la sua migliore amica ma proprio per questo non avrebbe dovuto vietarle la possibilità di vedere Kurt Cobain ancora una volta. Ritrovarselo davanti qui nella sua camera, potergli raccontare l'amore che provava per lui e per la sua voce, fargli sapere che dalla sua morte in poi non aveva più trovato un musicista o una band in grado di creare una musica capace di entrarle nelle vene come quella dei Nirvana era qualcosa di molto più di un capriccio. Per di più Virginia aveva sempre vissuto le sue esigenze seguendo una sua linea guida: fra il desiderio e il rimpianto, quasi sempre, c'è spazio per una sciocchezza.

Ma questa volta, forse, avrebbe dovuta dare retta alla sua amica. Combattuta fra due scelte opposte Virginia si sentiva persa senza la possibilità di chiedere un consiglio proprio a Marta, l'unica persona di cui si fidava veramente. Così fece quello che faceva spesso quando si trovava di fronte a decisioni a cui non riusciva a dare risposta. Allungò una mano sul comodino, prese il suo ipod con la relativa cuffia e si sparò un mp3 di heavy metal a tutto volume nelle orecchie. Era un'azione quasi meccanica che l'aiutava a resettare tutti i pensieri e a rimandare a tempo indeterminato le decisioni e le scelte che avrebbero potuto generarle ansia.

Questa volta, però, fu proprio questo gesto a fornirle l'idea per non disubbidire alla richiesta di Marta: avrebbe cancellato il file ma, nello stesso tempo, grazie alla sua astuzia avrebbe potuto vedere ancora i fantasmi. E non una volta sola ma ogni volta che avesse desiderato farlo.

"E' l'uovo di Colombo – pensò Virginia alzandosi con un sorriso trionfante ed andando verso il computer – come ho fatto a non pensarci prima? Se ciò che provoca le apparizioni è la voce del computer mi basterà convertire quella voce in un file mp3. Così potrò ascoltarla con il mio ipod ogni volta che voglio vedere Kurt Cobain. E, dopo aver preparato l'mp3 e averlo copiato sul mio ipod, immediatamente farò ciò che mi ha chiesto Marta: cancellerò il file dal mio pc".

Felice per l'idea che le pareva perfetta, in pochi minuti, Virginia caricò il libro e fece partire la lettura, azzerando il volume. Ora, anche se non era udibile, il computer avrebbe registrato l'audio in un file Mp3. Virginia era bravissima in queste operazioni che faceva normalmente per copiare (illegalmente) sul suo ipod le musiche e le canzoni che scambiava con le amiche.

In pochi minuti il file Mp3 fu preparato. Allora Virginia, senza più alcuna remora, cancellò dal suo computer sia il libro che il software impiegato per la lettura.

"Cancellato. Cara Marta, ho fatto esattamente ciò che mi hai chiesto".

Poi, con un sorriso trionfante, collegò l'ipod al PC e scaricò il file sul lettore musicale, esattamente come faceva per le nuove canzoni.

"Eccomi qua signori fantasmi – gridò inchinandosi ad un invisibile pubblico nella stanza deserta – davanti a voi c'è Virginia, l'unica persona al mondo in grado di vedervi e di parlare con voi!"

La tentazione, naturalmente, era di infilare subito gli auricolari nelle orecchie e far partire la voce per verificare se la sua idea avrebbe funzionato. Ma, prima di farlo, un pensiero ancora più esaltante la fermò un momento per riflettere.

Certo ora, molto probabilmente, avrebbe potuto vedere dei fantasmi ma…chissà se c'era la possibilità di evocarne alcuni ben precisi oppure bisognava accontentarsi di quelli che erano lì in zona, magari di passaggio.

Per esempio sarebbe riuscita a rivedere proprio il suo idolo, il grande splendido Kurt Cobain? Considerando che era assai improbabile che il fantasma del cantante si aggirasse casualmente proprio nella sua città, dove peraltro non era mai stato da vivo, significava che in qualche modo quel fantasma era stato attirato nel negozio di Jos proprio da lei, dalla forza del suo grande amore. Sicuramente era così, si disse Virginia. Come in quella grande storia d'amore tra una donna viva e un fantasma nel film "Ghost" che, piangendo, aveva visto almeno quattro volte.

Ma se il meccanismo partiva dall'amore, come avrebbe potuto richiamare tutte le altre grandi star del rock, come Jimi Endrix, Jim Morrison, Freddie Mercury scomparsi nel pieno della loro carriera? Sarebbe bastato adorare la loro musica per attirarli? E anche se i fantasmi erano muti, forse avrebbero trovato un sistema per comunicarle in qualche modo le canzoni che non avevano ancora scritto perché la morte li aveva fermati quando esse risuonavano ancora solo nella loro testa.

Magari comunicando attraverso un medium, come la sua amica Marta.

Bisognava, però, trovare un sistema selettivo per richiamarli. Richiamare dal mondo delle tenebre proprio loro e non dei fantasmi qualunque. Non c'era altra strada che procedere per tentativi. E la prima idea che ebbe Virginia fu che, forse, i fantasmi dei musicisti potevano essere attratti dalle loro stesse composizioni. In fondo la musica esce dall'anima del suo autore. E quindi un'anima vagante potrebbe venire attratta dal frutto della sua stessa sensibilità.

Virginia si avvicinò all'impianto hifi e scelse fra i suoi cd un album dei Nirvana. Lo mise nel lettore ed alzò al massimo il volume. Le dissonanze e le vibrazioni della musica grunge invasero con violenza possente la stanza di Virginia.

"Se Kurt Cobain è ancora in zona, sicuramente, capirà che lo sto chiamando – pensò euforica – spero proprio che questa sia la strada giusta. Lo so che Marta non sarebbe d'accordo con me. Ma, modestia a parte, questa è proprio un'idea geniale".

Poi, mentre la musica dei Nirvana faceva vibrare le pareti, disse:

"Ecco il momento della verità!" e con un gesto solenne portò gli auricolari del lettore Mp3 alle orecchie. Poi schiacciò il tasto "Play" e la cantilena registrata dalla voce del computer si insinuò dentro di lei strisciando come un verme viscido nei suoi padiglioni auricolari.

Chiunque fosse passato quella sera nei corridoi semibui del convitto universitario femminile avrebbe udito la voce di Kurt Cobain e la musica dei Nirvana sparata a centotrenta decibel.

Ma non avrebbe sentito la cantilena del libro senza titolo.

Quella poteva sentirla soltanto Virginia.

Capitolo 13

Mentre il taxi portava Jos e Marta verso la villa del prof. Mattioli nell'estrema periferia, la sera era ormai scesa sulle vie della città e i lampioni si accendevano, creando un sottile alone riflesso sulla quasi impercettibile nebbia. I due sul sedile posteriore erano silenziosi, immersi nei loro pensieri. Poi Jos vide che Marta si mordicchiava nervosamente un'unghia e le chiese:

"Sei preoccupata? Guarda che non sei obbligata ad accompagnarmi. Il libro è stato affidato a me e sono io che devo risolvere questo problema".

"No, nessun problema con Mattioli. Sono preoccupata per Virginia. Ho avuto l'impressione che non avesse nessuna voglia di cancellare il libro dal suo computer. Non vorrei che facesse qualche sciocchezza. L'hai vista no? Ha una testa tutta sua. E spesso non si rende conto delle cose che fa e dei pericoli a cui può andare incontro".

Poi, aprì lo zainetto e ne estrasse il telefonino.

"Ora la chiamo così le chiederò se ha già cancellato i file. Magari mi sto preoccupando per nulla".

Ma il cellulare di Virginia squillava a vuoto. Marta aggrottando le sopracciglia, lo lasciò suonare finché non partì la voce della segreteria telefonica.

"Virginia, perché non rispondi? Chiamami quando senti questo messaggio. E non fare le solite tue cazzate, mi raccomando".

"Magari è sotto la doccia – disse Jos per tranquillizzare Marta – e non ti può sentire".

Il taxista che, senza alcun ritegno, aveva continuato per tutto il tragitto a sollevare lo sguardo nello specchietto per controllare i due passeggeri si sentì in dovere di interloquire:

"Magari la vostra amica ha dimenticato il cellulare da qualche parte. Sapeste quanti ne trovo io sul sedile del mio taxi!".

"Guardi, la mia amica non può aver dimenticato il cellulare su un taxi – rispose Marta scocciata – lei non usa per principio questo servizio. Dice che i taxisti non si fanno mai i cazzi loro".

Il taxista tacque e, sbuffando, riportò gli occhi verso la strada mentre Jos, educato e timido per natura, arrossì violentemente, voltò il viso verso il finestrino fingendo di non aver sentito la frase di Marta. I passanti erano rari e, man mano che ci si avvicinava alla periferia, il quartiere avvolto da una nebbia sempre più fitta assumeva l'aspetto triste e inquietante di tutte le periferie del mondo. Gli alti squallidi palazzoni si innalzavano a decine, tutti uguali, illuminati da fiochi lampioni davanti a prati incolti colmi di rifiuti. Rare figure sfuggenti, al passaggio dell'auto, si ritraevano nell'oscurità in attesa di clienti.

"Ragazzi, sappiate che se state andando a comprare droga – disse il taxista rivolgendo uno sguardo truce ai passeggeri attraverso lo specchietto retrovisore – io non mi avvicino con la macchina agli spacciatori. Sono già stato rapinato due volte".

"Lei non si preoccupi degli spacciatori – rispose Marta – in questo momento sono loro che devono preoccuparsi. Noi siamo poliziotti sotto copertura. Stiamo andando ad arrestare un narcotrafficante. Il suo covo è all'indirizzo che le abbiamo dato. Ormai dovremmo quasi essere arrivati. A proposito, lei è armato? Nel caso ci sparino addosso dalle finestre dobbiamo essere tutti pronti a rispondere al fuoco".

Il taxista si voltò perplesso per capire se la ragazza parlava sul serio o lo stava prendendo in giro. Immaginò che si trattasse della seconda ipotesi per cui sbuffò nuovamente, mormorando tra sé e sé:

"Mia madre mi diceva sempre di non fare il taxista. Troppa gente stronza in giro".

Finalmente, appena passato l'ultimo gruppo di palazzoni, la via si stringeva facendo una curva e terminava davanti ad una villa antica. Il taxista la guardò sorpreso e arrestò l'auto davanti al grande cancello.

"Che strano, un'abitazione da ricchi in un quartiere come questo – disse fermando il tassametro – bisogna proprio avere una casa come questa per accettare di abitare qui".

Marta, scendendo dall'auto, ridacchiando disse:

"Certo che è una casa da ricchi. Un narcotrafficante deve abitare in una zona comoda per il suo lavoro ma sicuramente non in una di quelle topaie di quindici piani che infestano questo quartiere".

Jos, sempre più imbarazzato, pagò lasciando anche una mancia considerevole sentendosi in colpa per le battute di Marta. Il taxista, con sguardo truce, intascò il denaro senza ringraziare e risalì velocemente in auto.

Il taxi ripartì sgommando, quasi avesse voglia di allontanarsi il più in fretta possibile da quella zona e i due rimasero soli nella notte davanti al grande cancello semi arrugginito.

Su una delle due colonne laterali c'era una targhetta liberty di ottone opacizzato dal tempo su cui era inciso un cognome ormai praticamente illeggibile. Sotto la targa, il pulsante di un campanello. In alto sopra la colonna, una telecamera di videosorveglianza.

Jos schiacciò il campanello e, con uno scatto elettrico, una luce accecante proveniente da un faretto li illuminò.

Una voce gracchiante, da un citofono invisibile inserito chissà dove, chiese:

"Chi siete?".

"Siamo qui per il libro commissionato al sig. Mühlbauer – disse Jos guardandosi intorno senza saper bene dove era il citofono a cui rivolgere la sua risposta.

Passò circa un minuto senza che succedesse nulla.

Poi, finalmente, il cancello, con un inquietante cigolio, si aprì automaticamente.

"Siamo in piena atmosfera da film horror – disse Marta – non ci manca nulla: la villa maledetta, il cancello che cigola e la notte nebbiosa".

Jos la guardò preoccupato e non rispose, poi entrò nel giardino avviandosi verso il portoncino di ingresso della casa. Questo si aprì e ne fece capolino una enorme donnona col fisico da lottatore, il viso arcigno ed una cuffietta da domestica anni '50. Li guardò studiandoli con malcelata osti-

177

lità, poi li fece entrare dicendo, con un forte accento dell'est Europa:

"Professore arriva. Voi aspetta qui e non toccare nulla".

I due entrarono nell'enorme sala di ingresso, piacevolmente riscaldata dal fuoco acceso nel grande caminetto d'angolo, mentre la governante, dopo averli guardati con diffidenza (evidentemente poco abituata a vedere in quella casa gente con il loro aspetto), senza una parola si allontanava, voltandosi però almeno un paio di volte a controllarli prima di lasciare la stanza.

"Guarda come ci sorveglia quella balena zoccola. Ha paura che rubiamo qualcosa"– sussurrò Marta indicandola col mento.

"Non farti sentire – rispose Jos – hai visto che muscoli ha? Una così è in grado di metterci fuori combattimento con un semplice schiaffo".

Attesero ancora parecchi minuti finché apparve da una camera adiacente un uomo dall'aria stralunata, quasi totalmente calvo ma con un lungo riporto di rari capelli che tentavano di ricoprire senza successo la sommità lucida della testa: il professore Mattioli.

"Non penso voi siate dei fattorini – disse il professore guardando con sospetto Marta e Jos – attendevo un mototaxi con il materiale di Mühlbauer".

"Sono la persona che si è occupata di digitalizzare il libro – rispose Jos – ma avendo avuto dei problemi inaspettati, ho pensato di venire personalmente. Vorrei avere da lei qualche informazione".

"Problemi? – chiese Mattioli con un'espressione preoccupata – spero non sia successo nulla al libro. Tengo moltissimo a quel volume. Lo sto studiando da anni e finalmente sono riuscito ad averne una copia tutta per me".

"Tranquillo professore – rispose Marta – il libro digitale è intatto. Ma prima di consegnarglielo vogliamo avere delle spiegazioni. Perché quel libro ci ha provocato…delle strane esperienze".

Il professore guardò con curiosità la ragazza.

"Strane esperienze? Quali strane esperienze, di grazia, può provocare un libro? – poi colpito dalla serietà della loro espressione, soggiunse – D'accordo, vi concederò un po' del mio tempo. Ma siate stringati per favore, sono molto occupato. Seguitemi".

Il professore si avviò precedendoli lungo un corridoio, mentre martellava con un dito le labbra, come se seguisse un pensiero. Poi, di colpo, si bloccò e voltandosi verso Marta la fissò socchiudendo gli occhi come per tentare di mettere a fuoco un ricordo:

"Ma… noi ci conosciamo vero? Sono sicuro di averla già vista. E' difficile dimenticare una ragazza con la sua acconciatura e i suoi tatuaggi".

"Frequento medicina e, lo scorso anno, ho seguito alcuni suoi seminari sulla neurologia sperimentale in rapporto con i riti della stregoneria – rispose Marta – non ho completato tutto il ciclo di lezioni perché l'argomento era troppo distante dai miei interessi. In parole povere mi sembravano un cumulo di cazzate. Almeno allora".

"Ed ora invece, nonostante l'argomento sia così lontano dai suoi 'alti' interessi, immagino musica rock e tinture per capelli, ha cambiato idea, mi pare di capire – disse Mattioli, con tono risentito, indicando la biblioteca e facendoli accomodare – vi concedo tre minuti. Poi mi consegnerete ciò che è mio e ve ne andrete".

"Non si tratta di aver cambiato idea – rispose Marta dando un'occhiata a Jos come per essere confortata dalla sua testimonianza – abbiamo l'impressione, io e questo mio amico, che il suo libro ci abbia causato delle allucinazioni o...qualcosa del genere".

"Allucinazioni causate da un libro digitalizzato? Questo sì che mi sembra, per usare le sue parole gentile signorina, un cumulo di cazzate. Non penso proprio che la copia digitale di un libro possa causare delle allucinazioni. Siete sicuri di non aver esagerato con 'sigarette speciali', tanto in uso fra voi studenti – poi alzando gli occhi verso Jos aggiunse – e magari anche fra i digitalizzatori clandestini di libri. Se l'argomento di cui volete parlare è questo, mi spiace, non posso aiutarvi. Per cortesia, datemi il file del libro e lasciatemi lavorare".

Detto questo Mattioli si alzò indicando la porta di uscita come per dichiarare chiuso il loro incontro.

"Cezarina – gridò – accompagni i signori all'uscita".

Ma, prima ancora che la donna-cannone apparisse sulla porta, Marta, senza alzarsi, colpì violentemente il pugno sul tavolo e sibilò allo sconcertato Mattioli:

"Noi non abbiamo esagerato con 'sigarette speciali' più di quanto qualche cazzo di professore di mia conoscenza abbia esagerato facendo trafugare frammenti di cadavere dalla facoltà di medicina".

Questa frase raggelò il professore che si arrestò di colpo, e tornò a sedersi fissando Marta.

"Come ha detto scusi? – poi alzando gli occhi verso la domestica appena entrata le disse – No, Cezarina, vada pure. I signori si fermano ancora un po'".

Appena la donnona uscì dalla biblioteca Marta proseguì:

"Volevo dire esattamente quello che ho detto. Ed ora, professore, si prenda tutto il tempo necessario e ci spieghi come mai il suo libro fa vedere i morti. E la prego di essere chiaro ed esaustivo, perché in caso contrario sono pronta, domattina, a denunciare il bidello della facoltà e il mandante dei furti. Cioè lei, signor professore".

Mattioli con aria sconsolata si lasciò cadere sulla sedia mormorando fra sé e sé:

"Lo sapevo che non dovevo fidarmi di quel bidello – poi alzando gli occhi verso Jos e Marta disse – però voi mi sembrate matti. In effetti la leggenda che circonda quel libro dice che era utilizzato da un gruppo di streghe a Boscastle in Cornovaglia per evocare i morti. Ma che lo facessero veramente è tutto da dimostrare. Per questo ho voluto avere la possibilità di studiare il libro. Molti documenti dell'epoca riportano i racconti di testimoni oculari che confermano il potere delle streghe che utilizzavano questo libro leggendone ad alta voce le formule scritte su di esso".

"E lei ci crede, professore?" – chiese Jos che fino a quel momento aveva taciuto.

"Assolutamente no. Non esistono libri con poteri magici. Come non esistono poteri magici". – rispose Mattioli. "Dopo la morte dell'ultima strega di Boscastle, intorno all'anno mille, il libro è passato di mano in mano senza che nessuno riuscisse a ripetere con successo i riti delle streghe. Io penso che in qualche modo ci troviamo di fronte a casi di suggestione e di ipnotismo. Il libro, probabilmente, con le sue parole senza senso pronunciate ad alta voce, aveva semplicemente la funzione di catalizzare l'attenzione dei presenti in modo che la volontà della strega potesse imporsi sulla loro psiche, in pratica utilizzando una semplice tecnica di ipnotismo".

"Quindi secondo lei il testo del libro non aveva alcuna influenza sulle apparizioni evocate dalle streghe?" – chiese Jos al professore ma alzando gli occhi a fissare Marta come per chiederle se era venuto il momento di parlare della loro esperienza.

"In tutti questi secoli sono stati in molti a tentare di ripetere i riti delle streghe leggendo ad alta voce il testo del libro. Io stesso ho rischiato di essere cacciato dal Museum of Witchcraft dove era conservato il libro originale, quando ad alta voce ho provato a declamare quelle parole. Non che io le ritenessi formule magiche. Semplicemente volevo verificare una mia teoria: che le streghe avessero trovato una serie di parole il cui suono e la cui vibrazione poteva in qualche modo interferire con le funzioni neurologiche del nostro cervello. Un po' come il pendolino che gli ipnotizzatori fanno fissare al paziente. E' stato dimostrato che una vibrazione, se è della lunghezza d'onda adatta, può stimolare i "pressorecettori".

"Presso...cosa? – chiese Jos con aria confusa. Questa volta fu Marta a rispondergli, fresca del suo recente esame di neurologia, superato anche quello a pieni voti.

"Sono strutture ancestrali presenti nel fisico umano, che non vengono usate solitamente dall'uomo – recitò a memoria la ragazza – e sono state ereditate dall'antica natura acquatica della nostra specie. Sono ancora osservabili nei pesci, dove hanno una funzione fondamentale. Quella che permette una sorta di comunicazione a base di vibrazioni fra di loro".

Il professor Mattioli sgranò gli occhi, sorpreso dalle conoscenze di Marta e confermò:

"Esatto. Per esempio, con lo stesso principio, un antico strumento australiano, il didgeridoo, produce vibrazioni a bassissima frequenza capaci di condizionare la mente svuotandola da ogni pensiero e rendendola vegetativa. Gli stregoni delle tribù aborigene ne approfittavano per imporre il loro potere. Alcuni di essi pare fossero addirittura in grado di riprodurre con la voce il suono del didgeridoo creando degli effetti sorprendenti di dominio sulla psiche degli ascoltatori. Purtroppo però, nel caso del libro delle streghe di Boscastle, la mia teoria si è rivelata inconsistente. Le parole scritte sul libro non provocano alcuna vibrazione occulta".

"Non ha pensato che forse, negli esperimenti di lettura, le parole non venissero pronunciate nel modo giusto? – disse Jos che iniziava a intravedere una spiegazione, sia pur assurda e razionalmente difficile da accettare – forse le streghe di Boscastle sapevano pronunciare quei testi in un modo diverso da come è stato fatto da lei e da tutti quelli che hanno provato a farlo.

"In effetti potrebbero esserci altri modi per pronunciare quelle parole – disse Mattioli che aveva abbandonato lo sguardo di sufficienza ed ora appariva decisamente coinvolto dalle parole di Jos – non conosciamo da quale ceppo linguistico provenisse l'autore del testo del libro. Quelle parole potrebbero essere pronunciate in centinaia di modi diversi".

"E come lei certamente saprà, i programmi per la lettura automatica da parte dei computer dei testi digitalizzati, vengono predisposti per tararsi automaticamente sulla lingua in cui è scritto il testo – rispose Jos infervorandosi come sempre quando parlava di informatica – ma se la lingua non è fra quelle previste dal programma, probabilmente il software va in errore e pronuncia il testo in modo arbitrario e svincolato dalle regole con cui è programmato".

Allora, sotto lo sguardo sempre più interessato di Mattioli, Jos e Marta presero a raccontargli per filo e per segno la loro terribile esperienza. Gli raccontarono del software di lettura, dello strano e ritmato modo con cui il computer leggeva il testo del libro. Gli raccontarono delle apparizioni e della possessione di Marta, dei momenti in cui lei non riusciva più a dominare la propria voce e le proprie azioni.

Man mano che il racconto dei due procedeva, il professore annuiva pensosamente con l'espressione di chi finalmente ha la conferma di una teoria a lungo rimasta senza alcun riscontro nella realtà.

"Allucinazioni sonore, amusia, disarmonia, epilessia musicogena – disse Mattioli – mi state descrivendo fenomeni ben conosciuti in neurologia. Ma che sono stati sempre esclusivamente riferiti alla musica e alle connessioni a due vie fra sensi e cervello. Nel vostro caso, invece, parrebbero provocati da una particolare forma di ritmo creato da fonemi: una forma di musica, comunque. E questo, finalmente, potrebbe dimostrare che le formule magiche altro non sono che vibrazioni particolari in grado di raggiungere le parti emozionali del cervello: l'amigdala, i nuclei del tronco encefalico come pure la corteccia".

"Allucinazioni, insomma – disse Marta – ma allora come si spiega l'effetto che ha avuto su di me? Io, oltre alle allucinazioni, ho addirittura perso il controllo sulle mie azioni, quasi fossi posseduta da volontà esterne alla mia".

Poi Marta, esitando al ricordo dell'esperienza, disse indicando Jos:

"Quando mi sono buttata su di lui ho provato la strana sensazione di un amore eterno che dura pochi istanti. E' stato come voler fare l'amore con qualcuno che in passato hai amato con tutta te stessa e che ora è vicino ma irraggiungibile".

"Potrebbe trattarsi di 'neurogamia'. Un fenomeno di empatia che si verifica ogniqualvolta il nostro sistema nervoso 'si sposa' a quello di chi ci sta accanto attraverso il medium della musica. Anche questo ben dimostrato dalla scienza"– rispose il professore.

"Quindi nulla di reale – disse Marta, leggermente sollevata – solo costruzioni del nostro inconscio".

"Lasci perdere l'inconscio. Qui non si parla di psicanalisi ma di scienza. La vostra generazione è convinta che Freud sia stato un grande luminare e invece ha scritto solo un sacco di stupidaggini. – disse il professore sogghignando con l'amarezza del genio incompreso – Jung era un po' più avanti ma anche a lui avrei avuto un paio di cose da insegnare".

"Che testa di cazzo presuntuoso e saccente" – pensò Marta. Ma si trattenne dall'ironizzare con una delle sue battute sarcastiche: se volevano trovare delle risposte, era meglio non irritare il professore.

"Allora – disse Mattioli dopo qualche secondo di silenzio in cui pareva aver elaborato una decisione difficile – mi pare sia venuto il momento di verificare quanto mi avete raccontato".

Senza dire altro, il professore si alzò e si avvicinò alla libreria che nascondeva la stanza segreta. Si voltò verso i due e, a bassa voce, sussurrò:

"Quello che vedrete ora deve assolutamente restare un segreto. Ma, dopo ciò che mi avete raccontato, devo per forza coinvolgervi nei miei studi. Vi permetterò di cercare con me delle conferme alle mie teorie ma devo essere sicuro della vostra discrezione".

Jos annuì mentre Marta alle spalle di Mattioli, con un gesto fin troppo eloquente, pareva dire: "Parla parla, brutto stronzo, poi decideremo noi se è il caso di mantenere dei segreti".

Il professore azionò il pulsante nascosto e il mobile ruotò su se stesso mostrando agli occhi stupiti dei due ragazzi l'ingresso della stanza.

"Visto che sapete già quali sono gli (ehm) oggetti dei miei esperimenti e posso contare sul vostro riserbo, devo farvi entrare nel mio studio segreto. Qui ho un computer di ultimissima generazione che potremo utilizzare per l'esperimento. La stanza è un po' fredda, il motivo potete immaginarlo. – disse il professore indicando con un gesto i frammenti di corpi umani posati sul tavolo mentre entrava nel locale seguito dai due – Dovrete adattarvi alla temperatura. Se quello che mi avete detto è vero, forse avete scoperto qualcosa di estremamente importante".

Appena entrati nella stanza, Jos e Marta furono investiti dall'aria gelida causata dal condizionatore spinto al massimo della sua potenza. Jos si guardò intorno e impallidì tentando di allontanare lo sguardo dal tavolo metallico: su di esso era posata una mano femminile troncata, alcuni indefinibili frammenti sanguinolenti e una testa di uomo a cui era stata rimossa la calotta cranica per lasciare in piena vista il cervello. Accanto a questi agghiaccianti resti erano posati alcuni strumenti chirurgici fra cui un grande bisturi.

"Sono incerto se vomitare o svenire" – disse, non riuscendo a distogliere gli occhi dai macabri reperti. Sbrigativa Marta gli rispose:

"Ma dai, sono solo ciccia e ossa, anche tu sei fatto nello stesso modo. Dovresti venire una volta in sala settoria dove sezioniamo i cadaveri. Ti faresti un po' di pelo".

Ma Jos si era già avvicinato barcollando ad una delle molte sedie sistemate davanti al tavolo e vi si era lasciato cadere. Dopo aver tirato un profondo sospiro, si guardò intorno.

Con meraviglia mista a invidia vide il potentissimo e costoso pc portatile che finora aveva visto solo sulle riviste specializzate. Il gioiello era sistemato su una delle scrivanie contro al muro. Come sempre la sua passione per la tecnologia superava qualunque situazione contingente.

Fu Marta a scuoterlo bruscamente riportandolo alla realtà:

"Smettila di sognare che tanto quel computer non potrai mai permettertelo. Tira fuori il cd, Jos, che questo è il momento della verità".

Rabbrividendo per la temperatura gelida, Jos abbassò la cerniera del giubbotto e ne estrasse, dalla tasca interna, il cd.

"Lo tratti con cura – disse porgendolo al professore – è l'unica copia digitale esistente visto che il mio computer è andato distrutto insieme a tutto il contenuto dell'hard disk".

"Beh, finché esiste il libro originale cartaceo nelle mani di Mühlbauer sappiamo che, anche se in caso di incidenti il cd venisse danneggiato, potremo sempre richiedergliene un'altra copia" – rispose Mattioli mentre, tenendo delicatamente il disco sui bordi, lo inseriva nel computer. Dopo qualche secondo apparve sullo schermo l'oscena copertina col demone e la fanciulla.

Il professore la fissò intensamente assentendo col capo. Conosceva bene quell'immagine per le ore di studio trascorse su quel libro nel Museum of Witchcraft. Non riuscì a trattenersi dal commentarla quasi stesse tenendo una delle sue conferenze.

"Questo disegno rappresenta l'unione di una strega col demonio. Era comune credenza che i poteri delle streghe nascessero da rapporti sessuali col diavolo – disse il professore indicando lo schermo – naturalmente erano stupidaggini. Le streghe erano donne come tutte le altre, ma con un'intelligenza e una cultura superiore rispetto alla media della loro epoca. Quasi sempre fingevano ma, spesso, erano convinte esse stesse di possedere dei poteri particolari. Grazie alla loro cultura erboristica, tramandata di madre in figlia, erano in grado di creare delle tisane curative oppure allucinogene che la gente comune scambiava per filtri magici. E nelle notti di sabba danzavano nude nei boschi".

"Sesso droga e rock and roll, insomma, già fin da allora" – ridacchiò Marta.

Oh sì. La loro vita sessuale era intensa ma quasi del tutto di tipo omosessuale. Chi aveva fama di strega ben difficilmente sarebbe stata avvicinata e corteggiata da un uomo".

"Bene. E dopo questa erudita lezioncina di storia del folklore, possiamo dedicarci al motivo per cui siamo entrati in questa stanza gelida?" – disse Marta rabbrividendo.

"Signorina, se vi ho fatto questa premessa c'è un motivo..." – rispose irritato il professore.

"Ah sì? E quale? Ostentazione di cultura? La maggior parte di ciò che ci ha detto si può trovare nelle rubriche di curiosità sulle riviste di enigmistica" – disse Marta sbuffando.

"Immagino siano le sue letture preferite, signorina – disse gelido il professore – comunque vi ho fatto questa premessa solo perché siate ben consci che qualunque cosa abbiate visto nella vostra esperienza precedente e che ci capiterà di vedere in questo esperimento non avrà certamente nulla a che fare con fantasmi, magia o simili. Tutto può essere riportato alle funzioni più o meno nascoste del nostro cervello".

"Aspetti a dirlo professore – disse Jos – faccia partire la lettura automatica del testo del libro, poi ne parleremo".

"Ma certo – rispose Mattioli schiacciando il tasto F2 – non aspettavo altro".

Ci fu una pausa di qualche secondo poi la voce elettronica del computer iniziò a declamare la sequenza di parole che via via prendevano un senso ritmico sempre più definito.

Sgranando gli occhi per l'eccitazione Mattioli si rivolse a Jos dicendo:

"Gli accenti e la metrica con cui il computer sta leggendo questo testo sono assolutamente arbitrari. Sicuramente nessuno aveva mai letto le parole del libro delle streghe in questo modo. Suonano in modo completamente diverso da come ci verrebbe naturale leggerle" – poi si avvicinò alle casse amplificate collegate con un cavo al computer ed aumentò ancora il volume. Ora le pareti della stanza quasi vibravano per il frastuono di questa voce gridata ad altissimo livello. Jos dovette resistere alla tentazione di portare le mani alle orecchie per il dolore ai timpani.

Il tempo parve arrestarsi mentre un senso di paura e di gelo mentale sembrò diffondersi nella stanza. Il professor Mattioli incurvò le labbra in un sorriso indecifrabile che lentamente si trasformò in una smorfia di stupore. Dai poveri resti posati sul tavolo metallico inizio a fuoriuscire una nebbiolina sottile. Jos, Marta e Mattioli tacquero fissandola come ipnotizzati. E lentamente presero forma tre corpi trasparenti, due uomini e una donna, tutti anziani e con l'aria pallida e sofferente.

Jos costrinse la mente a calmarsi concentrandosi sul battito del suo cuore.

E sotto quel ritmo che andava quasi a sincronizzarsi su quello delle parole pronunciate dalla voce del computer osservò le figure spettrali mentre scivolavano silenziosamente da un capo all'altro della stanza senza degnare di uno sguardo i tre. La figura femminile si arrestò accanto al tavolo e prese a fissare la mano troncata. Allungò una mano come per afferrarla e fu subito evidente che la sua mano era identica per forma e venature alla mano posata sul tavolo. La donna non riuscì a prendere la mano perché le sue dita vi passarono attraverso. Allora con espressione furiosa alzò gli occhi verso i presenti e prese a fissare Mattioli con uno sguardo maligno. Dopo averlo guardato a lungo si voltò verso Jos e fissò anche lui. Infine guardò Marta e immediatamente lo sguardo divenne trionfante e trasudante malvagità. Con un balzo felino e le mani adunche rivolte verso di lei, volò addosso alla ragazza penetrando nel suo corpo. Marta lanciò un grido ma subito dopo tacque assumendo un'espressione indefinibile e assente. Dopo qualche istante il suo viso si contrasse in una risata diabolica.

Completamente trasfigurata in un'espressione di odio, Marta si scagliò sul professore tentando di cavargli gli occhi con le dita adunche e ci sarebbe riuscita se Jos non si fosse gettato su di lei bloccandola e gettandola a terra. Ma Marta in quel momento possedeva una forza spaventosa e con una semplice spinta riuscì a far volare Jos fino all'altro capo della stanza. Il ragazzo sbatté violentemente la fronte contro al muro e restò a terra confuso a massaggiarsi la testa. Marta, digrignando i denti si gettò verso il tavolo su cui c'erano i frammenti umani e, dopo aver afferrato il bisturi, si gettò nuovamente su Mattioli ferendolo con un fendente al braccio. Il sangue iniziò a sgorgare abbondantemente.

Il professore indietreggiò tamponando la ferita con l'altra mano fino ad appoggiarsi al tavolo su cui il computer continuava nella sua cantilena ossessiva. La stanza intanto si era riempita di figure evanescenti che, dondolando su se stesse al ritmo dei suoni, osservavano la lotta che si stava svolgendo. Alcune di esse erano mostruosamente mutilate e strisciavano sul pavimento con uno sguardo terribile di follia.

Jos che era rimasto a terra intontito per il colpo ricevuto gridò al professore:

"Blocchi il computer, è l'unico modo per fermare tutto questo!"

Ma Mattioli, dolorante per la ferita al braccio, si voltò verso il portatile per spegnerlo ma non fu abbastanza veloce e ricevette un altro fendente col bisturi che lo colpì di striscio alla schiena graffiandolo appena. Il professore cadde a terra mentre Marta, resa irriconoscibile da un ghigno satanico, lasciò cadere il bisturi per afferrare dal tavolo la mano amputata.

Voltandosi verso il professore esplose in una risata folle poi con una voce chioccia e irriconoscibile, stringendo la mano al petto, sussurrò:

"Finirete tutti per scomparire, uno dopo l'altro. Ci sono cose che svaniscono all'improvviso come se fossero state recise da un colpo secco, mentre altre, come noi, si dissolvono, lentamente fino a sparire del tutto. Ciò che rimarrà di noi e di voi è solo il deserto. Fin che questa mano resterà qui con me, potrò andare ovunque. Non vi permetterò di portarmela via. Ora potrò accarezzare i miei figli, e se me lo impedirete, vi colpirò senza pietà".

"Il computer, professore, spenga il computer" – gridò ancora Jos – in un attimo finirà tutto questo".

Marta, allora, con un grugnito si rivolse verso il computer portatile gridando:

"Allora è questa la chiave che ha aperto la porta, non mi lascerò distruggere nuovamente. Voglio prima riabbracciare i miei figli" – e lo tirò verso di sé scollegandolo dalle casse amplificate e dalla presa di corrente. Jos sperò che quel gesto spegnesse la macchina interrompendo la cantilena ma non fu così. La voce continuò ad uscire dal computer, sia pure a volume più basso, tramite le piccole casse incorporate nella macchina ed anche l'alimentazione, scollegata dalla presa a muro proseguì grazie alle batterie interne. Marta tenendo fra le mani il computer sulla cui tastiera aveva posato la mano amputata, fuggì di corsa dalla stanza, inseguita da Jos, mentre il professore restava a terra su una macchia di sangue che uscendo dal profondo taglio del braccio si allargava sul pavimento.

La ragazza, posseduta da una forza misteriosa, corse nel corridoio della grande casa fino a raggiungere le scale che salì ad una velocità incredibile. Jos, ancora stordito per il colpo ricevuto al capo, inseguendola venne colto da un capogiro e si fermò qualche secondo sostenendosi al mancorrente della scala.

Seguì con lo sguardo la ragazza finché la perse di vista quando lei, giunta al primo piano, svoltò a destra nell'oscurità del lungo corridoio.

Ansimando Jos salì molto lentamente le scale e si ritrovò davanti al corridoio buio e deserto su cui si intravedevano appena quattro porte chiuse. Si fermò guardando nell'oscurità ed ora sì, ebbe veramente paura.

Dall'interno di una delle camere proveniva, perfettamente udibile, il suono della cantilena ma era impossibile capire dietro a quale delle quattro porte fosse ora Marta col computer. Jos, rabbrividendo, si attendeva che da un momento all'altro le porte si aprissero e ne lasciassero uscire qualche orribile visione infernale. Ormai era certo che, se non fosse riuscito a spegnere il computer, tutto sarebbe stato possibile al di là di qualunque logica.

Pensò che per prima cosa doveva riuscire ad avere un po' di luce in quella semioscurità che avvolgeva il corridoio: l'unica illuminazione era quella che proveniva dalle scale alle sue spalle. Troppo poco per rendere visibile la fine del corridoio lungo una decina di metri. Laggiù tutto era completamente avvolto dal buio. Chiunque o qualunque cosa poteva essere acquattato pronto ad aggredirlo. Jos si mosse circospetto cercando l'interruttore della luce. Il cervello gli pulsava quasi volesse schizzargli fuori dal capo e quella voce insistente proveniente dal buio lo frastornava e lo confondeva con delle vibrazioni sconosciute e penetranti. Passò più volte la mano sul muro ma di interruttori neppure l'ombra. Allora estrasse di tasca il cellulare e lo accese riuscendo così ad intravedere la fine del corridoio. Nessuno era acquattato laggiù. Ma vide qualcos'altro: l'ultima porta in fondo era socchiusa. Allora Jos passò velocemente davanti alle altre tre porte chiuse e si accostò all'ultima. La voce del computer non pareva provenire dal suo interno, ma il ragazzo spinse ugualmente la porta per aprirla del tutto. All'interno il buio era totale. Jos individuò l'interruttore della luce sulla destra e l'accese. La bambina coi denti gialli, era seduta a terra e giocava con un martello, alzò gli occhi verso di lui e gli sorrise. Un sorriso terribile, demoniaco. Jos restò bloccato per un attimo a fissarla. La bambina si alzò e brandendo il martello corse verso Jos per colpirlo. Paralizzato dall'orrore lui non si mosse. La bambina, ghignante, giunse accanto a lui, alzò il martello e con tutte le sue forze colpì il capo di Jos. In realtà non colpì nulla perché sia il braccio che il martello passarono attraverso il corpo di Jos. Allora la bambina con un terribile moto di rabbia prese il martello con entrambe le mani e si colpì violentemente il capo. Il cranio si ruppe e Jos ne vide uscire la materia cerebrale mista a sangue. Allora la bambina ridendo come chi ha fatto un gioco divertente, tornò a sedersi a terra e, con le dita immerse nel cranio, prese ad estrarne dei piccoli frammenti di materia grigia che appallottolava e faceva correre sul pavimento come fossero biglie.

Jos continuava ad osservarla raggelato ma di colpo si accorse che il volume della cantilena era aumentato. Si voltò a guardare il corridoio e vide che una delle camere questa volta aveva la porta aperta e da essa ne proveniva una luce che illuminava parte del corridoio. Chiuse violentemente alle sue spalle la porta della camera con la bambina e si avviò lentamente verso la luce.

La cantilena del computer pareva allontanarsi verso un punto indefinito della casa.

Giunto davanti alla camera illuminata si sporse con cautela al suo interno. La voce metallica non proveniva dalla stanza, anzi pareva allontanarsi in direzione opposta, verso le scale, ed essere sempre meno udibile

All'interno della camera Jos non vide nessuno, o per lo meno, nessuno di vivo. Solo pallide evanescenti figure che si aggiravano da una parete all'altra. A mano a mano che la voce del computer diveniva più distante, e meno percettibile da Jos, anche quelle figure divenivano sempre più trasparenti e poco visibili, confondendosi con le pareti della camera, fino a scomparire del tutto.

Per un attimo Jos si guardò intorno confuso. Quale direzione prendere? Doveva assolutamente raggiungere Marta ed interrompere il flusso di parole che continuava a risuonare, sempre più flebile ed indistinto, fra le pareti della casa. Poi capì che Marta, o chiunque la stesse possedendo, stava scendendo l'ultima rampa di scale della villa, quella che portava al grande atrio di ingresso. Immaginò che intendesse fuggire dalla casa portando con sé il computer e, chissà perché, anche la mano amputata.

Corse verso le scale e la vide giù in basso, nell'ingresso. Stava tentando, senza riuscirci, di aprire con una sola mano il portoncino per uscire in giardino. La serratura, infatti, era di quelle molto antiquate in cui per aprire occorre con una mano sollevare un pomello e con l'altra far scorrere il chiavistello. Piuttosto che posare a terra il computer su cui era adagiata la mano esangue, la ragazza si guardò intorno cercando un'altra via di fuga nella casa. Poi volgendo lo sguardo verso l'alto, fissò Jos e con una voce gracchiante da vecchia, gli urlò:

"Lasciami continuare a vivere, non voglio tornare di là, non mi fermare. Voglio solo tornare a toccare le persone che amo. Voglio abbracciare i miei figli. Non ti avvicinare bastardo o ti farò del male".

Ma Jos si era gettato a precipizio lungo le scale ed aveva raggiunto in pochi passi la ragazza. Si gettò su di lei per strapparle di mano il portatile ed interrompere quel flusso martellante di parole. La ragazza di divincolò e, con lo sguardo folle e una forza che non era sua, riuscì a liberarsi dalla stretta di Jos gettandolo a terra. Poi si guardò intorno come se cercasse qualcosa con cui colpirlo e il suo sguardo fu attratto dal caminetto in cui le fiamme sfrigolavano.

Allora si avvicinò e dal gancio accanto al camino afferrò un attizzatoio e lo rivolse verso di Jos con un ghigno satanico in cui era difficile riconoscere ancora i lineamenti dolcissimi di Marta.

Jos, steso a terra, era bloccato dal terrore e fissava l'attizzatoio che la ragazza roteava sempre più vicino al suo viso.

Ma proprio in quel momento, attirata dai rumori, Cezarina la governante rumena, entrò come una furia nella camera impugnando il manico di una grande scopa. Diede una rapida occhiata a Jos sdraiato a terra e, senza esitare, colpì con violenza la ragazza sulla schiena. Questa, che non si era accorta dell'arrivo della donna, si voltò di scatto urlando di rabbia. Cezarina, lasciata cadere a terra la scopa, la colpì con un terribile schiaffone che aveva la potenza di un caterpillar. La ragazza posseduta barcollò rischiando di cadere di fronte al caminetto, allargò istintivamente le braccia per riprendere l'equilibrio ma il computer e la mano amputata le sfuggirono dalle mani volando dritto tra le fiamme. La voce digitale tacque immediatamente mentre i componenti di plastica della macchina si scioglievano accartocciandosi in volute dal nauseabondo odore che si mischiava a quello della carne bruciata. Marta perse di colpo ogni forza e restò sdraiata a terra con lo sguardo vacuo mentre Jos fissava tra le fiamme del caminetto i resti sfrigolanti di quello che fino a poco prima era stato un potentissimo computer. Barcollando e con la camicia sporca di sangue giunse nella stanza il professor Mattioli che con gli occhi disperati gridò:

"Nooo! Il cd è andato bruciato. Proprio ora che, dopo secoli di ignoranza, potevamo comprendere, questa sera stessa, il suo segreto – poi avvicinandosi al caminetto con la mano stretta sul braccio a fermare il sangue che usciva dalla ferita, guardò avvilito i resti carbonizzati del computer.

Scuotendo il capo sussurrò con voce roca:

"Che disastro! Domani stesso contatterò Mühlbauer per farmi fare un'altro cd dal libro originale. Ma saremo costretti a perdere altri giorni prima di poter rifare l'esperimento. E questa volta adotteremo le precauzioni necessarie".

La domestica rumena, vedendo la rabbia negli occhi di Mattioli e pensando fosse causata dalla perdita del computer e non dai dati in esso contenuti, si avvicinò al professore con aria materna e protettiva:

"Lei non preoccupa per computer, compra un altro. Lei preoccupa per ferita. Io chiamato ambulanza. Taglio profondo. Io curo. Io anche infermiera al mio paese".

Poi avvicinandosi a Mattioli e sollevandogli la manica osservò senza alcuna emozione il taglio causato dal bisturi.

"Sì, grave. Ora vado prendere ago e filo e curare. Se aspettare ambulanza tu dissangui".

Poi ciabattando per andare nella sua camera passò accanto a Marta che sedeva confusa a terra e con un cipiglio truce mormorò tra sé e sé:

"Io pensato subito ragazza con tatuaggi e capelli colorati

molto zoccola. Ora capito che è anche molto pazza".

Marta sollevò appena lo sguardo vacuo verso l'enorme donnona poi portò le mani davanti agli occhi e pianse.

Capitolo 14

Erano tutti seduti intorno al tavolo dello studio di Mattioli. Lui teneva il braccio appoggiato sulla scrivania con la manica rimboccata mentre la domestica rumena con delicatezza e precisione chirurgica, impensabile in una persona della sua mole, gli stava ricucendo la ferita. Non un'espressione di dolore sul viso del professore, completamente concentrato nei suoi pensieri, mentre l'ago entrava nella sua carne.

Davanti a lui, distesa sul tavolo, una grande stampa che riproduceva un cervello umano sezionato a metà. Mattioli iniziò a parlare a Jos e Marta col tono di chi finalmente ha trovato un barlume di prova ad una teoria finora priva di alcuna convalida tangibile.

"Gli ignoranti e i superstiziosi potrebbero dare spiegazioni molto diverse a ciò a cui abbiamo assistito ma io sono certo che l'origine va cercata qui – disse, indicando con una matita un punto proprio al centro del cervello – questa è la ghiandola pineale, quella che in alcune culture orientali è considerata l'origine del terzo occhio. Per noi, invece, per lo meno secondo le teorie di Carl Gustav Jung che fra tante stupidaggini ogni tanto azzeccava qualcosa di giusto, viene identificata come la prova dell'inconscio collettivo. Quella zona che racchiude la memoria atavica di un lontano passato, quello dei nostri antenati ignoti, del loro modo di pensare e di sentire".

"Insomma – disse Marta chinando il capo con ironica deferenza – Jung era uno spara-cazzate ma per fortuna il grande professor Mattioli gli concede il beneficio di aver detto qualcosa di giusto".

Il professore si interruppe fissando Marta con irritazione. Jos, che invece aveva seguito con attenzione le parole del professore, quasi per distrarlo dal sarcasmo della ragazza, si affrettò a porre una domanda.

"Quindi – disse Jos – lei continua a pensare che tutto ciò che abbiamo visto e provato nasce nel nostro cervello, a causa di quella ghiandola? Ma perché essa reagisce in questo modo alla voce del computer?". Mattioli, rassicurato dall'avere almeno un ascoltatore partecipe, ignorò ostentatamente la ragazza e si rivolse a Jos.

"Lei deve tener conto che nel mondo esterno non ci sono suoni ma solo vibrazioni, percepite dal cervello come sensazioni sonore che vanno ad interessare fisiologicamente una o l'altra area cerebrale. Probabilmente le parole scritte sul libro delle streghe creano, se lette nel modo corretto, un tipo di vibrazione che va a stimolare la ghiandola pineale risvegliando una funzione cerebrale che nel corso dei millenni nell'uomo si è atrofizzata. Il nostro problema, ora, è comprendere in cosa consiste questa funzione cerebrale. Posso teorizzare che risvegli una parte dell'inconscio collettivo presente nel cervello che ci mette in comunicazione con i defunti. Ma, badate bene, non i defunti presenti nell'aldilà (sono certo che non esiste alcun aldilà) ma i defunti che vivono ancora in un angolo nascosto del nostro cervello".

"Lei professore non capire un nulla – disse Cezarina che fino a quel momento aveva taciuto, impegnata nel suturare la ferita di Mattioli – l'aldilà esiste. Da noi ai Carpazi c'è gente parla coi morti. Sono maghe e fanno magie". Detto questo la governante ruppe coi denti l'avanzo del filo con cui aveva ricucito la ferita di Mattioli e se ne andò borbottando verso la cucina.

"Ecco vedete – disse il professore accennando alla porta da cui era uscita la domestica – come sono nate le credenze su streghe e stregoneria. Ci sono persone in cui, a differenza della maggior parte della gente, quella funzione atrofizzata della ghiandola pineale ha ancora un barlume di funzionalità. A queste persone non occorre stimolare la ghiandola con vibrazioni particolari per risvegliare quell'angolo nascosto del nostro cervello in cui sono presenti le memorie e le sensazioni di milioni di nostri antenati. Essi sono in grado di percepire non solo i ricordi dei defunti celati nel loro cervello ma, in una sorta di telepatia, addirittura quelli celati nel cervello delle persone a loro vicine".

"Insomma, immagino che se la sua teoria è giusta, io dovrei essere una di queste persone – disse Marta che stava lentamente riprendendo interesse alle parole del professore – per ben tre volte ho perso del tutto la capacità di dominare le mie azioni come fossi posseduta da una persona diversa".

"Esatto signorina. Solo che quello che la dominava non era una persona defunta o un demone ma una funzione nascosta del suo stesso cervello stimolata dalle vibrazioni che percepivano le sue orecchie. Lei, probabilmente, è stata dominata dal ricordo inconscio di persone scomparse che vivono ancora in qualche angolo del suo cervello ed ha addirittura assorbito i ricordi e le emozioni del suo amico libraio. Una sorta di empatia inconscia. Esattamente come succede alle persone che vengono definite 'medium': loro credono di parlare o essere posseduti dai defunti cadendo in trance mentre in realtà è il loro stesso cervello a creare queste pseudo-possessioni".

"La mia nonna diceva di essere una medium. – rispose Marta, ora molto più disponibile verso il professore – Se la sua teoria è giusta, io avrei ereditato la sua…ghiandola pineale. Insomma anch'io sarei una specie di medium. Solo, però, in presenza di quelle vibrazioni".

"Probabilmente sì – rispose il professore – ha ereditato solo una parte delle capacità di sua nonna. Ma forse, con un po' di allenamento mentale, potrebbe essere in grado di riattivare quella funzione senza la necessità di particolari vibrazioni".

"Non ci penso neppure lontanamente. Non mi interessa giocare a fare la medium posseduta".

"Ma allora – si intromise Jos – quando Marta è stata posseduta da Francesca ed ha sentito il desiderio di far l'amore con me…"

"Mi spiace deluderla – disse il professore – ma sono sicuro che la signorina non è stata posseduta dalla sua ex fidanzata. E' stato lei stesso che, inconsapevolmente, ha proiettato le immagini del suo inconscio verso una persona iper-recettiva. Resa ancor più recettiva in un momento in cui le vibrazioni, causate dalla voce del computer, avevano stimolato entrambe le vostre ghiandole pineali restituendo loro, per qualche momento, funzioni atrofizzate che un tempo tutta l'umanità possedeva".

Jos sentì un nodo che gli stringeva la gola. Fino a quel momento, pur sconvolto dalla situazione, si era inconsciamente convinto di aver parlato con la sua Francesca. E come ogni volta che il pensiero correva a lei, trattenne a fatica le lacrime; portò la mano a stringere il ciondolo a forma di sax pensando di averle arrestate del tutto, ma, suo malgrado, gli occhi gli si inumidirono leggermente. Marta se ne accorse e lo guardò interrogativa. Anche il professore si interruppe e guardò il ragazzo.

Jos, che aveva sperato di non essere notato, tentò di schermirsi attribuendo il bruciore degli occhi al fumo del caminetto ma, allo sguardo poco convinto di Marta, si trovò costretto a giustificarsi con sincerità.

"Quando ho parlato con Francesca ho voluto credere con tutto me stesso che fosse veramente lei, lì davanti a me – disse Jos con un groppo alla gola – la perdita di questo amore è stato per me un tipo di dolore molto particolare; qualcosa di fronte a cui mi sono sentito impotente. Ed ogni volta che ci penso è come una finestra che si apre per una folata di vento: la stanza diventa gelida e io non posso fare altro che rabbrividire. Non volevo ammetterlo neppure a me stesso ma, contrariamente alla mia visione del mondo, ho sperato che quel libro fosse veramente magico".

Come un fiume colmo di tristezza, i cui argini hanno ceduto, le parole di Jos fluivano impetuose sotto lo sguardo impressionato di Marta e del professore.

"In tutti questi anni si sono accumulate dentro di me un sacco di cose che avrei voluto dire a Francesca. I film che mi sarebbe piaciuto vedere con lei, gli album di jazz che avremmo potuto ascoltare insieme. Mi succede ancora, quando leggo una poesia o un libro che mi emoziona particolarmente, di chiedermi se anche a lei avrebbe procurato le stesse sensazioni. Ho pensato che se lei era vicina a me, sia pure invisibile, avrei potuto parlarle ancora. Anche senza ricevere alcuna risposta, sapere che lei poteva ascoltarmi, mi avrebbe fatto ritrovare i momenti più belli della mia vita".

Marta gli strinse il braccio scoprendo dentro di sé qualcosa di misterioso: un inaspettato residuo di tenerezza e di amore, già provati molto più intensamente poche ore prima, verso quel ragazzo del tutto sconosciuto.

Indicando col mento il professor Mattioli che taceva, disse:

"Non prendere per oro colato ciò che dice questo tizio. La scienza, o la ragione, o la logica, chiamale come ti pare, trovano sempre una risposta alle domande, soprattutto quando vogliono trovarla ad ogni costo. Per presunzione o per vanità. Ognuno di noi deve scegliersi la verità che preferisce. Parla con Francesca, se lo vuoi. Fingi che sia accanto a te invisibile, oppure che sia seduta in un angolo del tuo negozio ad osservarti. Mia nonna diceva che i fantasmi esistono veramente e sono in grado di parlare attraverso noi. Io non ci credo eppure, nel momento in cui mi sentivo Francesca, capivo esattamente quello che lei provava per te, ero veramente innamorata. E anche il sesso, quella cosa che non conosco quasi, che non ho mai desiderato, l'ho sentito come una voglia irresistibile: avrei dato qualunque cosa per fare l'amore con te in quel preciso momento. Faccio fatica a pensare che tutto questo nasca da un angolo nascosto del mio cervello o da una proiezione del tuo inconscio in me".

Il professor Mattioli alzò gli occhi su di lei con uno sguardo piccato:

"Quello che lei chiama 'tizio', signorina, è uno studioso che si batte da tutta la vita per dimostrare che non esiste nulla

203

di non dimostrabile scientificamente. E i fantasmi, i demoni, i folletti e le fate sono proprio questo".

"Non si scaldi professore, fino a ieri la pensavo esattamente come lei – disse Marta, e poi, con uno sguardo agli occhi tristi di Jos precisò – ma ora c'è qualcosa che non mi torna".

"Cara signorina, non cambi le sue idee. Non si faccia influenzare da un'errata interpretazione dei poteri di questo libro – disse Mattioli accarezzandosi il braccio ferito – ora che la mia copia digitale è andata distrutta non posso che chiederle di fidarsi di me. Ma appena entrerò in possesso di un'altra copia glielo potrò dimostrare senza alcuna possibilità di errore. Perché finalmente avrò le basi oggettive per una nuova teoria sul potere della ghiandola pineale. E non avrò più bisogno di fingermi un satanista o uno stregone per approfondire i miei studi".

"Questo Mühlbauer non mi sembra un patito di scienze occulte – disse Jos – cosa se ne fa di quel libro? Perché non le ha lasciato la copia originale?".

"Perché lui, prima che un ladro, è un collezionista di cose rare. Non me lo avrebbe mai lasciato, anche se sono stato io a commissionargli il furto. Spero proprio che non si rifiuti di farmi avere un'altra copia. Domattina deve assolutamente rispondere al telefono, non c'è altro modo per contattarlo".

"Quel libro è sicuramente un oggetto molto importante per un collezionista di antichità – disse Marta – ma continuo a non capire: possibile che tanti secoli fa qualcuno avesse già le cognizioni per arrivare a comporre delle parole con degli effetti tanto evidenti sul cervello umano? E' comprensibile che il pensiero vada al soprannaturale".

Il professore scosse la testa pensieroso. Poi disse:

"Quel libro è stato scritto secoli fa da un genio inconsapevole: non so dirle se sia stata una scoperta casuale oppure se si era accorto che certe parole e certe vibrazioni provocavano degli effetti inaspettati su di lui o sulla gente che gli stava accanto. Quando si è accorto che tutta una serie di parole vibravano nel modo giusto per creare delle visioni, probabilmente ha pensato di aver inventato delle formule magiche in grado di aprire una porta verso i demoni e i defunti. E' imbarazzante pensare che il risultato di tanti anni di prove e di tentativi per qualcosa che oggi varrebbe un premio Nobel, sia racchiuso nell'unica copia esistente al mondo di un libro. E che quell'unica copia sia nelle mani di un ladro che la considera né più né meno che un curioso oggetto raro da mettere nella sua collezione in qualche località segreta".

"Un'unica copia esistente per comprendere un mistero" – confermò pensierosa Marta.

Ma poi un'idea improvvisa la colse, pensando all'entusiasmo della sua amica Virginia verso gli effetti del libro:

"Avevo chiesto a Virginia di cancellare dal suo computer il file appena arrivata in collegio. Ma non mi sembrava troppo convinta. Forse non l'ha ancora fatto e riusciremo a bloccarla. Una volta tanto potrebbe aver fatto di testa sua senza sbagliare" – disse Marta prendendo dalla borsa il telefonino. Lasciò squillare a lungo il cellulare dell'amica senza ottenere risposta.

Scuotendo la testa guardò negli occhi Jos e ripose il cellulare nella borsa.

Anche Mattioli compose il numero del telefono di Mühlbauer senza ottenere alcuna risposta.

"Non siamo fortunati questa sera con le telefonate – disse il professore – strano perché Mühlbauer mi aveva detto che non spegneva mai il suo speciale telefonino non intercettabile".

"Magari ha finito il credito e sta cercando un negozio in cui rubare una ricarica telefonica" – ironizzò Marta, ma nessuno sorrise.

"Può darsi che Mühlbauer, in questo momento, sia sull'aereo per tornare in Austria ed abbia messo il telefono in modalità silenziosa senza spegnerlo – disse il professore – sento che sta suonando a vuoto ma nessuno risponde. Riproverò più tardi e anche domattina".

In quello stesso momento nei pressi del confine tra Austria e Slovenia, sotto la luce gelida dei fari alogeni la squadra della polizia stradale di Bratislava aveva coperto il corpo straziato di Joseph Mühlbauer disteso sull'asfalto. Ad oltre cinquanta metri dal luogo dell'incidente, tra l'erba di un prato, dove era stato scagliato dall'impatto dello scontro, il telefonino di Mühlbauer vibrava e diffondeva nel buio una pallida luce per la chiamata in arrivo. Ma nessuno dei soccorritori se ne accorse.

Mentre il professor Mattioli posava il telefono con cui aveva tentato di chiamare il ladro, fuori dalla sua villa si fermava l'ambulanza chiamata dalla governante. Il professore, sorreggendo con una mano il braccio ferito, si alzò per accomiatarsi da Jos e Marta.

"Ora andrò in pronto soccorso per far controllare questo braccio. Ma la sutura di Cezarina mi pare eccellente. Migliore di quella di tanti colleghi medici di mia conoscenza. Mi raccomando, non parlate a nessuno di questa storia. Appena avremo di nuovo il libro originale, lei signor Jos si occuperà di digitalizzarlo poi, insieme, faremo tutti gli esperimenti del caso. Sveleremo al mondo la realtà sui sedicenti medium". Poi con un sorriso di autocompiacimento Mattioli, quasi parlando a se stesso, continuò:

"Potrò addirittura giustificare scientificamente la teoria

del 'terzo occhio'. E i monaci tibetani che con la meditazione tentano di mettere a fuoco la vista interiore, non potranno prescindere dai risultati dei miei studi".

Marta sbuffò e, strizzando l'occhio a Jos, disse: "E' sicuro, professore, che quelle vibrazioni non stimolino anche la supponenza e la logorrea?".

Ma Mattioli era ormai lanciato nell'esternare il proprio filo di pensieri e non si interruppe:

"Ho sempre affermato che la meditazione tramite i mantra altro non è che una sorta di vibrazione. Ed ora tutti noi, grazie a ciò che abbiamo vissuto questa sera, siamo la prova vivente dell'effetto delle vibrazioni sulla nostra ghiandola pineale".

Detto questo il professore aprì la porta dello studio e si avvicinò agli infermieri che stavano parlando con Cezarina nell'ingresso della casa. Mentre mostrava ai paramedici il braccio ferito, disse alla governante di accompagnare Jos e Marta alla porta.

Li salutò dicendo:

"Telefonatemi domani e vi dirò se Mühlbauer ci impresterà ancora una volta l'originale del libro per la digitalizzazione. Ma saprò convincerlo, a costo di ricattarlo. E' troppo importante verificare ciò che abbiamo scoperto".

La governante si avvicinò ai due muovendosi pesantemente e con lo sguardo truce fisso sull'acconciatura della ragazza. Jos e Marta vennero accompagnati all'uscita dalla rude Cezarina che, senza una parola di commiato, chiuse la porta sbattendola alle loro spalle.

Jos e Marta si ritrovarono sulla strada. Il cielo, che al loro arrivo era coperto, si era schiarito ed era punteggiato da un numero immenso di stelle. Anche l'aria era meno umida e la sottile nebbia si era del tutto dissolta. Jos estrasse di tasca il cellulare per chiamare un taxi. Ma Marta lo fermò.

"Guarda che stellata, che notte meravigliosa. Non hai voglia di tornare a piedi? Una passeggiata ci servirà a ripulire il cervello da tutte le emozioni di questa cazzo di serata – poi stringendo la mano di Jos aggiunse – ti senti ancora triste? Lo sai che camminare fa passare i brutti pensieri?".

"E vada per la passeggiata – rispose Jos senza entusiasmo – ma sappi che questa zona non è molto sicura. Non temo una rapina: non ho mai molto denaro in tasca. Anzi per dirla tutta non ho mai molto denaro né in tasca né a casa né in banca. Ma per una ragazza bella come te i rischi sono altri".

Marta scoppiò a ridere. "Non ho paura di essere violentata. So difendermi piuttosto bene. Comunque grazie per il 'carina'. Pensavo che a te le ragazze non interessassero. Per lo meno quelle vive".

Subito si morse le labbra. Perché aveva detto una stupidaggine simile? Si vergognò molto della propria mancanza di sensibilità.

"Del resto – pensò – come può una persona arida come me, che non si è mai innamorata, essere sensibile al dolore di una persona innamorata?"

Jos tacque e non commentò la frase di Marta, e lei si sentì ancora più in colpa. Allora lo prese sottobraccio e stringendolo affettuosamente si avviò con lui verso il centro.

"Scusami, sono proprio stronza" – gli disse.

"Sì – rispose lui – ma non tantissimo. Solo un pochino".

Parlarono a lungo per tutta la strada e nessuno diede loro fastidio, né i tossici che si aggiravano in cerca della loro dose, né le prostitute appoggiate alle auto in sosta che guardavano con curiosità quella strana coppia di ragazzi: una bellissima punk e un rasta dalle lunghe treccine che camminavano tenendosi stretti e parlando fitto come gli innamorati romantici dei film di cinquant'anni fa.

Camminarono per quasi un'ora prima di giungere in centro ed arrivare davanti alla modernissima struttura in vetro e acciaio del campus universitario. Qui si fermarono ancora, era già passata da tempo la mezzanotte, eppure pareva avessero ancora molto da dirsi. Come sempre quando sboccia una nuova amicizia, magari con un compagno di viaggio in treno che non si rivedrà mai più o in una vacanza di pochi giorni prima di rientrare nella propria città, si sente il bisogno di recuperare il tempo perduto e di raccontarsi anche cose che in un altro momento non avremmo mai rivelato ad uno sconosciuto. Così Jos parlò a Marta della sua vita precedente, dell'università abbandonata a due esami dalla laurea, della morte a pochi mesi di distanza dei suoi genitori, del fatto che dopo l'incidente di Francesca non aveva più avuto storie serie e non aveva alcun interesse a cercarle. Del suo amore per i libri e per la tecnologia. Da parte sua, Marta gli raccontò della sua infanzia in una famiglia disastrata. Una madre pittrice e alcolista, un padre musicista di una certa fama, diviso fra due famiglie e un numero imprecisato di figli sparsi in varie regioni, una nonna che si era arricchita in modo esagerato esercitando la professione di medium fra le signore-bene della sua città. Era proprio grazie al denaro della nonna che Marta poteva frequentare l'Università, che sua madre poteva passare da un centro di disintossicazione all'altro e che entrambe potevano fare a meno della presenza ingombrante di un padre che non aveva superato a sessant'anni la fase dell'artista bohemien e dissoluto. Marta gli parlò delle sue difficoltà ad avere storie d'amore, del fatto di non avere ancora ben chiara la sua identità sessuale, di non sentirsi attratta né dagli uomini né dalle donne.

"Credo di essere un'egocentrica narcisista. L'unica persona che amo profondamente – disse Marta tormentando l'anellino che portava sul lato destro del labbro – sono io".

"Ma se ti vuoi così bene, perché ti trafiggi il corpo con tutti quei piercing? – disse Jos osservando l'anello d'argento che forava entrambe le narici di Marta e la sbarretta metallica conficcata tra le sopracciglia proprio sopra il naso. E i tatuaggi che porti sulle braccia? Chissà com'è stato doloroso! Ho sempre pensato che questa moda fosse il segno di uno scarso amore per il proprio corpo".

"E' tutto il contrario, invece – rispose sorridendo Marta – la cultura e il perbenismo della nostra società hanno costretto il corpo dentro una rigida armatura portandoci alla massificazione e alla perdita della nostra identità personale. Il rito tribale del tatuaggio o del piercing altro non è che il riappropriarsi della nostra singola individualità. Io amo il mio corpo e lo voglio bello e soprattutto mio, solo mio, inconfondibile rispetto ai milioni di altri corpi".

"Ma tu sei già molto bella al naturale – disse Jos guardandosi intorno per evitare gli occhi grigio scuri della sua nuova amica – non ci sono molte ragazze così belle. Una come te non ha bisogno di trafiggersi o di tatuarsi per non sentirsi massificata".

"Grazie Jos – rispose Marta sorridendo – capisco lo sforzo che hai fatto per vincere la tua timidezza ma, anche così al buio, si vede che sei diventato rosso".

Poi Marta, sempre sorridendo, aprì il giubbotto, alzò con una mano il maglioncino fino al seno mostrando i capezzoli trafitti da piercing.

"Visto che ormai sei così rosso, ora posso metterti del tutto in imbarazzo – disse mentre con l'altra mano abbassava la cintura fino quasi al pube scoprendosi dal seno all'inguine e mostrando il lungo tatuaggio di volute tribali che partendo dalla schiena avvolgeva tutto il suo corpo.

"Vedi questo tatuaggio? Quando l'ho fatto ero in un periodo in cui odiavo il mio corpo per la sua incapacità di amare e di essere amato. Sapevo di essere bella, non mi piace la finta modestia, ma ritenevo questa bellezza totalmente inutile se non avevo la voglia e lo stimolo per offrirla agli altri in quella strana dinamica che dovrebbe chiamarsi amore. Allora decisi di sottoporre il mio corpo ad un rituale di iniziazione mortificandolo con una pratica dolorosa che lo avrebbe punito e cambiato del tutto. Invece, grazie a questo tatuaggio e ai miei piercing, ho scoperto che è possibile giungere all'accettazione e all'amore per se stessi anche passando attraverso il dolore che trasforma il tuo corpo in un'opera d'arte".

Jos era effettivamente molto imbarazzato. La vista del corpo seminudo e bellissimo di Marta lo aveva eccitato e temeva che, attraverso i jeans aderenti, fosse visibile l'erezione che lo aveva colto del tutto inaspettatamente. Marta non se ne accorse o forse finse di non accorgersene. Si ricompose e, dopo aver stampato un bacio sulla guancia di Jos, salutandolo con un semplice sorriso, entrò nel campus.

Rimasto solo nella strada buia, Jos guardò l'ora e pensò che era troppo tardi per l'ultima corsa della metropolitana. Non abitava molto lontano, giusto tre fermate. Avrebbe potuto tornare a piedi ma, stanco per le emozioni di quella giornata e per la lunga camminata, decise che, come era già successo altre volte in cui faceva tardi sul lavoro, avrebbe dormito in negozio. I pochi minuti di cammino dalla residenza universitaria li passò pensando al corpo di Marta e alla linea sottile del suo ventre nudo. Ed anche l'erezione non accennò ad abbassarsi. Così, quando giunto davanti alla saracinesca del suo negozio alzando gli occhi vide che, su al terzo piano, lo studio dei massaggi cinesi era ancora illuminato, decise che una visitina alla dolce Liu Ky per un massaggio prima di dormire gli avrebbe favorito un bel sonno ristoratore. Ringraziò fra sé e sé lo stakanovismo dei cinesi che li faceva lavorare fin oltre le due di notte. Suonò il campanello, e dal citofono una voce disse solo "telzo piano", poi con un click il portoncino si aprì.

Jos entrò rapidamente con la sensazione che qualcuno, dalla strada, lo avesse chiamato. Molto improbabile a quell'ora. Comunque non accennò a voltarsi e rinchiuse velocemente il portone alle proprie spalle. Non era sicuro che qualcuno avesse veramente pronunciato il suo nome, ma se anche fosse stato così, non aveva nessuna intenzione di farsi sorprendere alle due di notte, da un conoscente o magari da un cliente, mentre entrava in uno studio di massaggi cinesi.

Capitolo 15

Il telefono squillava nella camera di Virginia ma lei non poteva sentirlo. La suoneria proseguì per almeno un minuto ma era totalmente coperta da una canzone sparata ad altissimo volume.

La canzone era Smells Like Teen Spirit.

La voce di Kurt Cobain risuonava facendo vibrare le pareti della stanza di Virginia. Ma lei ne percepiva solo una piccola parte perché, nelle sue orecchie, isolate dagli auricolari dell'ipod, risuonava la voce sintetica del computer che declamava il testo del libro. Virginia si sedette sul proprio letto guardandosi intorno. Da un momento all'altro, era sicura, sarebbe apparso il fantasma del chitarrista dei Nirvana. Socchiuse gli occhi in attesa, poi li riaprì. Si guardò intorno delusa.

La sua camera continuava ad essere deserta. Un po' fredda, forse, ma assolutamente deserta.

Una corrente di aria gelida parve provenire da sotto al letto. Virginia non diede retta ad una vocina che spesso risuonava dentro di lei e che sussurrava:

"Attenta a quello che cerchi. Potresti trovarlo".

Si abbassò sollevando la coperta e sporgendosi per guardare se vi fosse qualcosa. Non vide nulla se non quella che le parve una nuvoletta di polvere sollevata dallo spostamento d'aria causato dal movimento della coperta.

Non si soffermò più di qualche istante a guardare in quell'oscurità. Per questo non vide che la nuvoletta di polvere aveva preso una consistenza fisica ed ora era un bambino pallidissimo, sdraiato a terra che ridacchiava con uno sguardo tra il folle e il divertito, come chi ha appena giocato uno scherzo di cattivo gusto. E non vide neppure la manina bianca che faceva capolino da sotto al letto per tentare inutilmente di afferrarle la caviglia. Non la vide perché, colta da un'idea, Virginia si era alzata per avvicinarsi all'impianto hifi.

"Forse Kurt è distante e non sente. Devo far suonare più forte la sua musica – pensò Virginia – ruotando al massimo la manopola del volume. Ora, veramente, nonostante gli auricolari continuassero a riproporle le parole del libro ad un volume sostenuto, la voce fortissima di Kurt Cobain riusciva ad infiltrarsi e a combinarsi con l'altra voce in un mix assurdo ed inquietante.

Virginia chiuse ancora una volta forte forte gli occhi per isolarsi e concentrarsi sul desiderio di vedere il suo musicista preferito mentre i suoi timpani vibravano in modo quasi doloroso:

"Ti prego Kurt appari, appari solo per un momento, sento che stai per apparirmi". Così i suoi occhi sigillati con forza non videro il bambino che, uscito dal suo nascondiglio, la fissava a pochi centimetri dal suo volto con la bocca spalancata in un muto orribile grido. Poi il bimbo corse verso la porta della stanza e, passandoci attraverso, scomparve proprio mentre Virginia riapriva gli occhi già pronta a sorridere al leader dei Nirvana. Si guardò intorno ed il sorriso si trasformo in un'espressione di delusione.

Nulla, nessun fantasma nella stanza. Eppure aveva visto coi suoi occhi l'effetto che provocava quel libro. Aveva forse sbagliato qualcosa nel pensare che sarebbe bastata una registrazione per ricreare lo stesso sortilegio? Ora, purtroppo, era troppo tardi per verificarlo: come le aveva raccomandato Marta, aveva ormai cancellato il file dal proprio computer. Si rammaricò di aver assecondato la richiesta dell'amica prima di aver verificato se la registrazione in mp3 avrebbe funzionato. Se non avesse cancellato il file originale dal suo computer, e quello sì che funzionava, avrebbe potuto ancora una volta tentare di rivedere Kurt e parlargli.

Oppure, forse, c'era ancora una speranza che l'mp3 funzionasse: forse non c'erano fantasmi in quel momento nei dintorni; magari non potevano spostarsi ovunque. Forse Kurt Cobain era legato ad un luogo particolare e non era sufficiente far suonare a tutto volume un suo pezzo per farlo apparire davanti a lei. Probabilmente la cosa era più complicata. Troppo al di sopra della sua capacità di elaborazione mentale di cui era ben conscia. Non a caso per ogni scelta complessa si affidava ciecamente al giudizio della sua amica Marta. Ma purtroppo, in questo caso, non avrebbe potuto avere il suo consiglio: stava facendo qualcosa che l'amica non avrebbe approvato.

"Scusami, Marta – pensò – quando non seguo i tuoi consigli finisco sempre per fare qualche cazzata". Già, Marta. In quel momento doveva trovarsi dal professor Mattioli col suo nuovo amico libraio. E forse sarebbero riusciti ad avere qualche informazione sugli strani poteri di quel libro.

In quel momento qualcuno spalancò violentemente la porta.

Ma Virginia, assordata dalla voce dell'auricolare e dalla musica dei Nirvana se ne accorse appena.

Alzò stupita gli occhi e vide due delle sue vicine di camera entrare con espressione furiosa:

"Ma che cazzo fai, Virginia, sei pazza? Stai disturbando tutto il campus" – disse una delle due.

"La tua musica è così forte che si sente fin dalla strada – ribadì l'altra – siamo in periodo di esami e c'è gente che sta studiando".

Virginia, ancora con l'auricolare al massimo volume nelle orecchie, le guardò senza capire una parola di ciò che avevano detto. Allora una delle due si precipitò sull'hifi ed abbassò il volume ad un livello quasi impercettibile. Virginia la guardò sorpresa e stava per esclamare "che cazz…" quando il suo sguardo venne improvvisamente catturato da qualcosa che vide rotolare nel corridoio attraverso la porta spalancata. Senza badare alle amiche che la guardavano sconcertate si precipitò fuori dalla camera gridando: "Ehi, ma cos'è quello?".

La luce del giorno si era ormai dissolta da almeno mezzora nelle prime ombre della sera ma nel lungo corridoio del campus, non erano ancora state accese le luci. Il fondo del corridoio, laggiù dove iniziavano le scale, era immerso nell'oscurità. Virginia aguzzò gli occhi per capire cosa fosse quella cosa rotolante che era passata un attimo prima davanti alla sua camera. E finalmente la vide o meglio la intravide muoversi nel buio in fondo. Subito non capì di cosa si trattasse. Per questo si avvicinò lentamente. E poi, finalmente, lo vide in tutti i suoi orribili dettagli.

Si trattava di un uomo avvolto su se stesso che, stringendo le proprie ginocchia piegate con le braccia, aveva quasi assunto la forma di una sfera che rotolava zigzagando lungo il corridoio. Dietro di sé lasciava una netta scia che pareva sangue ma che, dopo pochi secondi sul pavimento, evaporava dissolvendosi del tutto.

Virginia accelerò per seguirlo e la figura giunta di fronte alle scale senza cambiare la strana posizione si arrestò davanti alla porta dell'ascensore, rimase ferma alcuni istanti, poi deviò verso le scale sulla sinistra e prese a rotolare giù rimbalzando sui gradini come fosse un grande pallone lasciato cadere dal pianerottolo lungo le rampe. Rotolò per tutti e tre i piani, senza provocare alcun rumore né fruscio e poi, giunto al pian terreno, si arrestò. Virginia continuò a correre dietro di lui suscitando lo sguardo perplesso di alcune studentesse che aveva incrociato lungo le scale. Giunta accanto all'uomo si fermò ad osservarlo. E con orrore vide che in realtà quelle che lui stringeva fra le braccia non erano le proprie ginocchia ma i moncherini sanguinanti delle gambe completamente amputate al di sopra della rotula.

L'uomo che fino a quel momento aveva ignorato Virginia parve accorgersi della sua presenza e la fissò con gli occhi iniettati di sangue. Si trattava di un nord-africano, forse un marocchino, e la camicia che indossava era sporca di calce e di residui di cemento. Sia la camicia che il resto del corpo erano pieni di sangue e lo stesso volto pareva deformato in una disperata smorfia di dolore. Schizzi di sangue macchiavano il suo viso e inzuppavano capelli sulla sua fronte. In quel momento giunse dall'atrio del collegio un gruppo di studentesse che, dopo aver accennato ad un saluto a Virginia, passarono attraverso il corpo dell'uomo e presero a salire le scale lamentandosi per il fatto che non fossero ancora state accese le luci di servizio nel campus.

Virginia abbassò ancora gli occhi sull'uomo che continuava a fissarla scuotendo il capo in una smorfia di tristezza e di dolore.

Provò a rivolgergli la parola: "Chi sei? Cosa ti è successo?" Ma quello continuò ad ondeggiare la testa senza dar segno di averla udita. Se qualcuno fosse passato in quel momento avrebbe visto una strana ragazza con un'espressione indecifrabile che parlava da sola rivolgendosi al pavimento.

Poi Virginia si ricordò di qualcosa che le fece comprendere chi fosse il fantasma davanti a lei. Quando nel primo anno di corso si era trasferita nel residence del campus, qualcuno le aveva raccontato che pochi mesi prima, durante una riparazione dell'ascensore, c'era stato un terribile incidente in cui un operaio aveva avuto le gambe amputate dalla cabina mentre stava lavorando nel vano dell'ascensore. Il poverino era seduto sul pianerottolo con le gambe penzoloni nel vano e stava collegando alcuni cavi quando, improvvisamente, l'ascensore si era avviato da solo e la cabina proveniente dal piano superiore gli aveva mozzato gli arti portandoli con sé fino al piano terreno. L'uomo aveva avuto il tempo, prima di perdere conoscenza, di guardarsi intorno con lo sguardo sorpreso senza capire da dove provenisse quel lago di sangue che si stava allargando sotto di lui. In pochi minuti era morto per dissanguamento, sdraiato sul pianerottolo, davanti agli occhi sconvolti di decine di studentesse.

Per parecchio tempo sia Marta che le altre studentesse avevano evitato di prendere l'ascensore per non pensare alla fine di quel poveretto. Poi, via via, il tempo aveva fatto svanire quel ricordo. Ora quell'episodio le era tornato in mente così si fece coraggio e si avvicinò alla figura. E mentre lo guardava, portò le mani alle orecchie e provò ad allontanare di qualche centimetro gli auricolari dai lobi. Continuò ad udire la cantilena ma molto più attutita dalla distanza. E la figura dell'uomo diventò più trasparente e inconsistente. Ma appena la ragazza risistemò gli auricolari contro le orecchie, in un attimo, la figura tornò ad essere netta e definita. Virginia allora gli parlò.

"Io lo so chi sei. Sei quello che ha perso le gambe nel vano dell'ascensore" – l'uomo la fissò per un momento con stupore come se, pur guardandola, non si fosse accorto fino a quel momento che lei poteva vederlo. Poi esplose in una terribile risata muta, schizzando sangue dalle gengive. Mosse le labbra come per parlare ma non ne uscì alcun suono. Allora fissò la ragazza con uno sguardo carico di disperazione, si mosse rotolando verso le scale e prese a risalirle saltellando da un gradino all'altro.

Ma a metà della rampa di fermò e, voltando gli occhi verso Virginia, allungò due dita sulle proprie labbra, poi le portò alla fronte e infine sul cuore in un gesto di saluto arabo. Poi sollevò la mano verso l'alto indicando la tromba delle scale e la fece scendere velocemente ad indicare il pavimento del pian terreno. Infine digrignò i denti in una smorfia terribile carica di angoscia e riprese a salire le scale.

"Che brutta storia. Poverino – pensò Virginia – dev'essere stato terribile quell'attimo in cui si è visto portar via le gambe dall'ascensore e poi, prima di morire, ha ancora avuto il tempo di vedere tutto il suo sangue spargersi sul pavimento. Forse è per questo che il suo fantasma ha uno sguardo da pazzo". Era proprio il suo sguardo che aveva impressionato Virginia, non il fatto di trovarsi di fronte ad un fantasma. Per quello, non aveva provato alcuna paura: ormai, aveva capito che nessuno di quei fantasmi evocati, aveva la possibilità di aggredire fisicamente le persone. Tranne quando…

Allora le venne in mente il bambino che era entrato dentro

il corpo di Marta nel negozio del libraio. Pareva aver preso il dominio della sua amica. Ma perché era successo solo con lei? Nessuno dei presenti, né lei né il libraio, erano stati posseduti da qualche volontà esterna. Eppure il negozio di libri era pieno di fantasmi.

"Dev'essere terribile perdere il controllo di se stesso – pensò Virginia – non poter fare nulla ed essere coscienti che qualcuno sta utilizzando i tuoi gesti e la tua voce". A Virginia venne in mente l'analogia con "L'invasione degli ultracorpi", un film di fantascienza che l'aveva particolarmente impressionata quando era bambina.

"Ma quelli che prendevano possesso degli umani erano alieni che volevano invadere la terra, mica fantasmi – pensò – questi invece sono già sulla terra. Non all'inferno o in paradiso come ci hanno insegnato, ma qui sulla terra, tutti intorno a noi. Sono sicura che fuori in strada ne potrò incontrare parecchi".

Senza togliere gli auricolari che nelle orecchie continuavano a trasmetterle quella nenia ipnotica e martellante, Virginia uscì dal portone del collegio e prese a camminare senza meta lungo la via adiacente al collegio. La strada era piuttosto buia perché almeno un lampione su due di quella zona pedonale era guasto e sfrigolava senza diffondere luce. Ma nonostante l'oscurità Virginia, guardandosi intorno, provò un'emozione che non aveva mai vissuto in vita sua. Perché ora era circondata dai fantasmi. A decine si muovevano lungo la strada, nel buio appena scalfito dalla fioca luce dei lampioni, ignorandosi a vicenda e senza degnare di uno sguardo i pochi passanti che si affrettavano verso le case per l'ora di cena.

Alla ragazza sembrò una visione apocalittica, quasi da giudizio universale. Le strade brulicavano di gente morta, a centinaia, a migliaia.

Anziani con gli occhi segnati dalla malattia o dalla vecchiaia, giovani sanguinanti o monchi, bambini terribilmente pallidi. Nessuno di essi badava a Virginia tranne quando lei fissava uno di loro troppo intensamente. Allora, come se il fantasma si fosse accorto solo in quel momento di essere guardato, dopo un primo attimo di stupore, rispondeva allo sguardo. Alcuni di loro con espressioni di curiosità. Altri invece, ed erano la maggior parte, con sguardi dementi impregnati di follia, tentavano senza successo di aggredirla. Ma le loro mani, contratte ad artiglio, passavano attraverso il suo corpo senza alcun effetto. Virginia, per nulla spaventata, dopo i primi tentativi di aggressione, aveva smesso persino di scansarsi. Ormai pensava di aver capito tutto, ed era esaltata dal potere che si era procurata. Si sentiva una privilegiata, una a cui era successo qualcosa di eccezionale che avrebbe avuto degli sviluppi fondamentali nella sua vita. Si sentiva solo all'inizio di una grande avventura: quello che si prefiggeva in questo momento non era capire i motivi di ciò che le stava succedendo ma imparare a gestire questo suo nuovo potere. Sperava, con l'osservazione e qualche esperimento, di riuscire a comunicare in qualche modo con i defunti. E soprattutto con quelli scelti da lei e non, come era successo finora, con quelli incontrati per caso. Ma, prima di tutto, era fondamentale capire la logica dei loro comportamenti e della loro deambulazione. Perché molti di loro parevano folli ed aggressivi mentre altri si guardavano intorno con lucida tristezza? Perché li vedeva fluttuare in una direzione che cambiava dopo qualche minuto, facendoli tornare sui propri passi, quasi non potessero allontanarsi più di qualche centinaio di metri da una zona a loro assegnata? Continuando a camminare lungo la strada, Virginia si accorse che, mentre di fronte alle case di recente costruzione le figure erano rare, passando accanto alle case d'epoca, che erano la maggioranza in quella zona centrale della città, le figure fluttuanti erano a centinaia ed entravano ed uscivano passando attraverso i grandi portoni chiusi, incrociandosi come in una danza macabra. Pareva proprio che le case nuove non piacessero ai fantasmi: infatti nel campus universitario aveva visto un solo fantasma, e quella era una struttura super moderna inaugurata solo pochi anni prima.

Ma, al di là dei gusti architettonici dei fantasmi, il dubbio sulla possibilità di evocare un particolare defunto, continuava a tormentare Virginia. Bastava forse pensare intensamente al lui? Con Cobain non era servito. Decise di riprovare con un altro defunto importante. Stringendo l'ipod fra le mani, dai cui auricolari continuava a fluire ininterrotta la sequenza ritmica di parole, pensò al suo inventore:

"Steve Jobs, se sei qui intorno fatti vedere: la tua invenzione ha degli sviluppi che sicuramente non avevi previsto".

Provò a pensare intensamente a lui, a ricostruire mentalmente il suo viso, a ricordare la sua voce udita in un documentario televisivo. Nulla. Eppure ci doveva essere un sistema per chiamare le anime di persone specifiche. Nelle sedute spiritiche tutti tendevano ad evocare Napoleone o Garibaldi o Hitler e quelli, belli belli, arrivavano pronti a rispondere alle domande dei presenti.

Persa nei suoi pensieri, circondata dal movimento ininterrotto dei fantasmi, Virginia continuò a girovagare senza meta nella notte, facendo ripartire la registrazione ogni volta che giungeva alla fine, finché, dopo aver camminato per chilometri, si ritrovò nuovamente nella zona universitaria proprio davanti alla saracinesca chiusa del bar di Geppo. Si era fatto tardi. La ragazza pensò che avrebbe ancora osservato i fantasmi per qualche minuto finché la registrazione fosse di nuovo arrivata alla fine e questa volta non l'avrebbe più fatta ripartire dall'inizio ma sarebbe rientrata in collegio. Poi vide un fantasma, che si era arrestato sul marciapiede a una decina di metri davanti a lei, e guardava immobile nella sua direzione quasi volesse attenderla. Appena illuminato dalla fioca luce di un lampione, un uomo dai capelli lunghi, pallido come un cencio, con la parte sinistra del volto disfatta e con i lineamenti distrutti che ne lasciavano intravedere attraverso la carne parte del teschio biancheggiante, stava immobile fissando Virginia. Alla ragazza, a distanza, parve di riconoscerlo ma, non volendo illudersi, accelerò verso di lui con il cuore che batteva a martello.

Le braccia del fantasma si alzarono e si protesero verso la ragazza, come se volesse bloccarne il passaggio. Virginia giunta davanti a lui si fermò e lo guardò commossa, turbata, eccitata. Per la seconda volta si ritrovava davanti ai lineamenti distrutti del suo idolo Kurt Cobain. Il fantasma fissò con il suo unico occhio la ragazza come se volesse chiederle qualcosa che non era in grado di esprimere non potendo utilizzare le parole.

"Cosa stai tentando di dirmi Kurt? – sussurrò Virginia fissando senza timore la parte ancora integra di quel viso così bello – ti prego, aiutami a capirti".

Allora il fantasma guardò Virginia. tendendo le braccia imploranti verso di lei e, con un gesto, la invitò a seguirlo. Poi si voltò lentamente su se stesso e si allontanò da lei fluttuando lungo il marciapiede. Virginia fece per seguirlo ma, in quel preciso momento, la voce dell'ipod tacque di colpo: la registrazione mp3 era giunta alla fine.

Tutte le figure che fino a quel momento avevano affollato la strada scomparvero, così come Kurt Cobain, qualche metro davanti a lei. Virginia si ritrovò sola nella strada buia illuminata, solo fiocamente, da una pallidissima luna. In lontananza, appena visibile nella notte, qualche raro passante.

Si passò una mano sul volto quasi per riprendersi dall'immensa emozione appena vissuta. Kurt Cobain le era apparso con il volto distrutto dalla fucilata con cui si era suicidato nell'aprile del 1994. Ma ora, era sicura, sarebbe riuscita a parlargli, a comunicare con lui. Virginia si sentiva tremendamente emozionata, le sue mani tremavano, il suo respiro si era fatto affannato. Capì che doveva calmarsi prima di far ripartire la registrazione. Non voleva rischiare di trovarsi finalmente davanti a Kurt e non riuscire a spiaccicare parola. Allora, giusto per far passare qualche minuto e permettere ai suoi nervi di riprendere un po' di calma, decise di annotare sull'agendina che portava sempre in tasca qualche appunto sulle domande che intendeva porre a Cobain. Ormai consapevole che i fantasmi non potevano comunicare con la voce, si scrisse una serie di domande a cui fosse possibile rispondere con un cenno del capo in senso affermativo o negativo. Anche se era ciò che le interessava di più, per il momento, non avrebbe chiesto nulla sulla sua musica o sui suoi amori passati. Per il momento era più importante avere qualche informazione sul mondo dei fantasmi, qualcosa che le chiarisse i dubbi che le erano sorti osservando il loro comportamento.

Dopo aver scritto alcune domande, si guardò intorno per sincerarsi di essere sola, ed iniziò a leggere ad alta voce ciò che aveva scritto per essere pronta a farlo senza esitazione appena Kurt fosse riapparso. E anche perché pensava che se il fantasma fosse stato lì invisibile accanto a lei, conoscendo già le domande, sarebbe stato pronto a rispondere.

"Ci sono fantasmi tristi come te e altri che invece sembrano pazzi e violenti. Ha a che fare con la causa per cui siete morti?" – le parve che questa fosse una buona domanda a cui lo spettro poteva rispondere con un cenno della testa. Almeno con ciò che rimaneva della testa.

"Poi vorrei sapere: c'è un sistema per chiamare qualcuno di voi, non un fantasma qualunque, ma proprio uno specifico chiamandolo per nome e cognome?" – se avesse risposto di sì, pensò ancora, si sarebbe poi concentrata su altre domande per scoprire il metodo da usare.

"E ancora una cosa sul tuo mondo di fantasmi, poi parleremo di musica. Ci sono un sacco di voi che bazzicano attorno alle case d'epoca e pochi in quelle moderne. Siete per qualche motivo legati alle case antiche, ai castelli diroccati come si legge nei romanzi? E poi vorrei sapere ancora..."

Ma di colpo Virginia tacque. Le sue narici erano state colpite da una zaffata di odore disgustoso ed una mano sconosciuta si era posata sulla sua spalla.

"Cazzo fai, amica? Parli da sola? Qui non ci sono fantasmi. Anch'io a volte li vedo come te".

Virginia si voltò di scatto e si trovò di fronte uno strano personaggio.

Età indefinibile, capelli lunghi e sporchi, vestiti spiegazzati di chi dorme spesso senza spogliarsi, occhi opachi in un viso precocemente invecchiato, odore di pessimo vino e denti distrutti non lasciarono alcun dubbio a Virginia: il ragazzo faceva parte della fauna che si aggirava trascinandosi in equilibrio incerto per le vie del centro sempre alla ricerca di una dose di eroina.

"Se vuoi posso raccontarti cosa mi dicono i fantasmi. In cambio potresti darmi qualche moneta, sai per il tram".

"Ok amico, lascia perdere le storielle di un'offerta per mangiare o per il tram – disse Virginia raccogliendo nelle tasche tutti gli spiccioli che aveva – non ho molto in tasca".

Mentre porgeva le monete disse al ragazzo:

"Ecco qui, è tutto quello che ho. Sicuramente non ti basterà per una dose ma per un bicchiere di vino decente sì".

"Ma tu mi offendi brutta stronza. Mi hai preso per un tossico o un alcolista? Solo perché parlo con i fantasmi? Lo fai anche tu, ho sentito le tue domande, sai? E non hai capito un cazzo. I fantasmi stanno dappertutto, anche nelle case nuove. E per vederli basta una mezza bottiglia di whisky a stomaco vuoto. Sì, certo, anche un po' di 'ero' di tanto in tanto aiuta. Ma solo di tanto in tanto".

Virginia, che aveva alcuni amici nelle stesse condizioni del ragazzo, rispose:

"Tipo un grammo ogni sei ore?"

"Ma no cretina – rispose lui avendo capito che era inutile fingere – resto anche dodici ore senza andare in astinenza, se trovo un po' di alcol. Te l'ho detto, non sono tossico".

"Cazzo! Riesci a stare dodici ore senza farti? Scusami se ho pensato che fossi un tossico".

"Sei scusata. Però, adesso, tira fuori altri soldi e magari dammi il telefonino.

"Niente da fare amico. Sono pulita. E il mio telefonino l'ho dimenticato a casa, sono uscita molto di corsa".

"Mi sei simpatica perché vedi anche tu i fantasmi e non voglio perquisirti. Ma mi porti sulla cattiva strada. Stanotte dovrò cercare un'autoradio incustodita o qualche puttana da scippare. Ho bisogno di un pizzico di 'ero' ma soprattutto di qualche litrozzo di alcol. Voglio anch'io continuare a parlare come te coi fantasmi, e anche con gli zombie e con quei mostriciattoli che li accompagnano".

"Temo che non si chiamino zombie quelli che vedi. Hai mai sentito parlare di delirium tremens?"

"Ragazza, tu sembri intelligente. Ma quando apri bocca

l'effetto svanisce. Parlavi da sola e dicevi che i fantasmi preferiscono abitare nelle case d'epoca. Bella cazzata, magari leggono anche Casa Vogue. Altro che delirium tremens. Sai cosa ti dico? Vaffanculo stronza. Per due monete che mi hai dato...non sprecherei neppure una goccia del mio piscio se tu prendessi fuoco qui davanti a me. E non meriti neppure che ti rapini. Sei spiantata".

Detto questo il ragazzo si voltò e si allontanò lungo la strada parlando da solo e lanciando di tanto in tanto qualche insulto rivolto non si sa a chi.

Virginia lo guardo perplessa, attendendo che si fosse allontanato abbastanza da lei. Non voleva che il tossico fosse nei dintorni nel momento in cui, dopo aver estratto di tasca l'ipod e fatto ripartire la registrazione, avrebbe potuto parlare nuovamente con Kurt Cobain.

Ma il dialogo con il tossico che, quando era fatto o ubriaco, diceva di vedere i fantasmi le fece sorgere un dubbio che finora era riuscita a non prendere in considerazione. Un sospetto che le provocò il timore di aver sbagliato tutto nelle conclusioni che aveva tratto finora dalla sua esperienza.

"Se per caso i morti continuano a bazzicare intorno alle case in cui sono vissuti o deceduti, e questo giustificherebbe il fatto che nelle case antiche dove hanno vissuto molte generazioni di persone ci siano più fantasmi – pensò Virginia – che cazzo ci fa qui Kurt Cobain? Lo spettro del cantante, essendosi lui suicidato a Seattle, avrebbe dovuto restare attaccato alla sua città. Inoltre i Nirvana non hanno mai tenuto concerti qui da noi e penso che nessuno di loro ci sia mai stato neppure come turista. Ed anche il muratore marocchino era rimasto col proprio spettro proprio nel campus, il luogo dove era morto. E se lui non aveva potuto spostarsi, neppure come fantasma, per tornare nella sua Africa...perché Kurt

Cobain era apparso davanti a lei in una città di cui forse non conosceva neppure l'esistenza?".

Virginia cominciò a riconsiderare l'ipotesi che aveva strenuamente rifiutato fino a quel momento: quella di essere vittima di un'allucinazione. In fondo lei, da sempre, voleva vedere Kurt Cobain e il suo cervello, stimolato dalle vibrazioni del libro, glielo aveva mostrato. E il muratore marocchino, che le era apparso al campus, era sicuramente una presenza inquietante nel suo inconscio fin da quando le avevano raccontato della sua orribile morte. E poi, se il marocchino morto nel campus fosse stato un vero fantasma, perché era bloccato nel residence dell'università e non se ne tornava nella sua terra? Forse perché quel fantasma era solo nella sua mente. Virginia doveva assolutamente chiarire a se stessa questo dubbio. E c'era un solo modo per farlo. Parlare ancora coi fantasmi. Con Kurt Cobain. Fece ripartire dall'inizio la registrazione in mp3, infilò gli auricolari nelle orecchie e attese gli eventi nella notte gelida.

Capitolo 16

Non c'erano stelle quella notte ad illuminare il luogo dell'incidente. Un vento gelido si insinuava sotto i giubbotti d'ordinanza dei poliziotti facendoli rabbrividire.

I due necrofori erano pronti a lato della strada e fumavano una sigaretta in attesa che gli ultimi rilievi dell'incidente fossero terminati e che il magistrato desse l'autorizzazione a rimuovere il cadavere di Mühlbauer. Si era perso parecchio tempo per stabilire se la competenza dei rilievi fosse della polizia slovacca o di quella austriaca. L'incidente si era svolto in territorio austriaco ma l'inseguimento dell'auto era stato compiuto, fin dall'aeroporto di Bratislava, da agenti slovacchi dell'Interpol il che aveva causato alcuni problemi di tipo burocratico tra i poliziotti dei due paesi.

Risolti i problemi di competenza, gli agenti dell'Interpol esaminarono il cadavere e i resti dell'auto quasi del tutto carbonizzati non trovando nulla che potesse dare indicazioni sulla destinazione del ricercato e sul luogo dove, da anni, accumulava la sua preziosissima refurtiva in opere d'arte e oggetti rari.

La strada era stata chiusa in entrambe le direzioni e, nonostante l'ora tarda, si erano create lunghe code di auto che attendevano la riapertura dei blocchi. L'autista del TIR contro cui si era schiantata l'Audi di Mühlbauer era rimasto quasi illeso ma sotto shock e il personale di un'ambulanza, dopo avergli somministrato un tranquillante in vena, lo stava confortando. Infatti l'uomo, un portoghese religiosissimo che non conosceva una sola parola di tedesco, fissava inebetito, attraverso il finestrino dell'ambulanza, il lenzuolo che ricopriva il cadavere da cui defluiva un rivolo di sangue, mormorando delle preghiere nella sua lingua. Poi, di colpo, interruppe la preghiera spalancando la bocca in una smorfia di stupore. Gli era parso di veder il lenzuolo spostarsi di qualche centimetro, come se l'uomo sotto di esso si fosse mosso. Si voltò verso gli infermieri per vedere se anche loro avevano notato lo strano movimento. Ma i due erano troppo intenti ad ascoltare la radio di bordo che stava chiedendo se erano disponibili per un'altra emergenza a qualche chilometro di distanza.

Uno dei due infermieri, alzando gli occhi verso il camionista portoghese, comunicò alla centrale che erano ancora impegnati nelle cure di una persona sotto shock e che quindi non potevano allontanarsi dal luogo dell'incidente.

Il camionista, con lo sguardo angosciato, gesticolava indicando agli infermieri la strada. Tutti guardarono allora dal finestrino verso il cadavere. Ma ora tutto pareva normale. Sempre che normale si potesse definire l'immagine di un uomo morto in una notte gelida e nebbiosa, disteso sotto un lenzuolo bianco accanto ad un'auto completamente bruciata. Poi un soffio di vento fece muovere il lenzuolo che ricopriva Mühlbauer ricreando nel camionista la stessa sensazione provata poco prima: sembrava proprio che il cadavere si stesse muovendo.

Ma questa volta, dal turbinio dei mulinelli di foglie, capì che, anche prima, si era trattato semplicemente di una folata di vento che aveva spostato il lenzuolo come se la vittima si stesse muovendo.

"Avevi sperato che non fosse morto?" – disse l'infermiere stringendo la spalla al camionista con tono amichevole. Continuò a parlargli pur sapendo che l'uomo non poteva comprendere la sua lingua:

"Purtroppo lo abbiamo esaminato bene. Una persona in quelle condizioni non ha nessuna possibilità di sopravvivere".

Il camionista scosse la testa come se avesse capito e riprese a pregare.

Gli uomini dell'Interpol, intanto, continuavano a rovistare fra i rottami dell'Audi nella speranza di trarne qualche indizio sulla sua destinazione. Ma pareva proprio che l'incendio dell'auto non avesse risparmiato nulla di ciò che il guidatore portava con sé.

L'umidità della notte, più un paio di birre bevute prima di iniziare l'inseguimento, provocarono in uno dei poliziotti lo stimolo irrefrenabile di urinare. Si guardò intorno per cercare un luogo sufficientemente appartato, ma sotto i riflettori delle lampade alogene che facevano luce su un ampio tratto di strada, tutta la zona dell'incidente era illuminata a giorno. Saltò quindi il piccolo fosso a lato dell'asfalto e si inoltrò per una decina di metri nel prato dove l'oscurità era totale. Socchiudendo gli occhi in un'espressione di sollievo, il poliziotto sbottonò i pantaloni e lasciò che il tiepido getto si perdesse sull'erba spargendo nell'aria gelida una nuvoletta di vapore.

Fu allora che, di colpo, uno sfrigolio elettrico e una serie di scintille apparvero proprio dove si era sparso il getto di urina. Il poliziotto, spaventato, fece un balzo all'indietro, bagnandosi leggermente i pantaloni. Con una colorita bestemmia slovacca, estrasse di tasca l'accendino ed illuminò il punto in cui erano apparse le scintille. Seminascosto fra l'erba, ancora fumante per il corto circuito provocato dal getto di urina sulla batteria, c'era un telefonino.

"Un telefono in mezzo a un prato? – pensò il poliziotto – potrebbe appartenere al ladro ed essere volato fin qui per l'impatto. Sarebbe un bel colpo di fortuna. Si potrebbero ricostruire i suoi contatti e, forse, trovare il suo rifugio segreto".

Il poliziotto estrasse di tasca un fazzoletto e lo utilizzò per raccogliere il cellulare senza bagnarsi le dita e, soprattutto, senza cancellare le eventuali impronte. Quando lo porse al suo superiore, dicendogli che c'era la possibilità fosse il telefono del ricercato, non gli riferì il modo in cui lo aveva trovato né perché fosse così bagnato. Preferì prendersi il merito di aver svolto una ricerca anche nel prato adiacente.

"Finalmente qualcosa di fondamentale per le indagini – disse l'altro poliziotto – se veramente questo telefono appartiene a Mühlbauer, i nostri colleghi austriaci la smetteranno di considerarci la sezione più inutile dell'Interpol".

"E magari la direzione centrale ci fornirà delle auto più veloci di queste stupide Skoda" – terminò l'altro poliziotto".

"Non ci contare – sogghignò amaramente il superiore – come al solito ci diranno che facciamo troppe richieste. E ci diranno che dopo tutto, con le nostre stupide Skoda, siamo riusciti a raggiungere una velocissima Audi".

L'altro poliziotto alzò gli occhi verso la carcassa fumante dell'auto dicendo:

"Un'Audi in quelle condizioni saremmo riusciti a raggiungerla anche rincorrendola in bicicletta".

Il magistrato si avvicinò ai poliziotti dicendo:

"Il mio lavoro è terminato. Se volete potete dar via libera ai necrofori per la rimozione del cadavere". Proprio in quel momento un soffio violento di aria gelida sgombrò per qualche istante la luna dalle nuvole fitte che l'avevano ricoperta finora. La scena dell'incidente apparve ancora più drammatica quando un raggio di luna colpì il lenzuolo che copriva il cadavere. I presenti rabbrividirono per l'aria gelida che si infiltrava come una lama sotto i vestiti.

Fu allora che Joseph Mühlbauer si alzò da terra e si guardò intorno.

Capitolo 17

Appena il tossico si fu allontanato scomparendo nel buio, sola nella strada gelida, Virginia guardò l'ora e si stupì di quanto tempo fosse passato da quando era uscita dal campus. Aveva girovagato per ore nella città notturna fino a ritrovarsi nuovamente nelle strade del quartiere universitario. Erano passate da poco le due di notte. Pensò che a quest'ora la sua amica Marta era sicuramente già rientrata al residence, dopo aver incontrato il professore. E senza dubbio, come d'accordo, aveva bussato alla porta della sua camera non ricevendo risposta. Si sarebbe preoccupata, e avrebbe sospettato che la sua assenza fosse in qualche modo legata a tutto ciò che era accaduto in quella strana giornata.

Sì, ancora una volta aveva tradito la fiducia della sua amica, tentando un ingenuo escamotage per eludere la sua raccomandazione di distruggere il file del libro. Pensò che doveva assolutamente chiamarla, nonostante l'ora, per tranquillizzarla sul motivo della sua assenza, per confessarle ciò che aveva fatto e visto quella sera e per domandarle se lei e Jos erano riusciti ad avere qualche informazione dal professor Mattioli.

Mise la mano in tasca per estrarre il telefonino e, non trovandolo, si ricordò che lo aveva lasciato in camera uscendo precipitosamente per inseguire lo spettro del muratore. Le sue dita, però, si strinsero attorno all'ipod. Già, era venuto il momento per far ripartire la voce registrata che le avrebbe permesso di rivedere lo spettro di Kurt Cobain e porgli le domande che si era appuntata sull'agendina. Così estrasse di tasca il lettore mp3, si guardò intorno per assicurarsi che il tossico se ne fosse andato ed inserì gli auricolari nelle orecchie. Un click e la cantilena del computer riprese a scandire ritmicamente quel testo incomprensibile. Le vibrazioni di quella voce metallica salirono velocemente dai padiglioni auricolari fin nel cervello creando in Virginia una strana sensazione di stordimento. Piano piano i fantasmi cominciarono ad essere visibili nell'oscurità della strada, prima appena percettibili come fossero nuvolette di nebbia, poi sempre più definiti nel loro inquietante fluttuare.

Virginia cercò con lo sguardo il fantasma di Kurt Cobain. Aveva sperato di ritrovarselo davanti o almeno nelle immediate vicinanze. Purtroppo non era più lì e non riusciva a scorgerlo neanche mischiato al drappello di tristi ombre che si muovevano avanti e indietro sempre nello stesso spazio di poche centinaia di metri.

"Ormai sono sicura che gli spettri non possono allontanarsi molto da una zona particolare che li trattiene come una calamita" – pensò Virginia. Questo movimento ciclico aveva in sé qualcosa di disperato e ineluttabile che faceva pensare ai passetti rapidi degli ergastolani nell'ora d'aria in un cortile sempre troppo piccolo.

Se era così per tutti i fantasmi, allora anche Kurt Cobain non poteva essersi allontanato molto dal luogo dove lo aveva incontrato. Virginia si guardò intorno e si accorse di essere giunta a poche decine di metri dal negozio di libri usati di Jos. Alla luce di un lampione le parve di vedere qualcuno proprio davanti alla saracinesca. Sicuramente era uno dei tanti fantasmi che vagavano lungo la strada. Ma poi, aguzzando gli occhi, le parve di vedere in quella figura qualcosa di famigliare. Ma sì, non c'era dubbio, era proprio Jos. Che ci faceva a quest'ora davanti al suo negozio? Possibile che l'incontro col professor Mattioli fosse durato così tanto? Virginia chiamò Jos accelerando il passo. Se il libraio stava tornando solo ora dall'incontro col professore, sicuramente, la serata era stata positiva e i suoi amici erano riusciti ad avere delle informazioni.

Chiamò ancora una volta Jos.

Ma lui non parve udire il richiamo di Virginia ed entrò rapidamente, senza voltarsi, nel portone adiacente al negozio. La ragazza percorse i trecento metri che la separavano dal portone correndo ma, quando giunse davanti ad esso, era già chiuso.

"Quindi Jos abita nello stesso palazzo del suo negozio" – pensò la ragazza mentre, non conoscendo il cognome del libraio, dava un'occhiata veloce ai quattordici cognomi dei condomini. Se escludeva lo studio di un avvocato, un salone massaggi cinese e uno studio dentistico, restavano ancora undici cognomi fra i quali scegliere per suonare a caso, sperando di azzeccare quello giusto. Ma poi, tenendo conto dell'ora, si mise nei panni di un poveretto che veniva svegliato alle due di notte da qualcuno che aveva suonato il suo campanello per sbaglio e rinunciò al tentativo. Nelle sue orecchie la voce del computer continuava a pronunciare quella nenia monotona e, intorno a lei, molte figure spettrali si muovevano senza guardarla. Alcuni di questi fantasmi, come ormai Virginia aveva imparato ad accettare senza turbarsi, avevano un atteggiamento di ira furiosa, e fluttuavano gesticolando e assumendo col volto delle smorfie spaventose. Uno di loro camminava a quattro zampe imitando il passo degli animali e, passando accanto a Virginia, la fissò sollevando le labbra per mostrare i denti con un muto ringhio da belva feroce. Poi esplose in una folle risata resa ancora più terribile dal fatto di non produrre alcun suono, prima di allontanarsi verso il fondo della strada.

Ad un tratto qualcosa iniziò ad uscire dalle fessure della saracinesca del negozio di Jos. Virginia vide come una nuvola di vapore che, invece di dissolversi a contatto con l'aria gelida della notte, fluttuava sul marciapiede davanti a lei diventando sempre più solida fino ad assumere l'aspetto di un uomo.

La ragazza fissò il suo volto distrutto e riconobbe immediatamente lo spettro di Kurt Cobain. Questa volta l'ombra fissava Virginia con uno sguardo pieno di speranza dall'unico occhio rimasto integro. La ragazza, pur sapendo dell'inutilità del gesto, si avvicinò a lui tentando di toccarlo ma, naturalmente, la sua mano passò attraverso il corpo. Gli occhi di Virginia non riuscivano a nascondere il senso di compassione e di pena nel fissare quei frammenti di materia cerebrale che colavano fuori dalla sua scatola cranica aperta e sanguinante. Lo spettro parve quasi accorgersene perché sul suo volto apparve un'espressione desolata, quasi volesse scusarsi. Poi portò le mani verso il capo, si chinò e, con un senso di tremendo sforzo, prese ad oscillare a destra e sinistra sempre più velocemente. I movimenti frenetici del suo corpo comunicavano a Virginia una terribile ed immensa fatica. E, dopo vari minuti di questo strano spossante movimento, il fantasma si accovacciò sul gradino davanti alla saracinesca del negozio nascondendo il volto fra le mani. Davanti agli occhi di Virginia lo spettro appariva ora assai meno definito, alternando momenti in cui era perfettamente visibile ad altri in cui diveniva tanto trasparente da quasi scomparire. Poi il fantasma spostò lentamente le mani e scoprì il volto che guardava fisso Virginia. Ora, il cantante dei Nirvana appariva senza alcuna ferita, con il viso del tutto integro. Era tornato esattamente come Virginia lo ricordava in tutte le fotografie dei giornali e degli album della band. Bello, bellissimo.

"Lo so che lo hai fatto per me – disse allo spettro – pensavi che avrei provato orrore per il tuo viso distrutto. Non dovevi preoccuparti, non mi spavento per il tuo aspetto. Studio medicina e il sangue non mi impressiona. E stare davanti a te è la cosa più bella che mi potesse succedere".

Lo spettro non dava segno di comprendere le parole di Virginia e continuava a fissarla con un'espressione esausta, quasi gli pesasse enormemente mantenere l'aspetto che aveva prima di suicidarsi. E infatti, lentamente, sul viso tornavano ad apparire, sempre più evidenti, i segni distruttivi della fucilata.

Kurt alzò lo sguardo verso Virginia. Avvolto dalle ombre della notte, il fantasma incurvò le labbra in un sorriso malinconico e perfetto. Poi giunse le mani in un gesto di preghiera disperato.

Una lacrima scese dal suo unico occhio.

"Ti prego non piangere – disse Virginia tentando un'impossibile carezza a quel volto avvilito – cosa posso fare per te?"

Kurt scosse il capo portando un dito alle labbra. Cosa intendeva dire? Forse, pensò Virginia, non può sentire quello che sto dicendo. Muove le labbra come se parlasse ma per me è muto; forse lo sono anch'io per lui e non riesce a sentirmi.

"Mi senti Kurt? Senti la mia voce? Fai sì con la testa se hai capito ciò che ho detto".

Il fantasma alzò ancora il capo verso Virginia guardandola con un'espressione supplichevole ma senza compiere alcun gesto affermativo o negativo.

Fu allora che a Virginia venne in mente qualcosa a cui, stupidamente, non aveva ancora pensato. Ma certo, Cobain era americano e sicuramente, da vivo, non conosceva una sola parola di italiano. Non c'era alcun motivo perché il suo spettro comprendesse la sua lingua.

La ragazza spolverò mentalmente le sue scarse conoscenze linguistiche.

"How can I help you? Tell me what can I do for you" – disse rivolta allo spettro.

Questa volta la figura alzò di scatto il viso verso la ragazza, assentendo lentamente con il capo. Sul suo volto apparve una traccia di sorriso.

Poi mosse le labbra come se stesse parlando ma, naturalmente, non uscì alcun suono dalla sua bocca.

A Virginia parve di comprendere, dal movimento labiale del fantasma, la parola "sette" o qualcosa di simile.

Il fantasma ripeté varie volte la stessa parola.

"Sette cosa? Per favore, spiegati meglio. I don't understand" – disse Virginia, avvilita per l'impossibilità di capire che cosa voleva da lei il suo idolo.

Allora la figura evanescente si voltò verso la saracinesca del negozio e la indicò. Con un gesto lento e appena accennato, le fece segno di seguirla, e passò attraverso la saracinesca scomparendo all'interno del negozio.

Virginia appoggiò le mani sulla fredda saracinesca metallica sentendola più solida che mai. Tentò addirittura di sollevarla, nella speranza che Jos si fosse dimenticato di chiuderla a chiave. Niente da fare. Si guardò intorno. Nella via alcuni fantasmi scivolavano leggeri come nuvole spinte dal vento. Sconsolata li guardò un'ultima volta poi spense il lettore mp3 per non esaurire del tutto le batterie e, nell'improvviso silenzio, si ritrovò sola nella strada buia. Ora che la folla di spettri era scomparsa, Virginia si rese conto di essere veramente sola in un'ora in cui la maggior parte delle persone era nella propria casa a dormire.

Poi, di colpo, ebbe la sensazione di essere osservata. Si guardò intorno ma la strada era deserta e, anche alla scarsa luce dei lampioni, non riusciva a cogliere alcun movimento.

"La consapevolezza di essere circondata da presenze invisibili che si muovono intorno a me – pensò Virginia – probabilmente mi causa questa sensazione. Devo abituarmi all'idea che noi vivi non siamo soli".

Poi le parve addirittura di percepire un fruscio come quello di un vestito sfregato su un muro ruvido. Forse lo spettro di Cobain era nuovamente uscito dal negozio.

"Are you there, Kurt? Now I can not see you, but if you wait a moment..." – mentre diceva queste parole Virginia estraeva di tasca l'ipod decisa a rientrare nuovamente nel mondo degli spiriti. Forse Cobain era tornato davanti a lei per chiederle ancora quel qualcosa che pareva tormentarlo. Per farle capire cosa intendeva con la parola 'sette'. La ragazza stava giusto portando l'auricolare alle orecchie quando si sentì violentemente afferrare alle spalle ed immobilizzare da una stretta energica.

"Brutta troia, mi avevi detto che non avevi nulla e invece

il tuo ipod vale almeno due dosi, ho fatto bene a non fidarmi di te" – mormorò il tossico gettando a terra Virginia e strappandole dalle mani il lettore Mp3.

Virginia riconobbe il ragazzo incontrato poco prima e che, evidentemente, l'aveva seguita di nascosto fin lì.

"Ridammelo, bastardo – urlò la ragazza con quanto fiato aveva in corpo e la sua voce risuonò altissima nella notte silenziosa. Alcune finestre si aprirono e qualcuno si affacciò.

"Cosa succede?" – chiese una voce.

"Una ragazza è stata scippata"– rispose qualcun altro.

Intanto il tossico fuggiva a gambe levate stringendo fra le mani l'ipod di Virginia che, ancora distesa sul marciapiede, continuava a gridare a squarciagola.

Anche dal terzo piano della casa due volti si affacciarono alla finestra. Uno dei due era Jos, spettinato e a torso nudo, e l'altra una giovane ragazza cinese.

Capitolo 18

Quel mattino il professor Mattioli si svegliò più tardi del solito. La notte prima, nonostante la sua contrarietà, gli ambulanzieri avevano insistito per accompagnarlo al pronto soccorso per far visitare la ferita sul braccio. Il medico di guardia, nell'osservare la perfezione della sutura, aveva commentato "Complimenti per l'ottimo lavoro. Anche se non l'avessi letto sui suoi documenti, avrei capito dal trattamento della sua lacerazione che lei è uno di noi, un medico. E immagino che non sia stato facile ricucirsi da solo una ferita come questa".

Mattioli non ritenette opportuno riferire al dottore che era stata la sua domestica rumena semi analfabeta a suturargli la ferita. Sarebbe stato un brutto colpo all'autostima innata in ogni appartenente alla casta dei medici. La ferita gli venne semplicemente disinfettata, il filo da cucito utilizzato per la sutura venne sostituito da graffette emostatiche e il professore, verso le due di notte, venne rimandato a casa. Era già molto tardi ma l'eccitazione per ciò che aveva vissuto quella sera, la possibilità di provare finalmente le sue teorie sull'effetto di particolari vibrazioni sul cervello umano, la prova che non esisteva nulla di occulto o di paranormale nelle cosiddette apparizioni di fantasmi o nelle evocazioni di defunti da parte di sedicenti medium, non gli avevano permesso di prender sonno fino all'alba. Quando finalmente si era addormentato, aveva passato solo poche d'ore di sonno agitato prima che lo squillare insistente del campanello di casa lo svegliasse. Guardò l'orologio sul comodino e vide che erano già le nove passate. Il campanello alla porta squillò ancora una volta, poi il professore sentì la voce brusca di Cezarina che rispondeva al citofono: "Casa del professore Mattioli. Chi sei? – dopo una breve pausa riprendeva con tono sbrigativo – no, non potete parlare con professore adesso. Lui ancora letto. Passate più tardi".

Mattioli, incuriosito, si alzò dal letto e, senza neppure infilare le pantofole, si avvicinò alla finestra, scostò le tende e guardò in basso verso il cancello della villa. Davanti ad esso era posteggiata un'auto della polizia e due uomini in borghese erano fermi sul marciapiede di fronte all'ingresso. Uno di essi si stava accendendo una sigaretta. Preoccupato Mattioli gridò alla domestica: "Falli entrare, Cezarina, di' loro che arrivo subito".

Mentre indossava velocemente una vestaglia sul pigiama, Mattioli udì il rumore della porta di casa che veniva aperta, alcuni passi pesanti muoversi nell'ingresso e la voce di Cezarina che bruscamente diceva: "No, qui non fumare, butta via sigaretta, e pulisci bene scarpe che già passato aspirapolvere".

Mattioli si affrettò a scendere le scale e raggiunse i due uomini che, con aria preoccupata, si stavano osservando le scarpe sotto l'occhio severo della domestica. I due alzarono gli occhi verso di lui con un'espressione di sollievo: Cezarina tendeva sempre a spaventare gli ospiti inattesi.

"Cosa posso fare per voi?" – chiese Mattioli, tentando di

nascondere il senso di ansia che lo aveva preso quando aveva visto l'auto della polizia ferma davanti a casa sua.

Uno dei due poliziotti, mostrando il distintivo, disse:

"Lei è il professor Mattioli? Avremmo bisogno di porle alcune domande".

"Ma certo, accomodatevi, posso offrirvi un caffè? – poi, senza attendere la risposta, tentando di dominare il tremore alle mani, disse alla domestica – Cezarina, per favore, prepari tre caffè e li serva nel mio studio".

"Non dovevo fidarmi di quel bidello – pensava tremando Mattioli mentre accompagnava i poliziotti nello studio – sicuramente si è fatto sorprendere mentre trafugava i cadaveri ed ha fatto il mio nome. E questi due, probabilmente, sono qui per arrestarmi"..

Sempre più in preda al panico il professore fece accomodare i poliziotti poi chiese se gli permettevano di ritirarsi qualche minuto per vestirsi in modo più adeguato. L'idea di essere arrestato lo turbava profondamente ma l'immagine di se stesso accompagnato in galera in pigiama e vestaglia gli risultava ancora più insopportabile.

"Non si preoccupi, professore – rispose uno dei poliziotti – andiamo piuttosto di fretta perché abbiamo ancora un paio di persone dopo di lei da contattare e interrogare. Le faremo solo qualche domanda poi la lasceremo tranquillo".

"Domande? – pensò Mattioli – allora non sono qui per arrestarmi, almeno per il momento. Così avrò il tempo per cercare un buon avvocato. Chissà qual è la pena per il trafugamento di cadaveri".

Il poliziotto si sedette davanti alla scrivania del professore e, estraendo di tasca un foglio di fax, disse:

"Abbiamo ricevuto dai nostri colleghi dell'Interpol austriaca una lista di numeri telefonici italiani che, nella giornata di ieri, hanno chiamato il telefono cellulare di Joseph Mühlbauer, un noto ricercato. Una di queste chiamate è stata fatta questa notte alle 24 dal suo telefono".

"Questa notte? – disse Mattioli leggermente rasserenato: telefonare ad un ladro era senz'altro meno grave che essere il mandante di un furto di cadaveri – questa notte, dite…sì, in effetti questa notte ho chiamato un numero, che però non ha risposto. Non conosco personalmente la persona a cui ho telefonato".

"Perché lo ha chiamato?"

Il professore esitò qualche istante per elaborare una risposta credibile che lo mettesse al sicuro dall'accusa di complicità o di correità con un ladro.

"Ehm…è un esperto d'arte austriaco. Me lo hanno consigliato degli amici per…per far valutare alcuni quadri che ho qui in casa".

"Esperto d'arte? – ridacchiò il poliziotto – sì, in effetti lo si può definire così. E' uno dei più famosi ladri di oggetti rari e opere d'arte d'Europa. Anzi, lo era".

"Un ladro? – esclamò Mattioli, esagerando forse eccessivamente, il tono di sorpresa – ma è incredibile, non ci si può più fidare di nessuno. E pensare che avevo intenzione di affidargli i miei quadri per la valutazione. Così ho rischiato di farmeli rubare. Per fortuna quell'uomo non ha risposto alla mia telefonata, altrimenti gli avrei chiesto di venire oggi stesso qui a casa mia a ritirare le opere . Sono molto contento che siate venuti ad avvisarmi. Mi guarderò bene in futuro di servirmi di lui e di invitarlo a casa mia per le valutazioni".

"Credo proprio che Joseph Mühlbauer non potrà più valutare alcun quadro né venire in questa casa – disse il poliziotto. Poi aggiunse ridacchiando – al massimo potrà farlo il suo fantasma, visto che è morto questa notte in un terribile incidente stradale. Ma per fortuna i fantasmi non esistono".

Cezarina che era entrata in quel momento con il vassoio dei caffè, posandolo sul tavolo mormorò tra sé e sé:

"Esistono, esistono. Che paese ignorante questo" – per poi allontanarsi subito strascicando i piedi.

"Scusatela – disse Mattioli ai poliziotti – arriva da un paese ancora pieno di superstizioni. Ma, mi avete detto che quell'uomo è morto? Come è successo?"

"I nostri colleghi austriaci non ci hanno detto molto. La sua auto è andata a fuoco bruciando tutto ciò che conteneva…compreso il guidatore".

"Tutto, tutto bruciato?" – chiese Mattioli spalancando gli occhi mentre un groppo gli chiudeva la gola. Se anche la copia originale del libro era andata distrutta, non c'era alcuna possibilità di ripetere l'esperimento che avrebbe coronato i suoi studi di tutta la vita.

La terribile consapevolezza di aver perso per sempre la possibilità di dimostrare mediante prove tangibili le sue teorie cancellò in lui ogni timore di insospettire i poliziotti. E con voce tremante si azzardò a chiedere:

"Non sapete se si è salvato qualcosa dei suoi bagagli?"

"Perché questa domanda?"

Mattioli tacque per qualche momento. L'amarezza e la frustrazione gli impedivano di rispondere in modo sufficientemente credibile al poliziotto. Poi si fece forza e balbettò:

"No, nulla. Era solo curiosità. Magari stava trasportando un'opera d'arte di valore inestimabile e che nessuno al mondo potrà più ammirare".

"Sicuramente non si è salvato nulla della macchina. Solo il telefonino che probabilmente è volato fuori dall'auto con l'impatto".

"A proposito – intervenne l'altro poliziotto che fino a

quel momento non aveva ancora parlato – fra le telefonate registrate nella memoria del telefono, hanno trovato un'altra chiamata sospetta – e qui il poliziotto prese dal tavolo, dove il collega lo aveva posato, il foglio del fax e leggendolo continuò – si tratta del conte Mainini di Ruffa, una nostra vecchia conoscenza, ricettatore e collezionista di oggetti rari. Per caso lo conosce?".

"Assolutamente no – rispose distrattamente Mattioli troppo preso nei suoi amari pensieri sulle ingiustizie della vita per dedicare ancora attenzione alle domande che gli venivano poste – non l'ho mai sentito nominare. Non frequento né l'aristocrazia né i pregiudicati".

"Allora dovremo proprio andarlo a trovare. Vada pure a rivestirsi e ci scusi per il disturbo" – disse il poliziotto alzandosi e facendo un cenno di sollecito al collega che stava ancora finendo di sorseggiare il caffè.

Cezarina accompagnò i due alla porta mentre Mattioli tornava nella sua camera in preda allo sconforto.

"Non è giusto – mormorava tenendosi la testa fra le mani – bastava così poco, con quel libro, per dimostrare che noi siamo ciò che pensiamo. Che tutto quel che vediamo, che crediamo e che facciamo sorge dai nostri pensieri. Quel libro, solo quel libro, poteva dimostrare che i nostri pensieri costruiscono il mondo. Ed ora…la mia copia bruciata in un caminetto, quella del libraio distrutta insieme al suo computer e l'originale cartaceo bruciato in un incidente. I miei superstiziosi finanziatori sarebbero pronti a dire che una maledizione si è abbattuta su quel volume pieno di segreti".

Sospirando il professore si avvicinò alla finestra e vide sulla strada, accanto all'auto della polizia, i due poliziotti in borghese mentre un terzo in divisa si intravedeva seduto al posto di guida. I due parlottavano fumando, e battendo i piedi per il freddo pungente, in attesa, probabilmente, di finire la sigaretta prima di salire sull'auto. Uno dei due estrasse di tasca il fax e lo mostrò al compagno come per decidere con lui l'itinerario da seguire per il successivo obiettivo. Il collega si guardò intorno come per orientarsi sulla zona in cui si trovavano poi lesse ancora qualcosa sul foglio ed assentì.

Infine, con un sincronismo curioso, tutti e due gettarono a terra le sigarette senza terminarle, le schiacciarono col piede destro in una sorta di passo di danza e salirono sull'auto. Sgommando, la volante si allontanò.

Mattioli si ritrasse dalla finestra e iniziò a rivestirsi immerso nei suoi mesti pensieri. Ora era veramente tutto finito, tutto ciò che aveva sperato di ottenere studiando il libro delle streghe si era dissolto. Ma era proprio così? Qualcosa continuava a ronzargli nel cervello: come se un dettaglio gli fosse sfuggito, un dettaglio importante che poteva offrirgli ancora qualche speranza di recuperare ciò che era andato perso. Si sedette sul letto stringendo il capo fra le mani e tentando di rivivere i discorsi e gli avvenimenti della sera precedente.

Ed ecco che, improvvisamente in un flash, gli tornò in mente una frase che la ragazza punk aveva detto al suo amico libraio. Una frase che gli riaccese un pizzico di speranza. Qualcosa che riguardava un'amica che aveva vissuto con loro le allucinazioni provocate dal libro. Una che era stata in possesso del pc portatile sul cui hardisk era stato copiato il file del libro. Sia la punk che il libraio avevano detto di aver raccomandato alla ragazza di cancellarlo la sera stessa. Ma se per caso questa ragazza non lo aveva ancora fatto, allora il libro era salvo. Bisognava rintracciarla immediatamente. Ogni minuto perso poteva essere decisivo nell'eventuale salvataggio del file.

Mattioli si precipitò al telefono. Poi si ricordò che i due

ragazzi non gli avevano lasciato alcun recapito. Allora corse nello studio per cercare su Internet il numero di telefono del libraio.

Sapeva che il negozio di libri usati era in zona università. Il nome del libraio, ricordò Mattioli, era 'Jos', un nome poco comune, per fortuna. Avrebbe telefonato a tutti i negozi di libri usati della zona chiedendo di Jos. Poi si bloccò nuovamente. In casa non c'era più un computer. Il suo gioiello tecnologico era finito bruciato nel caminetto la sera prima.

"Coincidenze? Se io non fossi un pragmatico penserei che qualcosa è contro di me" – ansimò il professore sempre più affannato. Pareva quasi che una forza occulta gli impedisse di scoprire se c'era qualche possibilità di rientrare in possesso di ciò che riteneva gli appartenesse per diritto.

"Dove si cercavano i numeri telefonici prima di Internet? Sull'elenco telefonico!" – si rispose.

Chiese a Cezarina se in casa avesse notato in qualche armadio o in qualche sgabuzzino delle vecchie pagine gialle visto che da anni non venivano neppure più consegnate. Cezarina disse che sì, una vecchia guida telefonica era quella le cui pagine venivano utilizzate per accendere il caminetto.

Il professore corse accanto al caminetto dove, sulla piccola catasta di ceppi pronti per l'accensione c'era un elenco telefonico già ridotto a metà del suo spessore per il gran numero di pagine strappate per accendere il caminetto. E allora, per una volta con una coincidenza positiva, la prima delle pagine superstiti era proprio quella delle librerie cittadine. In alto a sinistra, spiccava il riquadro della libreria di Jos Alberti specializzata da oltre cinquant'anni in libri usati e remainders. "Coincidenze, ancora coincidenze – pensò il professore mentre annotava il numero telefonico – è difficile continuare ad essere razionale quando ti trovi di fronte ad avvenimenti e situazioni che sembrano pilotate da forze occulte che vogliono interferire secondo un loro piano preordinato da realizzare".

Mattioli compose freneticamente il numero del negozio, pregando il dio a cui non credeva di far sì che il file del libro non fosse ancora stato cancellato.

All'altro capo del filo rispose la voce preoccupata e un po' esitante del giovane libraio.

"Sono Mattioli. Mi ascolti bene – disse il professore – le devo chiedere una cosa molto importante, sempre che siamo ancora in tempo".

"In questo momento non posso parlare – rispose Jos – ho qui in negozio la polizia. Mi richiami fra mezzora".

"Polizia? Allora sono venuti anche da lei. Ma…ma come è possibile – disse Mattioli balbettando – sono usciti da meno di cinque minuti e sono già lì? Mi raccomando, non deve dire nulla del fatto che ci conosciamo e di ciò che è accaduto qui da me ieri sera".

"Non capisco cosa sta dicendo – disse ancora Jos – la polizia è qui perché stanotte una mia amica è stata scippata proprio davanti al mio negozio. Gli agenti sono qui per raccogliere la sua denuncia".

"Ah, si tratta di questo. Va bene, la richiamerò più tardi. Ma prima mi dica solo una cosa. La prego: è urgentissima. Ieri sera lei e la sua amica parlavate di una ragazza che era in possesso del file del libro. Le avevate chiesto di cancellarlo. Lo ha già fatto? Per favore, mi dica di no".

"No, ieri sera non lo aveva cancellato ma è successo che…"

Mattioli strinse con tutte le sue forze la cornetta del telefono e tirò un profondo sospiro di sollievo. Aveva voglia di gridare dalla felicità. Poi si riprese dall'emozione e sussurrò:

"Non mi dica più nulla, non voglio sapere nulla. Mi basta ciò che mi ha detto. Abbiamo ancora il file del libro. Lei non ha idea di quanto sia importante questo".

"No, purtroppo devo dirle che…"

"Non dica nulla. Appena ha finito con la polizia mi richiami così parleremo con calma. In giornata, probabilmente, riceverà la visita di altri poliziotti che le porranno domande su Mühlbauer. Mi tenga fuori da questa storia e non faccia il mio nome. Poi le spiegherò tutto".

Mattioli, con le mani che tremavano per l'emozione, abbassò il telefono con la voglia di gridare al mondo la sua felicità. Chiamò Cezarina perché gli preparasse la colazione e in un impeto di gioia incontrollato la abbracciò e la baciò sulle labbra. La donnona lo guardò con aria allibita poi gli sorrise, socchiuse gli occhi, e prima di voltarsi per andare in cucina allungò una mano grassoccia e gli strizzò affettuosamente i genitali.

Il professore restò basito ad osservarla mentre lei si allontanava.

"Dopo tanti anni finalmente il professore ha capito cosa provo per lui – pensava la donna felice, recandosi in cucina – lo sapevo che prima o poi tra un uomo e una donna che vivono insieme per tanto tempo nasce per forza qualcosa".

E sorridendo tra sé e sé si accinse a preparare la più squisita colazione che avesse mai preparato nei suoi vent'anni di servizio nella casa.

Mattioli, troppo sbigottito per reagire, restò con la bocca spalancata a fissare la porta della cucina.

Capitolo 19

Sette ore prima dell'arrivo della polizia a casa Mattioli, l'auto di Mühlbauer era sul punto di schiantarsi contro il Tir a pochi chilometri da Vienna. In quello stesso momento Virginia veniva rapinata del suo ipod da un tossicodipendente. E Jos, completamente nudo, si affacciava alla finestra dello studio di massaggi cinesi, attratto dalle urla e dal trambusto proveniente dalla strada.

Jos, affacciato alle finestre del salone di Liu Ky, aveva immediatamente riconosciuto la ragazza rapinata proprio di fronte alla saracinesca del suo negozio. Si era velocemente rivestito ed era sceso in strada a soccorrere Virginia. Poi aveva aperto la saracinesca e, con la ragazza, era entrato in negozio per telefonare alla polizia.

"Uno scippo? – aveva risposto la voce annoiata del centralino della questura – appena possibile manderemo una volante".

"Appena possibile, cosa vuol dire? – chiese irritato Jos – sono le due di notte e la ragazza che ha subito lo scippo dovrebbe rientrare a casa. Oltretutto lo scippatore potrebbe ancora essere in zona".

"Appena possibile le invieremo una volante – ribadì in tono neutro il centralinista poi riagganciò.

Sbuffando Jos si rivolse a Virginia:

"Mi sa che sarà una lunga attesa. Metto su un po' di musica e tu intanto raccontami com'è che ti trovavi da queste parti. Marta ti ha cercato parecchie volte sul cellulare e non hai mai risposto".

Jos posò sul vecchio giradischi il vinile Blue in Green di Miles Davis e John Coltrane, porse una sedia a Virginia e si sedette di fronte a lei in attesa dell'arrivo dei poliziotti.

Succedeva abbastanza spesso che Jos passasse la notte in negozio, quando era impegnato in qualche lavoro da consegnare urgentemente ma, stranamente, guardandosi intorno, per la prima volta quell'ambiente così famigliare gli appariva tetro ed inquietante. La penombra creava delle zone scure fra le antiche scaffalature colme di libri e di tanto in tanto si udiva uno scricchiolio di assestamento dai legni tarlati.

Virginia, invece, pareva seguire i propri pensieri.

"Vuoi sapere perché mi trovavo da queste parti?" – disse improvvisamente, come se fino a quel momento avesse valutato se parlare o no di ciò che le era successo.

"Però tu non ti incazzare – continuò esitando con tono imbarazzato – ho cercato una scappatoia per fare ciò che mi avevate chiesto ma senza perdere la possibilità di vedere i fantasmi…insomma, ho cancellato il file del libro dal mio computer come avevo promesso a te e Marta. Ma solo dopo averne fatta una copia audio per me. Ho immaginato e sperato che bastasse una registrazione in mp3, da ascoltare con le cuffie dell'ipod, per continuare a vedere i fantasmi. Era un'esperienza troppo intrigante. Ed ho avuto ragione, la mia idea ha funzionato".

"Davvero? Marta ti conosce proprio bene. Aveva sospettato che tu non avresti seguito il nostro consiglio…beh, a questo punto mettiamoci comodi e raccontami tutto dall'inizio. Mi stupisce che tu abbia avuto il coraggio di provare a rivivere da sola ciò che era successo con noi qui in negozio. Io non lo avrei mai avuto. Anzi, se potessi tornare indietro, non avrei mai accettato di scansire quel libro".

"Ma sei proprio deficiente, sai? Mi sembra che tu non abbia idea di quanto sia stato eccezionale quello che abbiamo vissuto. Non potevo permettere che voi con la vostra prudenza mi tarpaste le ali. Te l'ho già detto che mi piace volare? E vedere i fantasmi è un po' come volare"

"Aveva proprio ragione Marta quando mi ha detto che sei un po' fuori di testa" – le aveva risposto Jos decisamente sconcertato – giocherellare con allucinazioni e creature nascoste nel proprio cervello non è molto sano".

"Allucinazioni? Non credo proprio. Forse ho fatto una cazzata a fare di testa mia, però, grazie a quella cazzata, ho un sacco di cose da raccontarti. Esperienze che ho vissuto grazie a quella registrazione. Cose che non puoi neppure immaginare. Tu credi che siamo soli, qui nel tuo negozio, vero? Invece no. Ci sono fantasmi che si aggirano intorno a noi, anche in questa stanza, in questo preciso momento. Ovunque ci muoviamo, loro ci sono, ci guardano e ci ascoltano.

Jos si sforzò di assumere un'espressione scettica, ma si guardò intorno e rabbrividì. Nelle ultime ore aveva visto aprirsi un abisso sempre più vasto fra le cose che accadevano e qualunque sua capacità di darvi un senso. La tromba di Miles Davis non gli era mai sembrata così malinconica e vibrante. Il negozio, in quel momento, era illuminato solo da una debole lampada da scrivania. Piccole correnti di aria gelida parevano provenire dagli angoli più bui del negozio. Quasi senza rendersene conto, Jos portò una mano a stringere il ciondolo a forma di sax.

Ma Virginia appariva tutt'altro che turbata da quell'atmosfera sospesa ed inquietante. L'unica cosa che la disturbava era non possedere più il suo lettore mp3 e, soprattutto, il file che conteneva.

"Chissà se la polizia riuscirà a recuperare il mio ipod – disse pensierosa – così riuscirò a dimostrare a te e Marta che ci troviamo di fronte a qualcosa di sicuramente paranormale. Altro che allucinazioni!".

Colto da un'idea improvvisa Jos disse:

"C'è solo da sperare che il ragazzo che ti ha rapinata non voglia provare ad ascoltare quello che c'è sull'ipod. Potrebbe reagire in modo incontrollato".

"E' un tossico. Penserà che qualcuno gli abbia rifilato un acido anziché la sua dose di eroina – rispose meditabonda Virginia – probabilmente si lamenterà col suo pusher accusandolo di scarsa serietà".

"Come la fai facile tu. Dovresti imparare un po' di ponderazione e di prudenza dalla tua amica Marta".

"Comunque mentre tu e Marta, persone prudenti e ponderate, perdevate tempo col professore per farvi esporre quella che è sicuramente soltanto una teoria io, da buona pragmatica, la verificavo con la pratica".

"Mi sa che la pratica l'abbiamo vissuta fin troppo bene anche noi" – aveva pensato tra sé e sé Jos ma non se la sentiva ancora di raccontare a Virginia la macabra esperienza vissuta poche ore prima a casa del professore. Pensando che il silenzio di Jos fosse un assenso ad ascoltarla, Virginia riprese:

"Allora, prima io ti racconterò quello che mi è successo ed ho visto fino a quando sono stata rapinata. E poi tu mi dirai cosa vi ha detto Mattioli ieri sera. Anche se sicuramente posso immaginarlo: teorie, teorie solo teorie. Seghe mentali da ricercatore frustrato e presuntuoso. Gli scienziati, quando mettono il naso fuori dal campo ristretto in cui sono specializzati possono essere sciocchi e pieni di pregiudizi come chiunque altro, con l'aggravante che pensano di essere molto più in gamba.".

La notte era così trascorsa in una fitta chiacchierata in cui la ragazza, spesso interrotta dalle domande e dalle considerazioni di Jos, aveva descritto dettagliatamente i suoi incontri con i fantasmi, le sue congetture sui loro movimenti e le domande che avrebbe voluto porre a Kurt Cobain se non fosse stata interrotta dalla rapina. Quando le prime luci dell'alba erano filtrate dalla vetrina, i due stavano ancora parlando. Il contrabbasso di Charlie Haden in sottofondo al racconto di Virginia aveva creato, con le sue note sospese, con le sue pause pensierose, un'atmosfera da miraggio delirante. Durante la notte il riscaldamento del negozio veniva spento e Jos non riusciva a capire se i brividi che gli percorrevano la schiena fossero causati dalle parole della ragazza o semplicemente dalla bassa temperatura.

Virginia non aveva alcun dubbio che quella registrazione audio avesse il potere di permettere ai vivi di aprire gli occhi su un mondo invisibile che li circondava. Il mondo dei morti.

Quel muratore rimasto ucciso durante i lavori nel collegio universitario, tutta la folla di figure fluttuanti nelle strade, quelle sconosciute persone pallide dallo sguardo fisso, non poteva tutto questo far parte del suo inconscio: erano apparizioni reali nella loro assurdità. E poi Kurt Cobain. Mentre parlava del chitarrista, Virginia si era guardata intorno scrutando la penombra fra gli scaffali di libri. Poi, abbassando la voce quasi temesse di essere ascoltata, aveva aggiunto:

"Il fantasma di Kurt è proprio qui, nel tuo negozio. L'ho visto uscire in strada attraverso la saracinesca, stanotte, e poi rientrare mentre mi faceva segno di seguirlo".

Anche Jos si guardò intorno rabbrividendo. E con uno tono un po' esitante aveva tentato di sdrammatizzare:

"Che motivo avrebbe il fantasma di un rocchettaro grunge come Cobain di infestare questo negozio? – e indicando l'antiquato giradischi aveva concluso – qui si ascolta solo jazz. Miles Davis, Chet Baker, Gerry Mulligan non hanno nulla in comune col tuo Kurt".

"Beh, qualcosa in comune ce l'hanno: sono tutti morti. Sarebbe ora che rinnovassi la tua playlist: ascolti solo gente morta".

"Invece il tuo Cobain è molto più vivo, vero? Si è sparato in testa negli Stati Uniti, ma entra ed esce tranquillamente dal mio negozio qui in Italia. Eh certo, lui è un fantasma vagabondo".

"Non scherzare su Kurt, lui è qui. I fantasmi ti stanno ascoltando. E li abbiamo visti sia tu che io. Come puoi avere ancora dei dubbi? Proprio tu che hai visto apparire davanti a te la tua ragazza morta. Che altro poteva essere se non un fantasma? Un'allucinazione? Le tue allucinazioni non possono prendere possesso di un'altra persona come è successo con Marta".

"Ti assicuro che vorrei tanto credere che lo spirito di Francesca sia ancora qui vicino a me. Non hai idea, in questi ultimi tre anni, di quante volte mi è sembrato di percepirla, e senza bisogno di nessun libro magico – aveva risposto Jos, stringendo il suo ciondolo a forma di sax – persino quando ascolto questa musica, il suono del contrabbasso di Charlie Haden che amavamo tanto io e lei, la sento muta accanto a me, la vedo mentre muove il capo seguendo il ritmo dello strumento, abbracciando un invisibile contrabbasso e muovendo le dita sulla sua tastiera. Se chiudo gli occhi e ascolto la musica, è come se lei fosse sempre qui, accanto a me".

"Io credo che lo sia davvero qui accanto a te – disse Virginia a bassa voce – è il suo fantasma che tenta di farsi ascoltare, di farti capire che lei ti sta guardando".

"Il professor Mattioli non la pensa così: ci ha esposto, ieri sera, una teoria su cui sta lavorando praticamente da tutta la vita. E che giustifica razionalmente, almeno secondo lui, tutto ciò che abbiamo visto. Sono le vibrazioni che abbiamo ascoltato a sollecitare la nostra ghiandola pineale, producendo gli effetti che abbiamo vissuto. Gli stessi effetti che, nel corso dei secoli, hanno creato in certe religioni la credenza del 'terzo occhio', il contatto dei medium con l'aldilà, l'estasi religiosa di presunti santoni, i voli astrali, le apparizioni della Madonna e migliaia di altre manifestazioni considerate misteriose. Nulla di soprannaturale secondo Mattioli: solo creazioni di quella piccola parte dimenticata del nostro cervello".

"Ma cosa ne sa Mattioli? Lui non ha avuto l'esperienza che abbiamo avuto noi. Non ha visto i morti camminare intorno a lui".

"Li ha visti, li ha visti anche lui. Come tutti noi. Lui poi è stato addirittura aggredito e ferito da uno di loro".

Virginia lo guardò interrogativa.

Allora Jos, finalmente, decise che era giunto il momento di raccontarle lo sconvolgente episodio successo nella casa del professore.

Virginia lo ascoltò attentamente, poi rispose:

"Tutto questo non prova la teoria di Mattioli. Tutt'al più prova che i fantasmi rimangono in qualche modo legati ai propri resti. Quella donna vi è apparsa perché la sua mano amputata era sul tavolo del professore. E, da quello che mi hai raccontato, era anche lei uno dei fantasmi impazziti. Ne ho visti tanti in questa condizione nelle strade qui intorno".

"Fantasmi impazziti?"

"Esatto. Anche il bambino che si è manifestato ieri impadronendosi del corpo di Marta era un fantasma impazzito. Invece il fantasma di Kurt Cobain era solo un fantasma disperatamente triste. Avresti dovuto vedere come tentava di parlarmi, di farmi capire che voleva qualcosa da me. Ma lui non conosce la nostra lingua. Quando gli ho parlato nel mio pessimo inglese mi ha capito. Questa è la prova che non si tratta di un'allucinazione. Se fosse stata una creazione del mio stesso cervello avrebbe compreso perfettamente l'italiano".

Jos, scuotendo la testa, si alzò per cambiare il disco che era giunto alla fine.

"Non so più cosa pensare – disse riponendo con cura il disco di Charlie Haden nella custodia e posando sul giradischi Pithecanthropus Erectus di Charles Mingus – quasi sempre, nella musica trovo le risposte che cerco, quasi senza cercarle. So che altri hanno provato gli stessi sentimenti che sto provando. Non mi sento solo. Poi parlando rivolto alla penombra del negozio sussurrò a bassissima voce per non farsi sentire da Virginia:

"Se sei in questa stanza, Francesca, ascolta questo pezzo. Ricordi quante volte ti sei esercitata a rifarlo col tuo contrabbasso?"..

Probabilmente fu solo suggestione ma a Jos parve di sentire uno spiffero di aria gelida passare per una attimo sul suo viso, come una fugace carezza. Allora tacque, si accoccolò sulla sedia chiudendo gli occhi per seguire le volute della musica. Intanto con due dita accarezzava il suo ciondolo a forma di sax. Anche Virginia, pur non amando il jazz, si lasciò prendere da quelle note basse e si assopì sulla sedia appoggiando la testa sul bancone.

Era già mattino quando, finalmente, la polizia bussò alla saracinesca del negozio.

Jos sollevò la serranda per farli entrare e, contemporaneamente, il telefono iniziò a squillare. Era la telefonata del professor Mattioli, quella in cui il professore aveva chiesto ansiosamente a Jos se fosse ancora in possesso di una copia della registrazione.

Ma il libraio, dovendo parlare con la polizia, aveva liquidato il professore in due parole promettendo che avrebbe richiamato più tardi.

"Può darci qualche descrizione dell'uomo che l'ha scippata?" – chiese il poliziotto a Virginia.

"Non so cosa possa servirvi adesso una descrizione del rapinatore – interloquì Jos piuttosto irritato – vi ho chiamati questa notte alle due e siete venuti adesso, alle nove di mattina. Mi sembra un po' tardi per fare delle ricerche. Quel tizio chissà dove sarà ora".

"Questa notte eravamo tutti impegnati..." – rispose in tono seccato uno dei due poliziotti.

"Eravamo a divertirci in discoteca – continuò il suo collega – una delle solite maxi risse tra gente strafatta. E questa volta c'è scappato anche il morto".

"E quando ci sono i morti, caro signore, gli scippi passano in secondo piano – conclude l'altro poliziotto – lei non ha idea di quante mini rapine avvengano ogni notte qui in centro. Dopo cinque minuti dallo scippo, l'ipod della signorina era già stato sicuramente trasformato in una dose di eroina. Comunque per quel che riguarda il responsabile, se ci darete una descrizione esauriente, lo arresteremo già in mattinata: non è difficile, sono sempre i soliti, li conosciamo tutti – poi rivolgendosi a Virginia continuò – ma non pensi di ritrovare ciò che le è stato rubato. Questo non succede mai".

"Merito dell'efficienza della polizia, vero?" – mormorò Jos mentre soffocava uno sbadiglio: la notte passata in bianco si faceva sentire.

"Visto che la scippata è la signorina – disse il poliziotto con tono irritato – per favore non rompa i coglioni e ci lasci fare il nostro lavoro".

Così Jos tacque e si lasciò cadere sulla sua sedia, concentrandosi sulle note del Concerto di Aranjuez eseguito dal grande Miles. Con gli occhi guardava distrattamente la ragazza che rispondeva alle domande dei poliziotti ma con la mente seguiva un pensiero che, come un tarlo, si era insinuato dentro di lui. Il professore si era sbagliato. Per qualche imperscrutabile motivo persone morte si aggiravano invisibili tra i vivi.

Jos si guardò intorno. Fantasmi? Chissà. La sicurezza di Virginia lo tentava ed alimentava una speranza che, da qualche angolo del suo cervello, continuava a tormentarlo: anche Francesca era lì con loro, nel negozio. Una presenza silenziosa che lo osservava, che soffriva per non potergli parlare, per non poterlo accarezzare, per non poter fare ancora l'amore con lui.

Jos fissò gli angoli bui del suo negozio come se sperasse di vederla apparire ancora una volta, col suo sorriso, col volto sereno che aveva quando stringeva a sé il suo contrabbasso, con le sue mani sottili che ne accarezzavano dolcemente la tastiera. Strinse ancora una volta il ciondolo a forma di sax che portava al collo. Fu contento che Virginia fosse impegnata a rispondere alle domande dei poliziotti così non avrebbe potuto notare quanto gli si fossero inumiditi gli occhi.

"Mi sento un po' sciocco – pensò Jos con un malinconico sorriso – eppure mi sento di dare più credito ad una ragazza fuori di testa che a un professore che da anni studia l'argomento".

Mattioli era stato piuttosto convincente quando aveva esposto la sua teoria anche se…in fondo, non essendo supportata da nessuna prova, poteva benissimo essere completamente priva di fondamento. E l'alternativa sarebbe stata credere ai fantasmi. Più facile e tranquillizzante per Jos, in un primo tempo, accettare una teoria medico-scientifica. Senza contare che l'incontro di Virginia col suo musicista preferito poteva essere una dimostrazione incontestabile della tesi di Mattioli. Il cervello, o meglio, la ghiandola pineale di Virginia, per assecondare la passione della ragazza per il chitarrista, poteva averne creato il fantasma. Ma, se fosse stato così, perché, a lui che viveva quasi in simbiosi coi suoi musicisti jazz non erano apparsi né Miles Davis né Chet Baker né nessun altro dei suoi miti scomparsi? A Jos venne in mente la citazione di Cartesio: va bene l'irrazionalità, va bene l'ignoto, va bene tutto, ma l'edera non può salire più in alto del muro che la sostiene. Eppure questa volta l'edera stava salendo più in alto del muro che la sosteneva. Molto più in alto.

Appena i poliziotti, finite le domande per l'identificazione dello scippatore, uscirono dal negozio, Jos andò al telefono per chiamare Mattioli.

"Devo raccontare al professore dello scippo che hai subito – disse a Virginia mentre componeva il numero – poco fa, quando mi ha telefonato, ha avuto una reazione talmente euforica nel pensare che esistesse ancora una copia del file, che ha riagganciato senza lasciarmi il tempo di dirgli che è stato rubato e ben difficilmente riusciremo a recuperarlo. E questa non sarà una buona notizia per lui".

"Invece, magari riuscirò a convincere anche lui (perché tu ormai ci credi vero?) che ho visto dei veri fantasmi – rispose Virginia – raccontagli la mia esperienza e lascia il telefono in viva voce così potrò sentire anch'io la conversazione ed eventualmente rispondergli direttamente se vorrà farmi qualche domanda".

La reazione di Mattioli fu ancora più disperata e rabbiosa di quanto Jos si fosse aspettato.

"Ma come? Rubato? – urlò Mattioli quando Jos lo mise al corrente dei fatti e gli raccontò dell'ipod di Virginia e della fine che aveva fatto – ma non è possibile! Ma si rende conto che eravamo sul punto di fare una scoperta rivoluzionaria che avrebbe cambiato le basi della neurologia? Qualcosa da premio Nobel. E la vostra amica se l'è fatto rubare per un gioco idiota. Per parlare con un fantasma che non esiste se non nel suo cervello da ragazzina bacata".

A quel punto Virginia, che aveva ascoltato tutta la conversazione, strappò di mano la cornetta a Jos e gridando rispose al professore:

"Ragazzina bacata chi? Brutto pezzo di merda presuntuoso e ladro di cadaveri! Pensi di essere tanto intelligente da non credere ai fantasmi neppure quando te li trovi davanti e ti accoltellano. Se mai riavrò indietro il mio ipod non te lo farò neppure sfiorare, professore dei miei coglioni!".

Ma Mattioli ormai, disperato, non la stava neppure più ascoltando. In uno scatto d'ira aveva lanciato il telefono contro il muro. Questo alternarsi di speranze e delusioni, di ferite fisiche e psicologiche, aveva messo a dura prova il suo autocontrollo. Si lasciò cadere sulla sedia mormorando:

"Allora è proprio tutto finito. I miei studi di tutta una vita. Essere arrivato così vicino alla soluzione ed averla persa per un soffio" – Mattioli scoppiò in lacrime come un bambino.

Nascosta dietro la porta la domestica Cezarina si tormentava le dita, soffrendo per l'improvviso cambio di umore del suo amato padrone e chiedendosi cosa poteva fare per lui.

Poi si fece coraggio, si avvicinò al professore, prese la sua testa semi calva fra le grosse mani e, accarezzandola, cantò una ninna nanna rumena.

Jos, pensando che la comunicazione fosse caduta per problemi di linea richiamò il professore ma il suo numero, naturalmente, risultò non raggiungibile.

Quel mattino il negozio rimase chiuso: Jos, con una notte passata in bianco, dopo le emozioni degli ultimi avvenimenti, non se la sentì di aprire la saracinesca. Virginia gli disse che sarebbe rientrata al campus: aveva assoluto bisogno di una doccia e di un cambio di vestiti. E poi voleva parlare con la sua amica Marta.

Allora Jos, inaspettatamente, smise di pensare a Francesca, e rivide il viso di Marta, con la sua bellezza, e tutta la dolcezza con cui gli aveva parlato la sera prima. Sentì dentro di sé qualcosa che non sapeva e non voleva definire. L'immagine di Marta si sovrapponeva a quella di Francesca in una continua dissolvenza non dissonante ma armonica e seducente.

"Sai se Marta aveva qualche lezione in facoltà oggi?" – chiese Jos a Virginia.

"No, oggi nessuna lezione nei corsi che seguiamo. Sarà sicuramente ancora in camera. E poi questa notte ha fatto così tardi insieme a te. Non capisco: mi hai detto che a mezzanotte era tutto finito nella villa di Mattioli. Mi spiegherai poi cosa hai fatto con la mia migliore amica fino alle due. Tengo molto a lei e se tu, dopo aver passato tanto tempo con Marta, hai finito la tua serata in un salone massaggi cinese non mi sembri una persona molto affidabile".

"Tranquilla, abbiamo solo parlato, nulla di più. E per quel che riguarda il salone massaggi…è una cosa del tutto privata. Preferirei che dimenticassi di avermi visto lì".

"Vedrò se è il caso di dimenticare. Voglio prima capire cosa c'è stato fra te e Marta".

"Nulla del tutto. E lei te lo confermerà. Comunque ti accompagno in collegio e andremo a trovarla insieme. Così potremo fare una chiacchierata su ciò che stiamo vivendo. Ho deciso di non credere più alla teoria di Mattioli e vorrei sentire da lei cosa ne pensa, quando le racconterai quello che hai vissuto questa notte".

I due uscirono e si avviarono verso il collegio universitario.

Percorsero i portici affollati e, passando di fronte ad un'edicola, Jos diede un'occhiata distratta al titolo del quotidiano locale esposto con grande evidenza:

"ULTIMA ORA. LA DROGA CAUSA FOLLIA DI MASSA NELLA DISCOTECA DIVA. UN MORTO"

Virginia, invece, lo trattenne per un braccio e si fermò a guardare il giornale esposto.

"Il Diva è la discoteca qui vicina – disse Virginia – la frequentano un sacco di miei amici"

"Non la conosco, non frequento le discoteche" – rispose Jos.

"Ci dobbiamo passare quasi davanti per andare al collegio. Te la mostrerò. Spero non sia successo nulla a nessuno dei miei amici".

Dopo pochi minuti giunsero davanti all'ingresso della

discoteca. Una trentina di curiosi, sparsi in vari gruppetti, stazionavano davanti discutendo animatamente su ciò che era accaduto durante la notte. La porta del locale giaceva divelta a terra e sul marciapiede erano sparsi vari rottami e suppellettili dell'arredamento interno. Un poliziotto scattava fotografie.

"Ma come è successo?" – chiese Virginia avvicinandosi a un gruppetto di ragazzi che conosceva di vista.

"Probabilmente stanotte ha girato roba piuttosto forte qui dentro – disse uno di loro – ho sentito che quasi tutti i presenti sono andati in tilt come se qualcosa li terrorizzasse".

Un altro del gruppo aggiunse:

"Sono andati in panico ed hanno cercato di fuggire tutti insieme da questa porta. Guarda come l'hanno scardinata. Uno di loro è scivolato ed è morto, calpestato da tutti gli altri. Che brutta fine per una serata di sballo".

Virginia stava per chiedere qualcos'altro al ragazzo quando, alzando gli occhi sulla piccola folla di curiosi, vide qualcuno che le pareva di conoscere. Ci mise un po' a metterlo a fuoco, ma dopo un attimo fu sicura: il ragazzo con le mani in tasca che guardava le operazioni con aria assente, era proprio il tossico che l'aveva rapinata la sera prima. Virginia fece un segno a Jos per essere seguita, e si avvicinò al ragazzo.

Jos, per un attimo restò imbambolato non comprendendo il gesto della ragazza, poi ad un suo sguardo severo, la seguì.

"Eccoti qua brutto stronzo – disse Virginia al ragazzo afferrandolo per un braccio – non mi riconosci?"

L'altro si voltò lentamente e con sguardo sfocato biascicò:

"No, chi sei?" Era completamente fatto e faticava a tenere sollevate le palpebre che scendevano pesantemente trasformando gli occhi in sottili fessure. .

"Dov'è il mio ipod? Quello che mi hai rubato stanotte?"

"Ah, sei tu? Quella che parla da sola per la strada. Quella che vede i fantasmi" – poi il suo mento scivolò per un attimo sul petto come se dovesse prendere lo slancio per continuare il discorso ma quasi subito si risollevò a guardare fisso davanti a sé.

"Mi spiace, il tuo ipod non ce l'ho più – disse con voce strascicata – l'ho dato a Ricky in cambio di un po' di roba".

"E chi sarebbe Ricky? Un pusher, immagino".

"E' il dj di questa discoteca. Stanotte sono passato da lui qui mentre metteva musica alla consolle e gliel'ho dato in cambio di una dose".

"Così ora il mio ipod ce l'ha questo Ricky?"

"Non lo so. Perché poi c'è stato un po' di casino. Quando gliel'ho dato, lui per vedere se funzionava lo ha collegato all'amplificatore della sala e l'ha mixato con la musica del suo impianto. Mai sentito un mix come quello. Quella specie di rap mischiato con la disco era veramente da sballo".

Virginia guardò Jos che scosse la testa.

"E poi cos'è successo?" – chiese la ragazza tentando di tenere sveglia l'attenzione del tossico la cui testa aveva ripreso a ciondolare verso il basso.

"Che cazzo ne so? Io mi sono messo in coda per andare al cesso a farmi una pera.

Ballavano tutti scatenati. Poi qualcuno si è messo ad urlare. Doveva essere una festa mascherata. Alcuni erano travestiti da zombies o da cadaveri sanguinanti, queste cazzate qui da film horror, insomma. Poi non ho capito cosa è successo: hanno urlato tutti. Ed hanno cercato di uscire tutti insieme da questa porta. Anzi no, non tutti: quelli travestiti da zombies, continuavano a girare per la sala".

Virginia alzò gli occhi verso Jos con uno sguardo di intesa. Entrambi avevano capito cosa doveva essere successo quella notte.

"Così non hai capito da cosa fuggivano".

"Boh, chi se ne frega. Io me ne sono andato in bagno per spararmi la dose che mi ha dato Ricky. In bagno c'erano altri tre. Più fatti ancora di me. Erano bianchi e pallidi e mi guardavano zitti zitti. Madonna che facce! Ho pensato che volessero un po' della mia roba, ma li ho mandati a fanculo. Ognuno per sé. Mica mi sbatto per gli altri, io. Ma quelli, niente, son rimasti lì immobili a guardarmi mentre mi facevo la pera. E poi, sono spariti. Così. Puff e non c'erano più. Boh, cazzi loro. Poi sono uscito dal cesso e nella discoteca non c'era più nessuno, tutti scappati. La musica era spenta. E per terra quel ragazzo morto. Allora sono scappato anch'io prima che arrivasse la polizia".

"Sai dove posso trovare quel Ricky?" – chiese Virginia scuotendo il tossico che si stava nuovamente assopendo.

"Le informazioni si pagano. Hai due euro?"

"Forse sì – rispose Virginia – ma te li darò soltanto nel momento in cui mi dice dov'è questo Ricky".

Il tossico tirò fuori un cellulare e compose un numero.

"Ricky? No, tranquillo, lo so che c'è la polizia davanti alla discoteca. Non mi serve altra roba. Ci sono due tipi che ti vogliono parlare. No, non sono sbirri. Ok, glielo dico – poi rivolgendosi a Virginia disse – hanno appena finito di interrogarlo. E' ancora lì dentro. Ma non vuole vedere nessuno. Due euro please".

Appena intascata la moneta accennò col mento verso l'ingresso della discoteca: "Provate ad entrare, tanto la porta è aperta – poi con una risata sguaiata che si chiuse con un violento colpo di tosse continuò – anzi la porta non c'è più. Ricky è alla consolle che sta recuperando i suoi cd, quelli di questa notte. Anche se non vuole parlare con nessuno, magari lo convincete se avete un po' di soldi in tasca".

Jos, preoccupato, chiese a Virginia:

"Ti pare il caso? Quello fa lo spacciatore. Non credo sia così facile farsi restituire il tuo ipod".

"Beh, qui fuori c'è la polizia. Possiamo sempre minacciare di denunciarlo per ricettazione e spaccio".

"Minacciare uno spacciatore? Confermo la mia prima impressione su di te: sei completamente pazza".

"Dai cagasotto, vieni, andiamo da questo Ricky" – disse Virginia prendendo Jos per un braccio e trascinandolo verso l'ingresso della discoteca.

"E voi dove credete di andare?" – li bloccò uno dei poliziotti fermo davanti all'ingresso.

"Siamo dell'impresa di pulizie chiamata dai proprietari della discoteca – disse Virginia – dobbiamo solo entrare un attimo per renderci conto di quanto personale ci servirà quando avremo l'autorizzazione per ripulire il locale".

"Sarà una bella impresa – ridacchiò il poliziotto – lì dentro è un disastro. Andate pure".

Passarono davanti ad un altro poliziotto che non li degnò di uno sguardo, totalmente immerso nelle riprese fotografiche, ed entrarono. Furono colpiti dallo sfacelo dell'ambiente. Pareva fosse passato un tornado: sedie e tavoli rovesciati, cocci di bottiglie e di bicchieri sparsi ovunque. Accanto all'ingresso, segnato con un gesso bianco sul pavimento ancora macchiato di sangue, una sagoma umana, quella del ragazzo morto durante la notte.

I due si avvicinarono alla consolle del dee-jay che troneggiava in fondo alla sala inserita in un grande cubo in plexiglass. Attraverso le pareti trasparenti videro un ragazzo grassoccio completamente rasato ad eccezione di un lungo codino che partendo dal centro della nuca scendeva fin sulle spalle. Il dj era intento ad inserire un centinaio di cd in una grande borsa, dopo averli accuratamente ripuliti ad uno ad uno con un panno.

"Sei tu Ricky?" – chiese Virginia avvicinandosi alla consolle.

"Solo per gli amici. E non mi pare di conoscervi. Se siete poliziotti ho già detto tutto. Sono stato interrogato per più di due ore ".

"Tranquillo, non vogliamo romperti i coglioni, sto solo cercando il mio ipod".

"Lo hai perso qui nel casino di stanotte? E' difficile che lo ritrovi, guarda che sfacelo. E non ho neppure capito che cosa è successo, sembravano tutti strafatti, impazziti".

"Tu eri qui sopra a mettere musica – chiese Jos – insomma, qualcosa di strano lo avrai visto".

"Qualcosa di strano? Porca puttana! Stanotte mi sono calato un acido che mi ha portato un amico da Amsterdam. Mai avuto visioni del genere, sembrava un film horror. Non so che roba fosse ma era veramente potente. Insomma, mi stavo godendo il mio trip quando tutti si sono messi a urlare e a fuggire fuori. Sembrava quasi che anche loro vedessero quello che vedevo io. Ma non avevo passato a nessuno quell'acido super. Solo coca e un po' di metanfetamine. Niente che provochi allucinazioni. Boh, vai a sapere di cosa si sono fatti. Se lo hai perso stanotte in quel puttanaio, puoi salutarlo il tuo ipod".

"Non l'ho perso. Me lo hanno rubato e poi lo hanno venduto a te in cambio di una dose di eroina".

"Ah quell'ipod. Me ne ero persino dimenticato. Guarda, è ancora collegato alle casse della discoteca. Ho trasmesso in sala il contenuto della sua memoria. E' l'ultima cosa che ricordo prima che l'acido mi salisse – Ricky allungò una mano, scollegò il cavo che univa l'apparecchio all'impianto di amplificazione ed osservò con curiosità l'oggetto. – Perché ti interessa tanto? E' vecchio e il display è tutto rigato. Se vuoi te ne posso vendere uno praticamente nuovo. A un prezzo onesto".

"Certo, non dubiterei mai della tua onestà. Il fatto è che sono molto attaccata al mio vecchio ipod. E' un ricordo speciale a cui tengo".

"Capito. Cose di sentimenti. Anch'io sono molto sensibile. Va bene. Allora per trecento euro te lo vendo".

"Ne ho solo cinque – rispose Virginia assumendo un'espressione di sfida – ma potrei sempre chiedere un prestito al poliziotto qui fuori".

"Venduto per cinque euro" – rispose il dj lanciando l'ipod al volo verso i due.

Fu Jos ad acchiapparlo con entrambe le mani.

Virginia gli si accostò e gli bisbigliò nell'orecchio:

"Mentre lo pago tu prova ad ascoltare se il file è ancora presente nell'apparecchio".

Prontamente Jos indossò l'auricolare e fece partire la riproduzione.

Immediatamente la cantilena ossessiva esplose nelle sue orecchie. Jos, immaginando che cosa avrebbe visto, esitò qualche istante prima di alzare gli occhi verso la sala. Ma pur non guardando, gli parve di percepire sul collo una corrente di aria gelida. Allora si fece coraggio e si guardò intorno. Non si stupì nel vedere le molte figure evanescenti che fluttuavano rasenti alle pareti. Giovani, anziani, alcuni coperti di sangue, altri semplicemente soffusi di un pallore mortale si aggiravano incerti scomparendo attraverso le pareti della discoteca per poi riapparire dopo pochi istanti in un altro punto della parete.

Ma la cosa che più lo colpì fu vedere seduto sul pavimento, accanto alla sagoma tracciata a terra col gesso, e alla macchia di sangue, un giovane ragazzo pallidissimo che con lo sguardo disperato e confuso si guardava intorno. Poi fissò Jos e si accorse che lo stava guardando. Allora di colpo si alzò in piedi e si mosse verso di lui ma, invece di camminare, si sollevò a fluttuare a mezz'aria con l'espressione sorpresa e terrorizzata di chi si trova per la prima volta di fronte ad una situazione imprevista e sconosciuta.

Il ragazzo, sempre sospeso a circa un metro sopra al pavimento, alzò gli occhi verso Jos come per implorare una spiegazione mentre altre figure inquietanti gli si avvicinavano ondeggiando nell'aria. Un'anziana donna nuda si rotolava in terra col volto deformato da una folle risata silenziosa. Poi muovendosi a quattro zampe come un cane si spostò verso il ragazzo e si accucciò ad osservarlo digrignando i denti come se stesse per morderlo. Lui la guardò terrorizzato e ancora una volta alzò gli occhi verso Jos in una muta richiesta di aiuto. In quel momento però Jos sentì ancora sul collo quell'aria gelida come uno spiffero tagliente e si voltò di scatto. Francesca, la sua Francesca era lì, dietro di lui, e lo osservava piangendo con l'unico occhio integro nel suo capo distrutto e sanguinante.

Jos, sconvolto, agì d'impulso e schiacciò lo stop sull'apparecchio. La registrazione tacque, la sala tornò deserta.

Allora fece un impercettibile cenno di assenso a Virginia e, con le mani che tremavano, le restituì l'ipod.

Mentre i due si allontanavano verso l'uscita, alle loro spalle Ricky gridò ancora:

"Comunque se vi interessa ho anche degli smartphone ad un ottimo prezzo. E autoradio. Biciclette. Tutto ciò che volete".

Virginia si voltò e gli rispose:

"Grazie, ne terrò conto. Ciao".

Uscendo dalla discoteca Jos evitò accuratamente di passare troppo vicino alla sagoma disegnata sul pavimento, ma guardando in quella direzione, si fermò per un attimo, scosse il capo e alzò un braccio in segno di saluto.

Appena fuori, i due accelerarono il passo verso il collegio universitario.

"Funziona ancora, vero? L'ho capito dal tuo sguardo nella discoteca, sei diventato pallido come un cencio – disse Virginia – raccontami cosa hai visto. Anzi no, posso immaginarlo. Voglio solo nuovamente parlare con Kurt Cobain e questa volta ci sarai anche tu. Così ti convincerai che si tratta proprio del suo fantasma. E cercheremo di capire che cosa vuole da noi".

Jos non rispose. L'immagine di Francesca che lo guardava continuava ad ossessionarlo.

No, non era un'allucinazione. I fenomeni inspiegati non diventano improvvisamente spiegabili solo incollandoci sopra un'etichetta con su scritto ciò che ci fa comodo pensare. Ora Jos era sicuro: queste cose incomprensibili esistono. Come esiste il fulmine, che era un fenomeno misterioso fino a che l'uomo ha scoperto l'elettricità.

E quindi Kurt Cobain aveva veramente tentato di comunicare con Virginia. E anche Francesca, aveva comunicato con lui. La sua Francesca. Presente da qualche parte, forse proprio lì al suo fianco, che camminava tentando di appoggiare una mano sulla sua spalla destra come faceva sempre quando camminavano insieme. Jos accarezzò il ciondolo a forma di sax, e gli parve quasi di sentire il profumo di Francesca. Il suo pensiero si perse nel ricordo. Ora, che aveva scelto di mettere da parte le sue certezze di uomo pragmatico, si sentiva quasi confortato: Marta aveva delle doti di medium e, tramite lei, avrebbe potuto parlare direttamente con Francesca, ancora una volta. Una volta? No. Molte volte, infinite volte. Se veramente quel file era il mezzo per poter stare ancora accanto al suo grande amore...nessuno glielo avrebbe portato via. Fu allora che decise che non dovevano rivelare al mondo quello che avevano scoperto. Avrebbe dovuto condividere il segreto con Marta e Virginia, le avrebbe saputo convincere. A Virginia avrebbe fatto presente che, non dicendo nulla a nessuno, tramite Marta, avrebbe potuto parlare e stare accanto a Kurt Cobain ogni volta che lo avesse voluto. Forse Marta sarebbe stata un po' più difficile da convincere ad accettare di essere una medium, ma ci sarebbe riuscito, ormai Marta era un'amica. E infine il professor Mattioli, con le sue ambizioni da premio Nobel, avrebbe continuato a credere che non esisteva più alcuna copia del file.

Jos e Virginia erano giunti a poche decine di metri dal collegio universitario quando il telefono di Jos squillò. Sul display apparve il nome di Marta. Strano: nonostante in quel momento stesse pensando a Francesca, quel nome gli provocò un'emozione indescrivibile. Il pensiero della sua ragazza morta venne alleviato e quasi offuscato dal viso bellissimo di Marta. Poi pensò al suo piccolo seno bianco, al tatuaggio che lo percorreva e scendeva giù fino all'inguine, e venne preso da un senso di imbarazzo. Com'era possibile provare queste sensazioni per un'altra ragazza che non fosse Francesca e si sentì quasi come se fosse stato sorpreso in flagrante tradimento. Ma non era così: Francesca era morta da tre anni e con Marta non era successo nulla.

"Ciao Jos, stai lavorando? Avevo voglia di sentire la tua voce – disse Marta – grazie per ieri notte. E' stato bello parlare con te. Ho sentito qualcosa di incomprensibile che mi portava a confidarmi, raccontarti i cazzi miei. Come se ti conoscessi da sempre. Strano, no?".

Il ragazzo esitò. Anche lui si era sentito bene nel confidarsi con Marta. Avrebbe voluto dirglielo, ma la presenza accanto a lui di Virginia lo frenava.

"Grazie Marta, anche a me non succede spesso di parlare con qualcuno così, tranquillamente, senza imbarazzo. Quando ci siamo lasciati pensavo che la serata fosse finita e invece…sono successe ancora un sacco di cose".

"Un sacco di cose alle due di notte? Cosa mai può succedere a quell'ora? Credevo te ne fossi andato a dormire".

"Sto venendo da te al campus. Ti spiegherò tutto: parleremo anche dei fantasmi. Sono sicuro che Mattioli si è sbagliato. E stanotte la tua amica Virginia mi ha raccontato delle cose che fino a ieri non avrei mai creduto".

"Hai passato la notte con Virginia? – disse Marta stupita, ma senza riuscire a nascondere con una risatina indifferente un pizzico di disappunto – vatti a fidare delle amiche. Che zoccolona la mia migliore amica!"

"No, ma cosa vai a pensare – rise Jos – dopo che ci siamo lasciati, stanotte, è successo di tutto…meno il sesso! Fantasmi, polizia, scippi. Saliamo da te in collegio e ti raccontiamo".

"Saliamo? Virginia è ancora con te? Passamela quella stronza, ieri non mi ha avvisata che non sarebbe rientrata e mi ha fatta preoccupare".

Come Jos passò il telefono a Virginia, Marta esplose:

"Virginia, finalmente, ti costava tanto telefonarmi stanotte? Mi sono preoccupata un sacco".

La ragazza, con molto impaccio, le anticipò qualcosa degli avvenimenti di quella notte.

"Così sei restata nel negozio di Jos – disse Marta – non averti trovata nella tua camera ieri sera mi ha mandata in palla. Ti avrò lasciato cento messaggi sul cellulare".

"Che io non ho letto perché il telefono lo avevo dimenticato in camera. Ma, forse, è stata una fortuna: se lo avessi avuto con me, il tossico me lo avrebbe sicuramente scippato. E dopo una rapina e vari contatti con l'aldilà, questa notte non me la sono proprio sentita di rientrare in collegio".

"E bravo Jos. Passa la serata a confidarsi con me…e subito dopo la notte con la mia migliore amica – disse Marta, scherzando, ma non troppo – lo so che Jos è una persona molto rassicurante ma spero che tu non ne abbia approfittato, poverino. Lui non lo sa che sei un po' ninfomane. Voglio un racconto dettagliato di ciò che avete fatto per tutta la notte".

"L'ho capito che ti piace, ma non preoccuparti, ero troppo sconvolta per pensare a ciò che stai insinuando con la tua domanda. Ho passato la notte ad ascoltare jazz, quella cazzo di musica che non si capisce nulla. Comunque, se veramente lui ti piace, prima di imbarcarti in una storia prova a chiedergli che cosa pensa delle "ragazze cinesi".

"Ragazze cinesi? Cosa vuoi dire?" – chiese Marta stupita.

"Boh, non so. Stanotte quando sono stata scippata…" – disse strizzando l'occhio a Jos.

Lui, con un balzo, strappò di mano la cornetta a Virginia.

"Marta, siamo proprio davanti al collegio. Tra un attimo siamo su da te. Ho proprio voglia di rivederti. Ma no, quali ragazze cinesi, si parlava di politica…sai Mao Tse Tung, la lunga marcia eccetera: Virginia ha capito male". Poi, chiudendo la comunicazione, guardò fisso Virginia e le disse:

"Se ti azzardi a dirle dove mi hai visto questa notte…" – e lasciò in sospeso la frase anche perché non avrebbe saputo come terminarla. Le minacce non facevano parte del suo carattere.

"Uh che paura che mi fai! – ridacchiò Virginia – Tranquillo puttaniere, non rovinerò la tua immagine con la mia amica. Credo che sia la prima volta che la vedo così interessata ad un ragazzo".

"Davvero? – disse Jos guardando Virginia tra il sorpreso e il lusingato mentre, dopo aver rinunciato ad attendere l'ascensore occupato, salivano le scale del residence universitario – Marta è una persona che ti mette a tuo agio. Mi piace, sa darti molto. Come amica naturalmente". Virginia non gli rispose perché, guardando verso l'alto la tromba delle scale che stavano salendo, non poté fare a meno di pensare al fantasma del muratore che aveva visto il giorno prima proprio su quei gradini. Pensò che lui, probabilmente, continuava nel suo folle salire e scendere rotolando da quelle scale. Jos, invece, tutto preso dal pensiero di Marta non si accorse del turbamento della ragazza e continuò:

"Credo che il suo aspetto dark e i suoi atteggiamenti aggressivi, a prima vista, possano confondere. Quando l'ho conosciuta, in realtà quando mi ha investito con la sua bicicletta, non mi è piaciuta del tutto. Anche se, devo dire, non ho potuto fare a meno di accorgermi di quanto è bella. Bella e stronza, ho pensato. Ma ieri sera abbiamo parlato molto. Ho capito che è una ragazza dolcissima e che il suo look così hard è solo una corazza per non rivelarsi".

"Possibile che tutti si innamorino di Marta a prima vista? – disse Virginia simulando l'invidia – ti avviso che la maggior parte di chi ci ha provato con lei ci ha sbattuto il naso sonoramente".

"Ma che dici? Innamorato? La conosco solo da ieri e poi…non sono portato per questo genere di sentimenti. Penso che tu l'abbia capito no? Sono stato innamorato una sola

277

volta e non è finita bene. Quello che intendevo è che quella ragazza emana un qualcosa di magnetico che ti porta a confidarti con lei".

"Magnetismo? Sì, forse è proprio la parola giusta. Credo che, suo malgrado, abbia ereditato dalla nonna medium delle facoltà sensitive – rispose Virginia – sarà dura farglielo ammettere ma, per lo meno ora con tutto quello che è successo, non potrà più dire che sono tutte cazzate".

"Anch'io non ho mai creduto ai medium. Ma ora, forse sì. Nessuno può negare che a Marta sia successo qualcosa di diverso rispetto a noi e alle nostre visioni. Ormai non me la sento più di chiamarle allucinazioni. L'effetto su di lei è stato così totale da farle perdere il controllo di se stessa..."

Intanto erano giunti davanti alla camera 311, quella di Marta, e Virginia si voltò verso di lui, prima di bussare alla porta dicendo:

"Infatti come una medium che cade in trance, Marta è stata posseduta dai defunti".

Marta, che evidentemente li stava attendendo accanto alla porta, udì quella frase e aprì ridendo.

"Visto? Grazie alle mie capacità di medium, posso aprire la porta a qualcuno prima ancora che bussi! – poi scostandosi per far passare i due continuò – non badate al disordine. Lo spirito guida della mia colf oggi non è ancora passato a far le pulizie".

Jos fu ancora una volta sorpreso da quanto Marta fosse bella. Persino così, vista al mattino, senza il trucco pesante con cui amava uscire, con gli occhi un po' gonfi di chi ha studiato sui libri fino a un attimo prima, con i pantaloni sformati della tuta e una leggera T-shirt attraverso cui si intravedeva il piccolo rilievo dei capezzoli, Marta emanava una sensualità magnetica a cui Jos non riusciva ad essere indifferente.

"Accomodatevi amici" – disse Marta indicando il letto e l'unica sedia della stanza accanto al tavolo del computer. Lei spostò i libri e il quaderno degli appunti e si sedette sulla scrivania.

"Allora veramente pensate che io sia una medium? Che tutto quello che mi è successo nasca da una facoltà che ho ereditato da mia nonna? Per me è una cosa molto dura da accettare. E' una facoltà che mia nonna affermava di avere e in cui io non ho mai creduto.

"Ormai è inutile negarlo. Credo proprio di sì – disse Jos – le vibrazioni provocate dal testo di quel libro hanno risvegliato in qualche modo un tuo potere latente".

"E sono stata posseduta! Cazzo, per una che non ama il sesso, essere posseduta per ben tre volte in due giorni è un vero record".

Jos sospirò e rispose:

"Mattioli ha detto un sacco di cazzate. Non è possibile che siano allucinazioni quelle che abbiamo vissuto tutti noi. La sua teoria sulla ghiandola pineale è come arrampicarsi sui vetri. Potrebbe ancora avere un senso se gli effetti fossero solo quelli di aver visto persone morte di cui serbiamo un ricordo latente com'è successo a me e Virginia. Ma per quel che riguarda te, Marta, è ridicolo pensare che la tua ghiandola pineale ti abbia portata leggere nel mio cervello, come dice Mattioli, per una sorta di 'empatia telepatica'. Ma come si fa a credere che tu ti sia immedesimata in persone di cui non conoscevi neppure l'esistenza? Io credo che dobbiamo accettare qualcosa che finora io e te abbiamo rifiutato".

"Il soprannaturale? – disse Marta – Ok, proviamo ad accettarlo. Però, da quel che ricordo del mio corso di neurodiagnostica, Mattioli non ha torto affermando che quelle vibrazioni agiscono sulla ghiandola pineale. Il suo errore, invece, potrebbe essere sugli effetti di questa azione. Forse, veramente, la stimolazione di questa ghiandola ci apre una finestra su un mondo invisibile".

"Ed alcune persone come te e tua nonna – la interruppe Jos – grazie ad una ghiandola pineale più sviluppata della media, potrebbero interagire con tutto il loro cervello con gli abitanti di quel mondo".

"Il mondo delle persone morte – concluse quasi trionfante Virginia – io so di aver visto dei veri fantasmi". Poi raccontò all'amica di ciò che le era successo la notte precedente, dall'incontro con Kurt Cobain allo scippo dell'ipod e al suo successivo ritrovamento nella discoteca. Jos assentiva silenziosamente poi vedendo ancora qualche traccia di perplessità negli occhi bellissimi di Marta, intervenne:

"E se ancora ti resta qualche dubbio, cara Marta, – disse porgendole l'ipod di Virginia – abbiamo la possibilità di provare ancora una volta il potere del libro".

Marta, tornata improvvisamente seria, mormorò:

"Non è che sia molto felice di rischiare di nuovo di perdere il controllo di me stessa. Vi assicuro che non è una bella sensazione".

"Ma tu devi farlo, per favore – disse Virginia – ho delle cose in sospeso con Kurt Cobain. Se riuscirà a parlarmi tramite te, finalmente, potrò sapere che cosa vuole da me. Così capiremo che cosa significa la parola 'sette' che ho decifrato dal movimento delle sue labbra".

Solo Jos, pur desiderandolo enormemente, esitava nel dire a Marta il perché avrebbe voluto con tutte le sue forze che lei si sottoponesse ancora a quell'esperienza. E intanto sentiva una leggera corrente di aria fredda che accarezzava il suo volto. Per un attimo gli sembrò persino di percepire il profumo di Francesca. Alzò gli occhi e guardò Marta. Anche lei lo guardò e capì.

"Tu vorresti ancora parlare con la tua Francesca, vero? – disse Marta – non sarò di sicuro io a negartelo. In fondo, grazie a lei, ho provato per qualche minuto che cosa si sente nell'essere innamorati. Una sensazione nuova, per me".

Ma solo Virginia percepì nel tono della sua amica un fondo di profonda tristezza.

"Ascolterai solo tu la registrazione con gli auricolari – disse Jos – Noi saremo vicini a te e saremo pronti a bloccare l'ipod se dovesse succedere qualcosa di pericoloso".

"Tipo se venissi posseduta da un serial killer" – disse Marta sorridendo senza convinzione. Pensava alla sera prima quando, posseduta dalla donna impazzita, aveva aggredito il professore ferendolo col bisturi.

Jos si guardò intorno: continuava a sentire quella corrente di aria fredda e ne cercò l'origine. Non c'erano finestre o porte aperte.

"Sei tu, Francesca? – pensò socchiudendo gli occhi – per favore dammi un segno, fammi capire se sei veramente tu".

In quel momento un trillo acuto ruppe l'improvviso silenzio che si era creato nella stanza facendo sobbalzare i tre.

Era il cellulare di Jos.

Sul display era apparsa la scritta "Numero sconosciuto".

Capitolo 20

Quella notte la strada statale per Vienna rimase bloccata per parecchie ore. Mühlbauer si aggirava (fluttuava?) disorientato fra quella gente impegnata a ripulire la carreggiata e a sgombrarla dai resti dell'Audi distrutta. Si mosse davanti a loro (passò attraverso di loro) e nessuno diede alcun segno di averlo visto o percepito. L'auto era completamente bruciata. Si avvicinò ad essa.

Un dubbio atroce, quasi una certezza, rodeva la sua mente come un terribile tarlo.

Accanto alla macchina, un corpo semicarbonizzato. Il suo.

Mühlbauer lo guardò disperato. Era solo una conferma a ciò che aveva già immaginato. Ciò che stava per accadere gli era apparso evidente nel momento stesso in cui, con gli occhi sbarrati, in una frazione di secondo, aveva visto il muso del camion a non più di un metro davanti alla sua macchina lanciata ad altissima velocità.

"Sto per morire" – aveva pensato e poi, dopo lo schianto, si era lasciato avvolgere dall'oscurità.

Ed ora spaventato, disperato ma anche sbigottito, osservava il lavorio dei soccorritori intorno a lui.

"Così io sarei morto – pensò – questa dunque sarebbe la morte. La vita dopo la morte".

Fino a quel momento Mühlbauer aveva considerato la vita come un sistema binario: 0 oppure 1. O sei vivo o sei morto, non c'era spazio per altre possibilità. Come quella che stava vivendo in questo momento. Eppure faticava a considerarsi morto: il suo cervello pensava esattamente come prima, le sue emozioni erano uguali ed anche i suoi ricordi. Non si sentiva né migliore né peggiore di prima. Solo il dolore fisico pareva non esistere più, provò a pizzicarsi un braccio con tutte le sue forze senza sentire nulla. Già non aveva più un corpo con cui provare dolore. Solo il ricordo di un corpo che si materializzava ai suoi occhi quasi fosse reale.

Mosse qualche passo incerto. Si accorse di essere in grado di muoversi anche senza camminare, semplicemente pensandolo. Ma la forza dell'abitudine lo spingeva comunque a muovere gli arti (ciò che restava degli arti, un semplice ricordo) in sincronia con lo spostamento. Chiuse gli occhi (pensò di chiudere gli occhi) e si ritrovò nel buio dei suoi pensieri: così, senza vedere il mondo in movimento intorno a sé, gli parve che non fosse cambiato nulla da prima dell'incidente. Non sentiva alcun dolore, neppure quella leggera fitta al menisco che, dopo una caduta sugli sci, lo tormentava da anni. Riaprì gli occhi e si guardò intorno.

"Purtroppo non è un incubo: ho ancora, nitidi dentro di me, tutti i miei pensieri, le mie sensazioni, i miei desideri. Vedo la gente intorno a me, persone vive".

Ma no, non era così. Aguzzò lo sguardo. La zona di luce delle lampade alogene si interrompeva bruscamente ai limiti del buio della campagna circostante. E allora li vide spuntare dalle ombre. La gente come lui: esseri indefinibili, figure pallide che si muovevano fra i vivi aggirandosi senza una meta apparente. Gli passavano accanto o attraverso di lui senza alzare gli occhi a guardarlo quasi dessero per scontata la sua presenza. Alcuni tacevano, altri parlavano tra di loro a bassa voce. Alcuni parevano tranquilli mentre altri si muovevano in modo scomposto atteggiando il viso a smorfie spaventose piene di follia.

Un pensiero improvviso lo distolse per un attimo dal suo terrore:

"Aldilà? Paradiso? Inferno? Dove mi trovo? Forse da un momento all'altro mi appariranno anche gli angeli con le ali oppure il dio del giudizio universale per smontare definitivamente la mia 'fede atea' di tutta una vita".

Si avvicinò ad una delle auto della polizia ferme a bordo strada e si specchiò nel riflesso dei finestrini. Ciò che vide lo fece rabbrividire: il volto che lo fissava riflesso dal cristallo era la copia esatta del proprio viso carbonizzato, come lo aveva visto un minuto prima sdraiato sull'asfalto, semicoperto da un lenzuolo che il vento continuava a spostare. Gli occhi non esistevano più: solo due orbite vuote in cui i bulbi si erano sciolti per il calore. Sul cranio, dei suoi folti capelli bianchi, erano rimasti pochi ciuffi carbonizzati. Si guardò le mani. Anche queste erano nere e gonfie, terribili da vedersi. Ma, fissandole sconcertato, si accorse che, concentrandosi sul ricordo delle sue mani prima dell'incidente, pian piano esse assumevano il colore e la forma slanciata che avevano avuto per tutta la vita. Ma il loro aspetto durava solo per un attimo. Appena l'intensità della concentrazione sul ricordo del proprio corpo diveniva troppo faticosa e il suo pensiero si distraeva, immediatamente le mani tornavano ad essere quei terribili tronconi carbonizzati. Ed anche il viso, riflesso dal finestrino, che per un attimo era stato il suo volto di sempre, si ritrasformava in quell'orrido simulacro senza espressione.

"Quindi mi sono trasformato in un mostro. Ma, concentrandomi, riesco ad assumere un aspetto meno orribile. Anche se non vedo perché dovrei farlo.".

Mühlbauer fece qualche prova e si accorse che poteva addirittura specchiarsi nel finestrino dell'auto assumendo il bellissimo viso imberbe che aveva da adolescente.

Bastava uno sforzo per assumere l'aspetto migliore che ricordava di sé stesso. Ma la fatica mentale era eccessiva e, dopo pochi secondi, era costretto a tornare ad essere un povero corpo bruciato. Comunque, guardandosi intorno, capì anche che il suo aspetto non creava nessuno sguardo di stupore o di raccapriccio nelle figure che fluttuavano intorno a lui. Queste si limitavano ad osservarlo per un attimo per poi riprendere immediatamente il loro vagare che pareva senza meta. Mühlbauer si sentiva smarrito, disperatamente triste. Credette di piangere ma sapeva che dai suoi occhi non scendeva alcuna lacrima. Lui, che per tutta la vita aveva preferito la solitudine rifiutando di cedere a sentimenti di amore o di amicizia e godendo solo della compagnia delle opere d'arte che accumulava nella sua casa, ora, per la prima volta, si sentiva terribilmente solo.

Poi, una serie di urla terribili coprirono il mormorio dei poliziotti e dei soccorritori che, senza udire nulla, continuarono indifferenti il loro lavoro.

Mühlbauer alzò lo sguardo verso la direzione da cui giungevano le grida.

Vide l'ambulanza che era ferma a bordo strada con i lampeggianti accesi. Accanto ad essa, parecchie figure evanescenti osservavano, quasi si trattasse di uno spettacolo, un uomo semicalvo, grassoccio dall'aspetto sgradevole che, muovendosi a scatti fra i poliziotti e gli infermieri, urlava disperatamente . Sarebbe potuto apparire come un qualunque impiegato di un ufficio postale o un commesso di macelleria se non fosse stato per lo sguardo terribile che gli deformava il volto in una smorfia di rabbia, rendendolo spaventoso. Mühlbauer rabbridivì. L'uomo urlava a squarciagola le più oscene bestemmie in tedesco poi si avvicinava ai poliziotti con fare aggressivo tentando di adunghiarli con le mani ad artiglio. Ma le sue braccia passavano attraverso il loro corpo senza che essi si accorgessero di nulla. Allora si gettava a terra e si rotolava continuando ad urlare.

Era veramente surreale osservare l'indifferenza con cui le persone (quelle vive) continuavano le loro attività senza il minimo segno di aver udito il suo ruggito assordante. Alcuni morti, invece, si erano arrestati a fissare l'uomo.

Poi lui cessò di urlare e, dopo essersi guardato intorno con aria terrorizzata, si sedette a terra con le mani sul volto. Poi, come fosse di colpo cessata la sua follia, con voce calma in un tedesco indurito dal forte accento berlinese disse:

"Aiutatemi, non voglio morire. Ho paura!". Poi il suo corpo già appena percettibile nella semioscurità si dissolse nell'aria fino a scomparire del tutto.

Mühlbauer lo guardava sconcertato: come poteva un morto non aver ancora superato la paura di morire? Una delle figure evanescenti, si trattava di una donna, scosse la testa con tristezza guardando il punto in cui l'uomo pazzo era scomparso. Un uomo a cui mancava un braccio, vestito con una camicia stracciata e piena di sangue, le si avvicinò e le mormorò alcune parole a voce talmente bassa che a Mühl bauer giunsero solo come un bisbiglio incomprensibile. Altre figure evanescenti parlavano tra di loro e le voci dei vivi e dei morti si mischiavano in un brusio indistinto da cui, di tanto in tanto, una parola emergeva avulsa dal suo contesto.

Era talmente concentrato nel tentare di decifrare i discorsi intorno a sé che sobbalzò, quando gli parve di udire all'improvviso un movimento alle sue spalle. Si voltò di scatto.

Si ritrovò faccia a faccia con una pallidissima donna dal volto emaciato e gli occhi malati che lo fissava con aria confusa. Indossava una camicia da notte chiara.

Mühlbauer pensò che se mai avesse dovuto immaginare l'aspetto di un fantasma, sarebbe stato esattamente come quella donna. La pelle tirata e tanto trasparente da far intravedere le vene bluastre come quella delle salme, le profonde occhiaie scure che contrastavano con il viso bianchissimo, gli occhi socchiusi in una fessura priva di pupille: tutto contribuiva a fare di lei un'immagine spaventosa. L'uomo, rabbrividendo, arretrò di un passo mentre la donna si protendeva verso di lui.

"Chi sono io? – chiedeva la donna – aiutami per favore. Non ricordo più nulla. Devo...".

La donna si interruppe e socchiuse la bocca mostrando i denti marci chinandosi in avanti come se fosse stata presa da un conato di vomito.

Mühlbauer continuava ad arretrare scuotendo la testa mentre un senso di raccapriccio gli impediva di parlare.

"Ho bisogno delle mie medicine. Sai dov'è la mia casa? Poco tempo fa lo sapevo. Ora ho dimenticato tutto e non riesco a ritrovare nulla che mi aiuti a tornare a casa. Prima... ero coi miei bambini, ne sono sicura. Stavamo vicini vicini. Uno di loro mi ha guardato e si è messo ad urlare di paura. Ma io non volevo spaventarli. Volevo solo stare vicino, sentire il loro profumo. Due figli, avevo. O forse tre. Ma ora sono grandi, sono uomini. Adesso loro sono molto molto più vecchi di me. E' tutto così confuso".

Mühlbauer pensò che doveva vincere il senso di smarrimento che stava provando. Quella donna era esattamente come lui. Doveva rassegnarsi, vincere il terrore e tentare di capire quale fosse la sua situazione. Smise di arretrare e si lasciò avvicinare dalla donna.

"Non ricordi quanti figli avevi?" – chiese Mühlbauer allungando la sua mano verso il suo volto diafano e passandoci attraverso.

"Figli? Non so se avevo dei figli – poi alzò di scatto il viso allucinato verso l'uomo e sibilò: "E tu te lo ricordi, brutto idiota? Ricordi ancora chi eri? Rassegnati. In qualche anno perderai anche tu tutto il tuo mondo – grido la donna con un improvviso cambio di tono, passando dalla tristezza alla rabbia. Poi sputò in faccia a Mühlbauer e si allontanò nell'oscurità. Lo sputo passò attraverso il suo viso e cadde a terra alle sue spalle. La donna si allontanò di una decina di metri urlando parole indistinte poi si voltò ed iniziò a ridere sempre più sguaiatamente. Continuando a fissare Mühlbauer prese a camminare all'indietro velocemente col viso deformato da smorfie di scherno.

Poi, cambiando voce e assumendo un timbro infantile, iniziò a canterellare, muovendo il corpo in un simulacro di danza:

"Sono una bambina, ho solo cinque anni,
sono una bambina molto piccolina".

Mühlbauer la seguì con lo sguardo pensando che forse, sì, questo in cui si trovava, era veramente l'inferno. La notte buia, i lampeggianti della polizia e decine di figure fluttuanti nell'aria a volte talmente solide da non distinguersi dai vivi, altre volte trasparenti e diafane come meduse, alcuni vestiti di tutto punto, altri avvolti in sudari, altri ancora del tutto nudi, creavano un insieme che pareva la versione moderna di un quadro di Bosch.

Continuò a fissare la donna che si allontanava nel buio, sempre più lontano. E quando era quasi scomparsa nell'oscurità dei campi a lato della strada, di colpo, la vide fermarsi come se una barriera impercettibile non le permettesse di proseguire. La donna prese ad urlare e a battere i pugni nell'aria, cercando di superare un invisibile ostacolo ma, alla fine, si lasciò cadere per terra piangendo e ridendo insieme. In quello stesso momento Mühlbauer udì che, alle sue spalle, veniva avviato il motore di un'auto. Era una delle centinaia di auto ferme in coda sulla strada bloccata dalla polizia per l'incidente. Probabilmente il conducente, stanco di attendere che venisse riaperta la circolazione, aveva deciso di tornare indietro e stava compiendo una complicata manovra di inversione a U.

Come la macchina partì, Mühlbauer vide qualcosa che lo sconcertò.

La donna, che era accovacciata a un centinaio di metri da lui e si teneva il viso fra le mani, di colpo, si alzò in volo come se fosse trascinata da un'invisibile fune. Urlando, passò ad altissima velocità, come un bianco meteorite, sopra la testa di Mühlbauer, per poi ricadere sull'auto appena partita che aveva già preso velocità e si stava allontanando lungo la strada. Il corpo della donna non si fermò sul tettuccio ma vi "fluì" attraverso e scomparve, come se venisse assorbito dall'auto stessa.

Questa volta Mühlbauer perse veramente il controllo di se stesso. "Qualcuno mi parli – urlò disperato – qualcuno mi spieghi dove siamo, qualcuno mi dica cosa sta succedendo, voglio sapere perché ora sono un morto che cammina!"

E, alle sue spalle, una voce pacata gli rispose.

"Se vuoi posso darti una mano".

Mühlbauer si voltò di scatto e vide accanto a sé un uomo non più alto di sessanta centimetri, un nano elegantemente vestito in giacca e cravatta col volto segnato da una profonda ferita sanguinolenta che lo attraversava dal mento alla fronte.

"Ciao. Mi chiamo Freddy e nell'altra vita, pur essendo laureato in fisica nucleare, facevo l'attrazione in un circo. Si guadagna di più che fare il ricercatore. Immagino che tu sia appena arrivato – disse il nano – ti vedo un po' smarrito".

"Sì, ero in quella macchina bruciata. Sono morto per l'incidente".

"Morto? – il nano esplose in una risata – ma che stupidaggine! Tutti quelli che arrivano da questa parte, per prima cosa, pensano di essere morti".

Mühlbauer lo guardò sbigottito.

"Credi che se io e te fossimo morti, potremmo chiacchierare amabilmente come stiamo facendo ora? – continuò il nano – Sei convinto di essere un fantasma? Che cazzata, i fantasmi non esistono".

"Beh se quel corpo carbonizzato che vedo accanto alla mia macchina è il mio – rispose Mühlbauer indicando col mento il lenzuolo steso sull'asfalto – non vedo cosa altro potrei essere".

"Hai visto quanti pazzi intorno a te? Hai visto l'odio negli occhi di quella donna? E tu pensi che un fantasma possa odiare? O perdere la memoria? O impazzire? Sono tutte caratteristiche delle persone vive queste, non dei morti o dei fantasmi. Vedrai, se avrai la fortuna di vivere a lungo, quante di queste persone trasparenti impazziranno e poi, dopo qualche anno moriranno. E questa volta davvero".

"Vivere a lungo?"

"Ascolta amico. Posso dirti tutto ciò che so, ma dobbiamo avvicinarci all'ambulanza. Non vorrei volare via a metà di un discorso, come ha fatto quella donna un attimo fa, se l'ambulanza dovesse partire".

Il nano con un cenno invitò Mühlbauer a seguirlo e andò verso l'ambulanza. Passarono accanto a due poliziotti che parlavano tra di loro tenendo fra le mani il telefonino che uno dei due aveva raccolto nel prato.

"Ecco il mio telefonino – disse Mühlbauer guardandoli – probabilmente è schizzato via dal cruscotto attraverso il finestrino. Peccato che ora non mi serva più".

"Sbagliato. Quel telefonino ti sarà più utile ora di prima" – disse il nano sorridendo.

"Vuoi dire che possiamo telefonare? – balbettò sempre più sbigottito Mühlbauer.

"Ma no! Quel telefonino tu non potrai mai più prenderlo in mano né comporre un numero. Ma grazie ad esso potrai scegliere se andartene di qui seguendo il tuo cellulare oppure seguendo il tuo corpo carbonizzato all'obitorio".

"Cosa vuoi dire? E poi tu chi sei Freddy, una specie di Caronte? Una guida all'aldilà?"

"Ok. Né guida né Caronte. Solo uno arrivato prima di te che ha avuto il tempo di capire qualche cosa della nostra condizione. Sono così da oltre sei anni e, per fortuna, non ho ancora manifestato i sintomi del decadimento psichico, che prima o poi prenderà tutti noi. E in questi sei anni ho capito varie cose. Noi non siamo morti. Semplicemente gli atomi e le molecole del nostro pensiero, liberate dal nostro corpo vagano libere in in attesa di dissolversi anche loro prima nella pazzia e poi, alla fine, nella morte".

"Ma se non siamo morti, cosa siamo?" – chiese sempre

più sconcertato Mühlbauer.

"Siamo vivi, amico mio. Semplicemente vivi. Siamo i pensieri, un tempo imprigionati nel nostro cervello, soprav-vissuti al nostro corpo. Non perché il pensiero sia immortale. Semplicemente è più longevo. Anche se tende a deteriorarsi piuttosto rapidamente. Io per esempio ho dei vuoti di me-moria sempre più frequenti. Ma non sono ancora impazzito come la maggior parte di quelli che vedi intorno a te".

"Così la pazzia è il nostro futuro sicuro?"

"La pazzia, per un periodo di qualche anno. E poi, final-mente, la morte. Ovvero il dissolvimento totale degli atomi e delle cellule cerebrali".

"E poi?" – chiese Mühlbauer

Il nano, con una risata, rispose:

"Questo non te lo so proprio dire. Paradiso? Inferno? Chi ci crede pensa ci sia un aldilà, ma io sono convinto che sarà veramente la fine di tutto. Sono rimasto ateo e razionalista nonostante la mia situazione attuale. Noi ora non siamo altro che pensieri morenti".

"Pensieri morenti – rispose pensosamente Mühlbauer – così l'enigma della morte non si risolve neppure…dopo la morte".

"Prima o poi risolverai anche quello. Ma tutto sommato, meglio il più tardi possibile. Sei appena arrivato e il tuo pen-siero, probabilmente, funzionerà a pieno regime per almeno 7 o 8 anni. Da quel che ho visto guardandomi intorno, la cosa è molto variabile. Quelli che muoiono anziani hanno logica-mente delle cellule cerebrali già piuttosto deteriorate dall'ar-teriosclerosi o dall'Alzheimer. Questi, tempo pochi mesi, impazziscono del tutto. Ho conosciuto gente che, invece, è rimasta lucida per oltre una dozzina di anni. Se ci pensi è tut-to piuttosto logico. Ed è strano che nessuno degli scienziati cervelloni e premi Nobel non si sia mai posto il problema di dove finissero le molecole di DNA dopo la morte. Tutte quelle informazioni che determinano il body mind. La materia non si può creare, né distruggere, e come tu stesso ora puoi vedere, il flusso delle informazioni biologiche non è sparito con la tua morte ma si è trasformato in un'altra realtà".

Parlando erano arrivati accanto all'ambulanza. Tutto intorno ad essa le figure evanescenti brulicavano confondendosi l'una con l'altra e c'era un vocio confuso, frasi spezzettate, risate folli, insulti volgari e urla di rabbia. Mani adunche, semitrasparenti, tentavano senza alcun successo di artigliare gli infermieri.

"Vedi? – disse ancora il nano – quanto odio e aggressività verso chi vive ancora col proprio corpo? Il primo sintomo della pazzia, oltre alla perdita della memoria, è la voglia irresistibile di fare del male a chi un corpo lo possiede ancora. Invidia per la loro vita forse, risentimento o chissà che cosa".

"Per fortuna non c'è alcuna possibilità di farlo" – disse Mühlbauer guardando preoccupato un uomo che con furia omicida tentava di azzannare con la bocca spalancata la gola dell'autista dell'ambulanza.

"Non è detto, sai? Non hai mai incontrato un medium? Un vero medium, intendo, non i molti ciarlatani che affermano di esserlo. Ci sono fra i vivi persone particolarmente sensibili, che possono entrare in comunicazione con noi. Loro sono convinti di possedere il dono di comunicare col mondo dei defunti ma, in realtà, hanno semplicemente sviluppato più degli altri una normale facoltà cerebrale ormai quasi atrofizzata nell'evoluzione umana, una specie di telepatia. Se hai la fortuna di ritrovarti accanto ad uno di loro puoi parlargli o, addirittura, possedere il suo corpo per qualche minuto. E allora, se hai voglia di uccidere, puoi farlo. Ma sarebbe un grosso spreco per una possibilità che potrebbe essere utilizzata in modo molto più piacevole. Non mi è mai successo di poter prendere il controllo del corpo di qualcuno, ma se dovesse capitare, la prima cosa che farei sarebbe una bella scopata. Perché, te ne accorgerai, il sesso ci manca. Quanta parte del nostro pensiero in passato è stato dominato dal sesso? Ed anche ora, purtroppo, continua ad essere così. Solo che ci manca un corpo con cui soddisfarlo".

In quel momento, dall'interno dell'ambulanza, sentirono la voce di un infermiere che parlava alla radio con la centrale.

"L'autista del camion è illeso ma è ancora sotto shock. Cosa dobbiamo fare, lo portiamo in ospedale per un controllo o lo lasciamo tornare in città con la polizia?".

"Se non ha ferite o contusioni, lasciatelo alla polizia. Voi tornate in centrale che potrei avere bisogno voi per qualche urgenza".

"D'accordo – rispose l'infermiere – recupero i colleghi che stanno parlando con i necrofori e torniamo in sede".

Il nano si rivolse a Mühlbauer:

"Hai sentito? L'ambulanza sta per partire, mi sa che ci dobbiamo salutare".

"Perché?"

"Non ti ho ancora detto la cosa più importante della nostra situazione: siamo indissolubilmente legati a frammenti del nostro vecchio corpo. Anche minuscoli, infinitesimali. I pensieri dopo anni di simbiosi col corpo non possono separarsi del tutto da esso. E' sufficiente un oggetto su cui sia rimasto il nostro sudore, abiti che abbiamo indossato o persone con cui abbiamo vissuto, parenti molto stretti che abbiano il nostro stesso dna. Non possiamo allontanarci da queste cose per più di qualche centinaio di metri. Vedi? Io sono morto su questa ambulanza e quell'infermiere che vedi accanto al camionista ha pensato bene di rubarmi il Rolex che portavo al polso. È stata la mia fortuna. L'infermiere si chiama Echard. Da allora io vivo in simbiosi con lui: alla sera, a casa sua, guardo la televisione con la sua famiglia, spesso vado al cinema con lui, posso leggere i giornali che legge lui e anche i suoi libri. Insomma faccio una vita quasi normale. Tranne quando fa sesso con sua moglie. Allora, per evitare di deprimermi troppo (brutto non potersi neppure più masturbare se sei eccitato) me ne vado nell'altra stanza o faccio un giretto giù in strada fin dove riesco ad arrivare prima di essere bloccato dall'eccessiva distanza dal mio Rolex".

Il nano alzò gli occhi verso gli infermieri che continuavano a discutere animatamente coi necrofori e non accennavano a tornare sull'ambulanza.

"Ok, io ora sto per andare. Tu, invece, potrai seguire la bara quando porteranno via il tuo corpo oppure decidere di seguire il tuo telefonino su cui certamente hai lasciato qualche atomo del tuo fiato, del tuo sudore, del tuo dna insomma".

L'equipaggio dell'ambulanza tardava a risalire sul mezzo, impegnato in una discussione di carattere calcistico con i necrofori. L'autista li sollecitò dando un colpo di acceleratore al motore in folle.

"Questi tardano a partire – disse il nano sedendosi con un agile saltino sul cofano dell'ambulanza – così potrò darti ancora qualche suggerimento importante. Ti consiglio di non seguire il tuo corpo. Rischieresti di ritrovarti in un cimitero e di restarci parecchi anni. Sai quanti rimangono bloccati accanto alla loro tomba? A meno che tu non abbia parenti stretti che vengano a posare dei fiori sulla tua lapide".

"Nessun parente. Non so neppure dove sarà sepolto il mio corpo".

"Male – disse il nano – un parente stretto può essere seguito da noi, immagino per il Dna compatibile. Oppure un amico o un parente che porti con sé qualche tuo oggetto personale tenuto per ricordo".

"No, non credo che nessuno dei miei amici potrebbe mai cercare la mia tomba. Frequento persone molto slegate da simboli e consuetudini verso i defunti".

"In questo caso non seguire la tua salma – disse il nano sporgendosi dal cofano mentre finalmente l'ambulanza iniziava a muoversi – rischieresti di restare per sempre in un cimitero, un luogo molto deprimente, con l'unica speranza che la pazzia cancelli presto la tua consapevolezza di ciò che sei. Se invece seguirai il telefonino, chissà che in qualche modo tu non possa ritornare nella tua città e magari addirittura nella tua casa dove potresti vivere fino alla fine tra i tuoi oggetti e le cose che ami".

Le ultime parole del nano si persero mentre l'ambulanza si stava già allontanando.

Poi il piccolo uomo e la macchina scomparirono nell'oscurità.

Capitolo 21

La gazzella della polizia, lasciata la degradata periferia dove viveva il professore, si diresse velocemente verso i quartieri residenziali della città.

"Che te ne pare di questo professor Mattioli? Secondo me aveva qualcosa da nascondere, hai visto come era imbarazzato?" Disse il poliziotto al collega mentre l'auto si dirigeva velocemente verso il secondo indirizzo da controllare.

"Non lo so – rispose il poliziotto – del resto che cosa può avere a che fare un professore universitario con un ladro d'arte? Non credo che i professori guadagnino così tanto da potersi permettere l'acquisto di un'opera d'arte, sia pure rubata".

"Beh, sicuramente la persona da cui stiamo andando, questo Mainini di Ruffa, è più vicino al mondo di Mühlbauer:

è il rampollo di una delle famiglie più ricche della città. Lo conosciamo perché ha già avuto alcune condanne per ricettazione".

"Opere d'arte, immagino".

"No, per niente. E' un collezionista di oggetti legati alla musica rock. L'ultima condanna si riferisce a quando gli hanno trovato in casa una chitarra appartenuta a Jimi Hendrix. Uno strumento rubato da una villa di Los Angeles. Naturalmente non si è fatto neppure un giorno di galera. Anzi si è messo d'accordo con le persone a cui era stata rubata la chitarra che hanno ritirato la denuncia e gli hanno venduto lo strumento. Per una cifra con cui noi potremmo vivere tranquillamente per il resto della nostra vita senza lavorare".

"Un ricco feticista, insomma".

"Sì, e anche un po' coglione. Ho letto che nel mondo esistono almeno novecento chitarre attribuite a Jimi Hendrix. Insomma c'è gente che specula su questi idioti pieni di soldi disposti a spendere un capitale per possedere un oggetto appartenuto a un mito".

La volante della polizia, intanto, era giunta in collina, nella zona più elegante della città. L'auto si inerpicava fra ville prestigiose circondate da giardini curatissimi. Quando giunsero davanti all'indirizzo cercato, i poliziotti guardarono sbalorditi attraverso il grande cancello in ferro battuto la meravigliosa villa seicentesca che si intravedeva laggiù, in fondo ad un immenso parco.

"Se la sua casa è quella – disse uno dei due al collega scendendo dall'auto – non credo che questo Mainini di Ruffa, abbia sofferto molto nello spendere dei soldi per una chitarra tarocca".

Come i poliziotti si avvicinarono al cancello, immediatamente, uscì da una casetta adiacente al muro di cinta un portinaio in divisa scura.

"Dobbiamo parlare col sig. Mainini di Ruffa" – disse uno dei due poliziotti.

L'uomo assentì e rientrò nella casetta. Dopo qualche istante ne riuscì indicando una piazzola all'inizio del viale che portava alla villa.

"Posteggiate la macchina lì. Verrà qualcuno a prendervi per accompagnarvi dal conte".

Dopo qualche minuto apparve in fondo al viale un caddy, una di quelle piccole auto elettriche utilizzate sui campi di golf. Giunto accanto ai poliziotti ne scese una avvenente ragazza dall'aspetto molto professionale:

"Buongiorno, sono la governante del conte Mainini. Vi sta attendendo, prego salite sul caddy. Scusate se vi facciamo lasciare la vostra volante qui, ma il conte non ama il rumore delle auto e l'odore dei loro scarichi per cui nel parco possiamo muoverci solo con mezzi elettrici".

I poliziotti salirono e l'auto si mosse nel grande viale circondato da secolari alberi di alto fusto. Mentre si avvicinavano alla villa i due si guardavano intorno stupiti. Una musica acida di chitarra elettrica veniva diffusa in tutto il parco da altoparlanti invisibili, nascosti tra i folti cespugli. Il prato all'inglese era costellato da grandi statue in marmo. Ma erano sculture che non avevano nulla a che fare con lo stile barocco della villa. Uno dei due poliziotti, il più ferrato in musica rock, riconobbe infatti in una statua il bassista dei Sex Pistols, Sid Vicious, in una posa abituale nei suoi concerti, quasi inginocchiato e ripiegato sulla sua chitarra. Poco più avanti c'era la statua di Jimi Hendrix e poi, fra due querce, seminascosta dai rampicanti, quella di Jim Morrison.

"Vi piacciono le statue? – chiese la ragazza che aveva notato gli sguardi interessati dei poliziotti – il conte Mainini ne commissiona continuamente ai più famosi scultori del mondo. Ce ne sono oltre cinquanta sparse nel parco e rappresentano praticamente tutta la storia del rock".

"Se devo essere sincero, questo parco mi ricorda un po' un cimitero – rispose uno dei poliziotti".

"Non ditelo al conte, non sopporta questo genere di osservazioni – disse la ragazza – per lui i grandi del rock sono ancora vivi. Per questo ama circondarsi delle loro immagini e anche degli oggetti a loro appartenuti. E questa casa è perennemente immersa nella musica".

"Ok – rispose il poliziotto che si intendeva di musica – faremo attenzione a non ricordargli che Jimi Hendrix è morto soffocato dal suo stesso vomito".

"Oh, se è per questo, lo sa benissimo. Ha acquistato da poco l'asciugamano con cui venne ripulito dal vomito il cadavere di Jimi Hendrix. Lo conserva in una teca nel salone delle collezioni".

"Affascinante" – rispose senza mascherare il sarcasmo uno dei due poliziotti.

Giunti di fronte al grande ingresso della villa, la ragazza scese dall'auto e fece segno ai due di seguirla. Come venne aperto il portoncino di ingresso furono investiti da una musica metal ad altissimo volume. La ragazza li fece entrare in un immenso salone di ingresso in cui vibravano a ritmo forsennato otto casse alte quasi due metri di quelle che normalmente si utilizzano nei grandi concerti rock all'aperto. Il salone che terminava con uno scalone in marmo era disseminato di teche dentro le quali si vedevano gli oggetti più disparati. Appoggiate su dei basamenti in marmo, quasi fossero delle sculture, erano poste in bella vista alcuni strumenti musicali fra cui una chitarra elettrica con le corde spezzate e penzolanti.

"Attendete qui, chiamo il conte" – disse la ragazza allontanandosi verso lo scalone in fondo alla sala.

"Scusi – disse uno dei poliziotti – si potrebbe abbassare un po' il volume della musica? Dobbiamo porre delle domande al signor Mainini e con questo casino non sento neppure la mia voce".

"Lo dovrà chiedere al conte. E' lui che tiene il telecomando con cui gestisce tutto l'impianto hifi della casa. Ma sicuramente non avrà problemi a farlo".

La ragazza si allontanò scomparendo alla loro vista e i poliziotti iniziarono ad aggirarsi nel grande salone soffermandosi ad osservare i vari oggetti conservati nelle teche.

In particolare vennero incuriositi da una teca in cui era riposta una camicia insanguinata su cui era appoggiato un proiettile di pistola. Di colpo la musica assordante calò di volume ed una voce alle loro spalle disse:

"John Lennon. Quello che state guardando è il sangue di John Lennon".

I poliziotti si voltarono di scatto e si trovarono davanti uno strano individuo. Età indefinibile tra i trenta e i quaranta, magrissimo, alto e allampanato, con gli occhi pesantemente truccati e i capelli lunghi sulle spalle pareva un incrocio tra David Bowie e Alice Cooper.

"Mainini di Ruffa, vero? – chiese il poliziotto più anziano, quello appassionato di musica rock – se quella è la camicia di John Lennon, immagino che il proiettile sia quello che lo ha ucciso".

"Purtroppo né l'uno e né l'altro – rispose lo strano individuo – la camicia apparteneva ad uno dei soccorritori. Ma il sangue è proprio quello del grande John. Il proiettile, invece, non è quello che lo ha ucciso. L'assassino di Lennon, Mark Chapman, esplose cinque colpi di pistola colpendolo quattro volte. Il quinto colpo non andò a segno e il proiettile finì sulla 72ª strada proprio davanti al Dakota Building dove stava entrando John Lennon. Qualcuno lo raccolse prima che la polizia lo trovasse e poi dopo varie vicende…ehm… troppo lunghe da raccontare è arrivato fino a me".

"Troppo lunghe da raccontare e magari non adatte ad essere raccontate a due poliziotti, vero? – disse il poliziotto più giovane – non credo che la provenienza di alcuni di questi oggetti sia del tutto legale. Per esempio quella credo che sia la chitarra di Jimi Hendrix. Quella per cui lei è stato processato per ricettazione".

I tre si avvicinarono al piedistallo su cui era posata la chitarra con tutte le corde rotte.

Il conte la accarezzò con amore e disse:

"Sì, ha ragione, è la chitarra di Jimi Hendrix. Provi a toccarla. Non le sembra di sentire la presenza del grande Jimi?

"Veramente no, non mi pare" – disse il poliziotto lanciando un'occhiata eloquente verso il suo collega.

"Io, invece, se chiudo gli occhi lo sento vicino a me. Ho rischiato la galera per possederla. Ora, comunque, è legalmente mia. Quella condanna è acqua passata. Spero che non siate venuti per accusarmi di qualche altro furto, vero?"

"Non esattamente signor Mainini di Ruffa…"

"Se preferisce può chiamarmi semplicemente 'conte'".

"D'accordo signor Mainini di Ruffa, vogliamo solo porle qualche domanda riguardo ad una telefonata intercorsa tra lei e un certo Joseph Mühlbauer".

Il conte si irrigidì. Poi, distogliendo lo sguardo, rispose:

"Mühlbauer? Mai sentito. Di cosa si occupa?"

"Furti. E' un ladro di oggetti rari e di opere d'arte. E sappiamo per certo che ieri vi siete parlati telefonicamente. E non solo ieri. Dai tabulati di questi ultimi tre anni risultano un gran numero di telefonate fra voi due".

Mainini si passò nervosamente una mano sugli occhi impallidendo vistosamente.

"Non ci interessa sapere se gli stava commissionando un furto di qualche calzino appartenuto a Toto Cotugno. Mühlbauer è morto stanotte in un incidente e stiamo cercando di scoprire dov'è il suo covo, la casa in cui conserva opere d'arte del valore di molti milioni".

Il conte parve risollevato.

"Ah, allora siete qui per questo. Sì, ora mi viene in mente questo Mühlbauer. Mi aveva proposto l'acquisto di un oggetto che, secondo lui, poteva interessarmi. Ieri era in Italia e voleva mostrarmelo. Ma, essendo certo che fosse di provenienza illegale, mi sono rifiutato di incontrarlo. Come ben sapete, ho già avuto problemi in questo senso".

"E di che oggetto si trattava?"

"Un orsacchiotto, o meglio, una borsa a forma di orsacchiotto. Cinquantamila euro era la sua richiesta".

I due poliziotti sgranarono gli occhi.

"Ci sta prendendo in giro?"

Sorridendo Mainini si avvicinò alla parete dov'era incorniciato un grande poster del gruppo musicale dei Nirvana. Indicando il chitarrista, chiese ai poliziotti:

"Sapete chi è questo?"

Il poliziotto più anziano scosse la testa mentre l'altro, sorridendo, rispose:

"Ma certo! E' Kurt Cobain, il leader dei Nirvana. Un grande".

"Bravo signor poliziotto. E cosa sa della sua fine?"

"Beh, so che si è sparato in testa. Niente di più".

Quindi non sa quello che successe al suo corpo dopo la sua morte. Qui in Europa non ne parlarono molti giornali ma negli Stati Uniti fu un caso abbastanza clamoroso.

"Non leggo i giornale americani. E di quelli italiani leggo solo le pagine sportive".

"Allora sicuramente non sa che il suo corpo fu cremato a Seattle, e le sue ceneri vennero divise in tre parti. La prima parte venne depositata nel tempio buddista di Ithaca a New York: Cobain si era da tempo convertito al buddismo. La seconda parte delle ceneri venne sparsa nel fiume Wishkah, un luogo molto amato dall'artista".

"Scommetto che la terza parte venne messa in una borsa a forma di orsacchiotto..." interloquì il poliziotto più anziano.

"Proprio così. Quella parte di ceneri venne consegnata alla moglie di Cobain, Courtney Love che le ripose in una borsa rosa a forma di orsetto. Nel maggio del 2008 i giornali riportarono che dei ladri avevano svaligiato l'appartamento di Courtney Love a Hollywood trafugando tra le altre cose anche la borsa con le ceneri".

"Quella stessa che Mühlbauer le ha proposto in acquisto".

"Immagino di sì".

"Quella che lei, da buon cittadino onesto, ha rifiutato perché di provenienza furtiva".

"Proprio così, vedo che lei ha capito perfettamente con chi sta parlando".

"Penso proprio di sì. Comunque noi non stiamo indagando su reati di ricettazione – disse il poliziotto facendo vagare lo sguardo sui vari reperti esposti nella stanza – il nostro compito è tentare di scoprire dov'è il rifugio di Mühlbauer, quello dove conservava la maggior parte delle opere d'arte che rubava nei musei. Una collezione non commerciabile ma dal valore inestimabile che le polizie di tutta Europa stanno tentando di localizzare".

L'altro poliziotto concluse la frase del collega:

"Sembra impossibile che un ladro corra tanti rischi per impadronirsi di opere d'arte invendibili per il semplice piacere di possederle. Oltre a proporre reliquie di rock star non l'ha mai invitato nella sua residenza per dare un'occhiata alla sua collezione d'arte privata…"

"…e magari proporle qualche acquisto – concluse l'altro poliziotto indicando con un ampio gesto del braccio la sontuosità della casa – a quanto vedo lei è una delle poche persone che potrebbero permettersi una spesa di quel livello".

"Assolutamente no. Non mi ha mai invitato a casa sua e non ho mai saputo dove vivesse. Immagino in Austria, ma è solo una mia supposizione. Inoltre sapeva benissimo che l'unica arte a cui sono interessato è la musica rock".

"In questo caso non abbiamo più nulla da chiederle. Possiamo ritenere chiusa la nostra conversazione. Se le venisse in mente qualcosa la prego di contattarci, signor Mainini" – disse uno dei poliziotti mentre l'altro indugiava di fronte ad una teca in cui era esposta una testina di polistirolo su cui era posata una parrucca di capelli castani.

"Colleziona anche parrucche? – chiese il poliziotto – non mi sembrano oggetti rari".

"Questa non è una parrucca – rispose il conte aprendo la teca e accarezzando con una mano la testina – questi sono i capelli di Sinéad O'Connor. La cantante irlandese si rasò completamente a zero prima del famoso concerto in cui insultò il papa".

"E qualcuno, velocissimo, raccattò i capelli e ve li vendette".

"Proprio così. Ad un prezzo assolutamente onesto. Pensate, tremila sterline quando sarei stato disposto a spenderne anche diecimila".

"Per fortuna esistono ancora persone oneste" – ridacchiò

il poliziotto.

Mainini non colse l'ironia e annuì con l'espressione grave di chi non ha mai violato la legge in vita sua. Poi chiamò la giovane governante perché accompagnasse i poliziotti alla loro auto.

Guardò dalla finestra il caddy che si allontanava verso l'uscita del parco e, appena i poliziotti ne varcarono la soglia, estrasse di tasca l'appunto su cui aveva annotato il numero di cellulare del libraio a cui Mühlbauer aveva lasciato l'orsacchiotto perché glielo consegnasse.

Compose il numero e, senza staccare gli occhi dall'auto che si allontanava con i poliziotti, disse "Buongiorno, sono il conte Mainini di Ruffa. Una persona dovrebbe averle lasciato per me una borsa a forma di orsetto rosa con le ceneri di Kurt Cobain. Come posso ritirarla?".

Capitolo 22

"Come ha detto, scusi? Le ceneri di Kurt Cobain? – rispose Jos con aria perplessa alla voce sconosciuta che lo aveva chiamato al cellulare – nella borsa a forma di orsetto?"

Poi alzò gli occhi su Marta che, accovacciata sul suo tavolo di studio, lo stava guardando con espressione interrogativa.

Virginia, invece, sgranando gli occhi, si precipitò accanto a Jos e gli bisbigliò nell'orecchio:

"Io so tutto sulla borsa rosa a forma di orsetto. Quella che contiene le ceneri di Kurt!"

Jos, sorpreso, mise una mano sulla cornetta per non farsi sentire dall'interlocutore e rispose sbigottito:

"Le ceneri di Cobain, nel mio negozio? Nel mio armadio!?"

Allora Virginia faticando a non alzare la voce per l'eccitazione sussurrò ancora nell'orecchio di Jos:

"Non dirmi che ce l'hai tu…ora è tutto più chiaro. Riaggancia che ti racconto tutto. Cazzo cazzo cazzo! Ecco perché il suo fantasma è nel tuo negozio!"

Virginia prese a gesticolare freneticamente invitando Jos ad interrompere la telefonata.

Jos totalmente sconcertato si trovò a dover prendere una veloce decisione in pochi secondi. Tacque per un attimo scuotendo la testa come per scacciare ogni pensiero e concentrarsi su cosa fare, poi, togliendo la mano dalla cornetta, rispose allo sconosciuto:

"No, mi spiace, non so di cosa stia parlando. Probabilmente ha sbagliato numero".

Ed interruppe la comunicazione.

Virginia respirò forte quasi non riuscisse a riprendere il fiato per parlare. Per qualche istante nella camera 311 del collegio scese il silenzio. Marta si avvicinò a Jos, si sedette accanto a lui sul letto e gli prese la mano. Lui gliela strinse. Poi guardarono Virginia in attesa di una spiegazione.

Ancora un lungo respiro poi finalmente la ragazza riuscì a parlare.

"Ma come fate a non saperlo? Ne hanno parlato tutti i blog dei fans dei Nirvana!"

Jos e Marta si guardarono. Nessuno dei due amava i Nirvana: lei ascoltava solo musica punk-rock degli anni '80, lui esclusivamente jazz. Entrambi ignoravano del tutto a cosa si riferisse Virginia. Allora lei, quasi mangiandosi le parole per l'eccitazione mise al corrente i due amici sulla storia della borsa rosa a forma di orsetto contenente le ceneri di Cobain rubata a sua moglie Courtney Love. Poi, con l'espressione soddisfatta di chi finalmente ha la prova di qualcosa in cui ha sempre creduto:

"Nessuno può più negare che ci troviamo in presenza di fantasmi. In qualche modo Kurt Cobain è rimasto legato alle ceneri del suo corpo. Dobbiamo tornare nel tuo negozio Jos. Evocheremo Kurt col mio lettore mp3 e cercheremo di capire che cosa ha tentato di chiedermi. Aveva un bisogno disperato di farsi capire. Perché continuava a pronunciare la parola 'sette'? Lo sapete che il sette è un numero magico?".

Jos non la stava più ascoltando. Pur essendo accanto a Marta, il suo pensiero era dominato dalla consapevolezza che se si trovavano veramente davanti a dei fantasmi, allora anche Francesca era stata accanto a lui e gli aveva parlato tramite Marta. E aveva tentato di far l'amore con lui.

Di colpo Jos capì cosa doveva fare. E voleva farlo subito.

Marta, quasi avesse intuito i pensieri di Jos, si avvicinò ancora di più a strettissimo contatto con la sua spalla. Lui sentì l'irresistibile voglia di baciarla. Ma non riusciva a capire se il suo desiderio nascesse da questa specie di nuovo sentimento verso una ragazza appena conosciuta oppure dalla sensazione che fosse rimasto dentro di lei qualcosa della sua amata Francesca.

Da parte sua anche Marta, per la prima volta, si sentiva attratta da un ragazzo, quasi fosse rimasto dentro di lei un residuo di quella forza che l'aveva posseduta. Ora era totalmente padrona di sé ma vedeva Jos come se lo conoscesse da sempre e da sempre avesse atteso di ritrovarlo accanto a sé.

"Devo chiederti una cosa che forse non ti farà piacere – mormorò piano Jos nell'orecchio di Marta – ho assoluto bisogno di capire alcune cose. E solo tu puoi aiutarmi. Dobbiamo restare soli".

Marta comprese quello che voleva chiederle Jos.

"Si tratta di Francesca, vero?" – e senza attendere la risposta annuì con un pizzico di tristezza.

Allora Jos guardò Virginia che scalpitava per l'impazienza di tornare nel negozio per vedere le ceneri di Cobain.

"Ora non andremo da nessuna parte – le disse – ho passato la notte in bianco, ho la testa confusa, devo pensare".

Anche Marta guardò l'amica e, ben sapendo quali fossero i tasti giusti per convincerla, con uno sguardo di complicità, le rivolse un inequivocabile invito:

"Anche tu Virginia non hai dormito questa notte. Non senti il bisogno di una doccia e di rilassarti un po'?"

Virginia guardò sorpresa l'amica, e, per la prima volta, notò la sua mano che stringeva quella di Jos.

Sorrise dentro di sé. Finalmente Marta aveva trovato un ragazzo che le piaceva. E la cosa pareva anche ricambiata.

"D'accordo ragazzi vi lascio soli. Ma tu Jos mi darai le chiavi del tuo negozio e io andrò a prendere la borsa con le ceneri e la porterò qui. Così tutti insieme potremo evocare il fantasma di Kurt e capire che cosa voleva da noi, d'accordo?"

Jos estrasse di tasca le chiavi del negozio e le porse a Virginia.

"Ecco le chiavi, la borsa è in un armadio giallo – rispose Jos – ma tu dovrai lasciare qui il tuo lettore mp3. Non voglio che combini altri casini. Ok?"

Molto di malavoglia Virginia estrasse il suo ipod di tasca e lo lasciò sulla scrivania.

"Chissà perché nessuno si fida mai di me" – mormorò uscendo dalla camera di Marta.

Come per un tacito accordo, come la porta si chiuse alle spalle di Virginia, si baciarono. Fu un bacio lungo e appassionato, ben diverso dal bacio rapido e imbarazzato della sera prima.

"Ora sono pronta – disse Marta scostandosi da Jos – cercherò di farti parlare con la tua Francesca. Ma non dimenticare che questo bacio arriva tutto da me".

Jos non rispose. Come avrebbe potuto spiegare a Marta che anche per lui era stata la stessa cosa: sentiva un'emozione profonda nel baciarla. Ma sarebbe stato imbarazzante oltre che offensivo dirle che nello stesso tempo un senso di dejà vu lo riportava ai baci mai dimenticati di Francesca. Sembrava quasi che fosse rimasto dentro di Marta una piccolissima parte dello spirito di Francesca.

Come se avesse intuito il disagio di Jos, la ragazza non attese una risposta e, alzandosi di scatto, prese dalla scrivania il lettore mp3. "Forza, diamoci da fare con questa specie di seduta spiritica. Non ho un impianto hifi a cui collegare l'ipod ma penso che le due piccole casse amplificate con cui ascolto la musica siano più che sufficienti".

Marta inserì lo spinotto delle casse nel lettore mp3, accese l'apparecchio poi, guardando Jos, gli chiese:

"Sei pronto, posso schiacciare il tasto play?"

Ancora una volta Jos non rispose, tentando di dominare il tremore delle mani che lo aveva preso.

"Prendo il tuo silenzio come un sì" – disse Marta e con un ampio gesto quasi teatrale sfiorò col dito indice il triangolino per far partire la registrazione.

La camera fu subito invasa dalla voce sintetica che declamava quelle parole strane e incomprensibili. Entrambi le sentirono entrare quasi fossero elementi concreti che, passando attraverso le orecchie, si insinuavano fin negli strati più reconditi del cervello.

La camera di Marta assunse un'atmosfera irreale, quasi di sogno, in cui i mobili e le pareti vibravano leggermente come un'immagine televisiva mal sintonizzata.

I due si guardavano intorno in attesa di un evento che sapevano bene si sarebbe materializzato da un momento all'altro. Le parole che fluivano dalle casse amplificate assumevano un ritmo sempre più ossessivo e magnetico finché un piccolo movimento, colto con la coda dell'occhio, attirò l'attenzione di Marta e Jos. Videro una mano ossuta color cuoio sbucare da sotto al letto. Poi un'altra mano e infine la testa deformata e sanguinante di un uomo di pelle scura, sicuramente nord africano. L'uomo, senza guardare i due, facendo forza sulle braccia, uscì completamente da sotto al letto ma il suo corpo finiva alle ginocchia che erano due moncherini sanguinanti.

"Il muratore morto duranti i lavori di costruzione del campus...quello di cui ci ha parlato Virginia" – sussurrò Marta inorridita.

Jos annuì senza parlare.

L'essere si trascinò fino al centro della stanza, si guardò intorno, fissò i due poi esplose in una risata folle resa ancora più grottesca dal fatto di essere del tutto muta. Poi alzò le mani ad artiglio verso Marta ed iniziò lentamente a strisciare verso di lei. La ragazza era come paralizzata dall'orrore ed anche Jos non riusciva a muovere neppure un muscolo. Entrambi sapevano cosa sarebbe successo se non fossero riusciti ad interrompere immediatamente la registrazione. Marta sarebbe stata posseduta dal fantasma. Ma di colpo quell'essere si arrestò mentre le sue unghie già sfioravano il viso della ragazza. Alzò gli occhi a fissare qualcosa alle spalle dei due. Scosse il capo ed il suo viso si deformò in una smorfia incomprensibile. Allora si voltò, strisciò verso la porta chiusa e vi passo attraverso scomparendo.

Marta e Jos restarono per qualche istante a fissare il punto in cui era scomparso il fantasma poi, come per un soffio gelido, percepirono una presenza alle loro spalle. Si voltarono lentamente.

Capitolo 23

Il collegio universitario, in quel mattino nebbioso, pareva fosse deserto. La maggior parte delle studentesse si erano già sparse nelle varie facoltà cittadine ma il silenzio che avvolgeva gli ampi corridoi in vetro e cemento era comunque innaturale.

Nella camera 311 stava succedendo qualcosa.

La figura che era apparsa nella parte opposta della stanza in cui si trovavano Jos e Marta era quasi impercettibile. Passava continuamente dall'invisibilità di una trasparenza quasi totale alla materializzazione di una nebbia sottile che disegnava i contorni sfocati di una figura femminile.

"Francesca…" – mormorò Jos nella speranza più che nella consapevolezza di trovarsi ancora una volta di fronte alla sua ragazza di un tempo.

Ma quella figura pareva troppo debole per riuscire a stabilizzare la sua immagine: appariva e scompariva seguendo il ritmo quasi musicale delle parole che uscivano dalle piccole casse amplificate.

Marta, a differenza di Jos, aveva la certezza di trovarsi di fronte a Francesca: il fatto di essere già stata in simbiosi fisica e mentale con lei la rendeva quasi parte di quell'apparizione.

Fu allora che, sotto lo sguardo inebetito di Jos, la ragazza tese le braccia verso la figura spettrale come per un invito tacito ma ineluttabile. Forse rafforzata da quel gesto, progressivamente, la nebbia indistinta prese via via la forma sempre più riconoscibile di una ragazza col capo fracassato e il giubbotto sporco di sangue.

"Francesca!" – gridò ancora Jos avvicinandosi alla figura.

Ma lei lo bloccò tendendo verso di lui una mano aperta, quasi lo volesse tenere ad una certa distanza. Con un'espressione implorante, resa ancora più impressionante dal cranio spezzato e dai frammenti di materia cerebrale che ne fuoriuscivano, gli fece segno di non avvicinarsi.

Ora che aveva ormai perso quasi del tutto la trasparenza, la figura appariva in tutto il suo raccapricciante aspetto.

Jos si bloccò. Lei gli sorrise come per ringraziarlo di aver compreso il suo invito.

Poi, portando le mani al capo, si chinò come in preda ad uno sforzo enorme. Davanti agli occhi stupefatti di Jos e Marta la figura iniziò a tremare sempre più violentemente. Si accucciò a terra sempre tenendo il volto nascosto fra le mani. Dopo qualche secondo rialzò la testa sorridendo e a Jos e Marta apparve il viso bellissimo di Francesca senza più alcuna ferita né macchie di sangue. La sua ragazza, quella che aveva tanto amato, era di nuovo davanti a lui come se il tempo non fosse mai passato. Lei gli sorrise poi voltò il capo verso Marta che, guardandola fissa, tornò a tenderle le braccia. Lentamente, molto lentamente, Francesca fluttuò a mezz'aria verso la ragazza con un'espressione di muta riconoscenza impressa sul volto. Marta annuì con un sorriso e permise che Francesca si dissolvesse contro di lei. Che scomparisse dentro di lei.

Poi chinò il capo per qualche secondo prima di alzare lo sguardo sorridente verso il ragazzo.

"Jos, amore mio – disse Marta con una voce profonda, molto diversa da quella che Jos aveva finora udito – finalmente ti posso parlare". Era la voce di Marta ma il timbro era inconfondibilmente quello di Francesca.

"Francesca, sei proprio tu…" – mormorò Jos con un filo di voce.

"Chi altri potrei essere? Da tre anni ti seguo ovunque. Sono stata sempre accanto a te – poi, avvicinandosi a Jos, allungò le dita verso il ciondolo di legno a forma di sax che lui portava al collo – eccolo il mio ciondolo, questo piccolo stupido ciondolo che tu hai portato sempre con te dal giorno dell'incidente".

Jos, con un nodo in gola che non gli permetteva di parlare, alzò la sua mano a stringere quella di Marta che continuava ad accarezzare il ciondolo.

"Ma dai Jos, sorridi! Non vorrai farmi pensare che non sei felice di potermi parlare ancora?"

Jos si riscosse, stava vivendo qualcosa di incredibile, qualcosa che pareva un sogno. Qualcosa che forse era un sogno. Balbettando mormorò:

"Ed è bastato questo ciondolo a farti restare accanto a me?"

"Certo, un ciondolo, un semplice ciondolo di legno. Buffo vero? Il mistero della vita e della morte legato ad un ciondolo a forma di sax. Noi due che ci parliamo grazie al tuo amore per Charlie Parker e Gerry Mullighan".

Jos tacque troppo sconcertato per riuscire ad elaborare il tono scherzoso della ragazza. Allora lei diede una pacca sulla spalla di Jos, un gesto cameratesco abituale in Francesca quando voleva scuoterlo.

Poi facendo la caricatura di un prete che predica ai fedeli continuò:

"Credete nel "Sacro Sax" e risorgerete dalla morte! In verità vi dico che John Coltrane, Stan Getz, Ben Webster non erano uomini ma messia inviati dal cielo".

E Marta/Francesca scoppiò a ridere portando alle labbra e fingendo di suonare il piccolo sax. Anche Jos fu preso dall'assurdità di quelle parole e di quel gesto e, finalmente, si lasciò contagiare in una risata liberatoria che crebbe in entrambi fino a trasformarsi in una sorta di inarrestabile "fou rire". Ci volle un po' di tempo perché riuscissero a soffocare le risate. E quando tornarono seri si ritrovarono uno nelle braccia dell'altra.

"Nessun messia – disse in tono serio Francesca/Marta – solo questo legno ci ha tenuti legati. Aveva assorbito qualcosa di me forse il sudore o forse il respiro, chi lo sa. E la cosa buffa, cazzarola, è che, anche volendo, non avrei potuto allontanarmi da te per più di qualche centinaio di metri. Le cose vanno così per noi. Non sai quanto sia stato terribile essere vicino a te e non poterti parlare quando ti vedevo disperato, quando piangevi da solo pensando che io fossi morta. Non ero morta, amore mio".

Jos guardò Marta ben sapendo che stava guardando Francesca. Ora non aveva alcun dubbio, lo sentiva nella pelle, nell'empatia che fluiva da quella ragazza tatuata, piena di piercing e sboccata come un carrettiere. Ma che ora, contrariamente al solito, diceva garbatamente "cazzarola". Un'esclamazione per cui aveva tanto preso in giro Francesca che per educazione o abitudine non riusciva a dire "cazzo" neppure quando era infuriata.

"Perché dici che non eri morta? Eri mortissima, Francesca. Eri fredda quando ti ho baciata per l'ultima volta. E i tuoi occhi fissavano il vuoto sbarrati, senza vedermi" – disse Jos, ma senza tristezza, quasi avesse ritrovato in pochi istanti una serenità persa da tempo.

"No, Jos amore, non ero morta. Non sono morta, è morto solo il mio corpo. Almeno per il momento. Ma presto sarò morta anch'io cioè questi miei atomi cerebrali che svolazzano nell'aria senza allontanarsi mai troppo dal tuo ciondolo. Il mio pensiero è talmente deteriorato che presto morirà anche lui. I segni premonitori ci sono tutti. Ho già perso gran parte della mia memoria, della mia vita, dei miei affetti, tutto scomparso. Tranne te. Credo che fra breve tu sarai l'ultimo pensiero lucido che riuscirò a formulare prima di impazzire. E poi attendere la morte. Per questo sono felice che tu abbia trovato il modo per vedermi, grazie alla strana nenia che esce da queste casse. E sono felice che tu abbia conosciuto questa meravigliosa ragazza così recettiva da lasciarsi prendere e fare da ponte tra me e te".

"Ma allora adesso potremo vederci sempre – disse Jos stringendosi a Marta – ogni volta che vogliamo, Marta potrà aiutarmi ad incontrarti, a parlarti, e potremo anche…".

"No, Jos. Questa è l'ultima volta che ci parliamo. Io sono alla fine".

"Mi vuoi di nuovo lasciare?"

"Non ti lascerò mai. Grazie a questa ragazza. Qualcosa di me rimarrà dentro di lei. Lei ha ritrovato la voglia di fare l'amore grazie a te e, un po', grazie a me. Ed ora anche lei prova per te, lo percepisco perfettamente, quello che sto provando io. Quando sarai con lei, sarai anche un po' con me"

317

– e mentre diceva queste parole iniziò a spogliarsi. In un attimo fu nuda poi, accarezzandosi il ventre, seguì il disegno del lungo tatuaggio che le percorreva tutto il corpo dal seno all'inguine.

"E' strano riavere un corpo. Un corpo così bello. Anche se è una sensazione curiosa per me ritrovarmi coperta di piercing e di tatuaggi".

Poi si strinse a Jos, lo baciò:

"Cazzarola! Ho una voglia pazzesca di fare l'amore con te" – e fu un bacio che non lasciò alcun dubbio al ragazzo: stava baciando la sua Francesca. Il suo volto era diverso ma altrettanto bello. E anche il corpo: Jos fece scorrere le sua mani sulla schiena nuda di Marta, poi in un attimo fu nudo anche lui. Si stesero sul letto di Marta incuranti delle figure fluttuanti che erano apparse nella camera sempre più numerose e li osservavano in silenzio.

Fecero l'amore intensamente. Proprio come se fosse l'ultima volta che lo facevano. Ma Jos non aveva alcuna intenzione di accettare questa richiesta di Francesca. Quando alla fine, esausti, restarono nudi abbracciati sul piccolo letto disse:

"Ora che ti ho ritrovata non voglio perderti di nuovo. Conserverò questo file mp3 per tutta la vita. E grazie a Marta potremo avere tutto ciò che credevo di aver perso. Potrò ancora ascoltarti suonare il contrabbasso, potrò comprarti un BigMac di quattro piani, avremo davanti a noi tanti libri, pisolini, baci e litigi".

Francesca/Marta scrollò la testa tristemente, senza rispondere.

Senza badare a lei, come seguendo testardamente un suo pensiero Jos continuò:

"Senza la tua presenza il mio mondo si era svuotato. Mi

mancava tutto di te: la risata, lo sguardo, i tuoi 'cazzarola', gli sms, le chiacchierate... Tutte quelle cose insignificanti che valevano tutto per me, perché erano tue".

La ragazza continuando a scuotere il capo portò una mano alla bocca di Jos come se volesse chiuderla per interrompere quel flusso di parole che la riempivano di tristezza. Ma Jos allontanò la sua mano e continuò a parlare:

"Anche tu amavi la musica come me. Ascolta queste parole senza senso che escono dalle casse. Sono solo parole incomprensibili messe in fila dalla voce di un computer. Eppure non ti fanno pensare a dei musicisti jazz che improvvisano una canzone d'amore? La più dolce jam session che io abbia mai ascoltato. Perché è qualcosa che mi permetterà ancora di stare accanto a te". Marta si sollevò sui gomiti e scrollò il capo con un'espressione disperata:

"Se questa è una musica non ha l'allegria di una jam session. Ascoltala bene: ci puoi trovare tutta la tristezza di un blues. Perché non dovrai mai più convincere Marta ad imprestarmi questo suo corpo. Ormai io sono un pensiero incompleto, un pensiero morente e quando la pazzia mi prenderà, presto molto presto, sarò come quella donna a casa del professor Mattioli, forse tenterò anche di ucciderti. Non voglio che tu mi veda così".

"Già, c'eri anche tu da Mattioli. Hai ascoltato le sue teorie? Secondo lui tu non esisti, sei una costruzione del mio cervello".

"Lo so, ho sentito, cazzarola. Ma non potevo parlarvi, spiegarvi che sbagliava. Quella donna impazzita, quella fatta a pezzi sul tavolo è stata più veloce di me nell'entrare nel corpo di Marta. Comunque la teoria di Mattioli non è del tutto campata in aria. E' solo...un po' giusta e un po' sbagliata. Aveva ragione quando diceva che non siamo fantasmi. E quando attribuiva le vostre visioni ad una parte del nostro cervello".

Jos strinse ancora a sé la ragazza dicendo:

"Però per fortuna sbagliava quando diceva che le visioni non erano reali ma avevano origine dai nostri stessi ricordi. Sbagliava dicendo che la sollecitazione della ghiandola pineale, stimolata da quella sequenza di suoni, apriva uno scomparto sconosciuto del nostro cervello per far materializzare i nostri ricordi inconsci. E invece tu sei qui con me. In carne ed ossa. Non sei un semplice ricordo.".

Marta sorrise stringendosi a Jos. E rispose:

"In carne ed ossa, eh? Peccato però che non siano le mie. Del resto questa è tutta una storia astratta di pensieri e di telepatia. La cara vecchia telepatia, studiata dagli scienziati, simulata dai prestigiatori ma mai veramente dimostrata. Sono stati sicuramente i suoni generati da quel libro a risvegliare in te e in chi li ascoltava una facoltà mentale, che come dice Mattioli, è presente nel cervello. Probabilmente proprio nella ghiandola pineale. Una capacità che nel corso dei secoli si è atrofizzata. Una sorta di telepatia che ti mette in contatto coi pensieri di chi, ormai, è solo più un pensiero. Infatti, in quelli come me, il pensiero non ha più il peso di un corpo da sostenere. Sono atomi che vagano liberi nell'aria. E solo quelli come Marta, quelli che da secoli sono considerati medium o streghe, sono così recettivi da potersi annullare e lasciarsi dominare da questi pensieri. Tutti gli altri, però, se stimolati con questi suoni, riescono a percepire almeno visivamente i nostri pensieri che vagano nel ricordo dell'ultimo aspetto assunto dal loro corpo fisico. Noi siamo solo dei pensieri morenti e viviamo indissolubilmente legati alle ultime tracce fisiche rimaste di noi su qualche oggetto. Come il mio ciondolo di legno".

"O nelle ceneri di Kurt Cobain nell'armadio del mio negozio" – concluse pensieroso Jos.

"Sì, povero ragazzo, gli ho parlato questa notte. Per colpa del furto delle ceneri si è ritrovato in una terra lontana dalla sua casa, dove tutti parlano una lingua che non conosce".

"Hai parlato a Cobain? Allora ti avrà detto cosa significa per lui la parola 'sette'. Quella che ha tentato di comunicare disperatamente a Virginia. Lei è andata a recuperare le sue ceneri, poi sarà qui per fare ciò che stiamo facendo ora con te. Vuole evocarlo per sapere cosa vuole da lei.

"Ti prego, impedisciglielo. Non fatelo più né tu, né lei. E' sbagliato entrare nel nostro mondo, quello dei pensieri che si dissolvono. Certo, forse potrai vedere ancora le persone che hai amato, ma quasi sicuramente loro non si ricorderanno di te. Oppure, se i loro pensieri sono ancora vivi, saranno impazziti e tenteranno di aggredirti. Non hanno un corpo con cui farti del male, ma sarà molto triste per te e devastante per il ricordo che hai di loro. Virginia vuol sapere cosa chiede Kurt Cobain? Te lo dirò io. Lo ha chiesto anche a me, ormai per lui esiste solo quella parola ripetuta ossessivamente, tutto il resto si è dissolto. Non è più in grado di dire nulla a nessuno se non quell'unica parola. Questa è la sua ultima follia".

"La parola 'sette'. Cosa vuol dire?" – chiese ancora Jos.

"La parola non è 'sette' – rispose Marta/Francesca – ma 'Seattle', il nome della sua città. Chiede semplicemente di essere riportato a Seattle, nei luoghi che amava, per vivere i suoi ultimi giorni prima dell'alienazione totale fra gente e cose che ha conosciuto. E in questo voi potete aiutarlo. Ma senza parlargli o chiamarlo. Convinci Virginia a non farlo mai più".

Poi Marta si strinse ancora una volta a Jos e tacque. Fecero ancora l'amore. E questa volta, lo fecero veramente come se fosse l'ultima. Il file registrato stava per arrivare alla fine. Nel momento stesso in cui le casse sarebbero diventate mute, Francesca sarebbe tornata ad essere Marta.

Ma Jos non si rassegnava: fingendo di rilassarsi dopo l'amore, continuava a scervellarsi su come convincere Francesca a lasciarsi chiamare ancora, a non vietargli quella possibilità. Non aveva alcun timore: si rifiutava di credere che Francesca avrebbe potuto aggredirlo in un'esplosione di follia. Poi gli venne in mente una possibile soluzione. Nessuno può resistere allo struggente legame con i luoghi importanti della propria vita. Al grande potere della nostalgia. Così, fingendo di essersi rassegnato e di aver ormai accettato la richiesta di Francesca, le disse:

"Vorrei chiederti un ultima cosa, prima del nostro addio".

Marta annuì asciugando una lacrima che non era riuscita a trattenere.

"Ricordi quel tiglio sul bordo del fiume, quello sotto a cui ci sedevamo a studiare prima degli esami? Quello che chiamavamo 'il nostro posto segreto'? Quello dove ci siamo baciati per la prima volta?".

"Cazzarola se lo ricordo!" – mentì Francesca: il suo passato stava sfumando come la sabbia in una clessidra. E non aveva alcun ricordo di quel tiglio e, purtroppo, neppure di quel primo bacio. A tratti persino Jos le sembrava un estraneo e doveva riprendere i filo dei suoi pensieri per metterlo a fuoco e riconoscerlo.

"Mi piacerebbe andarci ancora una volta con te. Indosserai le cuffie del lettore mp3 e ascolterai dall'inizio la registrazione. E noi saremo insieme e andremo fin sulla sponda del fiume: potremo sederci ancora una volta in quel luogo che è stato l'inizio di ciò che c'è stato fra di noi. Poi, se proprio lo vorrai, potremo salutarci per sempre".

Jos era sicuro che il riportare Francesca in un luogo così amato l'avrebbe convinta a rinunciare a quel divieto che gli pareva del tutto assurdo.

Francesca sorrise tristemente e rispose con un semplice cenno del capo. Si rivestì, e dopo qualche istante la registrazione finì. Marta, tornata padrona di se stessa, sorrise a Jos.

"Ho sentito tutto, ho provato quello che provava Francesca per te. E' stata una sensazione meravigliosa". Non gli disse però che l'attrazione fisica e mentale che aveva provato grazie a Francesca non si era dissolta del tutto ed ora Jos per lei era qualcosa di più di un amico appena conosciuto. Anzi molto di più.

"Allora, andiamo a cercare quel famoso tiglio sul bordo del fiume? Sono pronta a diventare Francesca per l'ultima volta" – disse prendendo per mano Jos.

"Spero proprio che non sarà l'ultima volta" – pensò Jos senza rispondere.

I due uscirono dal collegio universitario tenendosi per mano come due innamorati e si diressero verso il fiume. Camminarono lentamente sotto i portici di quella via centrale piena di negozi senza badare alle vetrine né alla folla di persone che li circondava.

Nessuno dei due parlò per tutto il tragitto. Ad entrambi bastava tenersi stretti e camminare lentamente. Poi quando davanti a loro apparvero in lontananza gli alberi del parco che circondava il fiume si fermarono e si guardarono con un cenno di intesa. Jos porse a Marta l'ipod e le cuffiette. Lei le indossò e fece partire la registrazione. Subito vide la figura evanescente di Francesca vicinissima a lei. Marta assentì e si lasciò invadere da essa. Ora gli occhi che guardavano intorno a sé erano quelli di Francesca. Anche Marta vedeva le stesse cose ma come fossero rappresentazioni di un film in cui non poteva intervenire né coi gesti né con la voce.

Intorno a Marta/Francesca vagavano centinaia di figure semitrasparenti in una muta tristissima danza ma Jos non poteva vederle. E per Francesca non erano nulla di diverso da quello che dal giorno dell'incidente vedeva ogni giorno intorno a sé.

Giunti sul lungofiume Jos individuò subito fra i molti alberi del grande parco l'antico tiglio i cui rami laterali più lunghi si specchiavano sull'acqua del fiume. Lo indicò alla ragazza poi si sedettero sul tappeto di foglie morte sotto l'albero quasi del tutto spoglio. Francesca si guardò intorno: quel luogo non le risvegliava alcun ricordo. Comprese che il suo pensiero stava veramente morendo. Ma sorrise perché Jos non se ne accorgesse.

Si strinsero ancora una volta e si baciarono a lungo.

Poi Francesca/Marta chiese a Jos di lasciarle indossare ancora una volta il ciondolo di legno a forma di sax. Jos se lo sfilò e glielo porse.

Lei lo prese in mano e lo fissò intensamente. Alzò gli occhi verso Jos e gli sorrise.

"Ora sono arrivata alla curva di una strada. Quando l'avrò percorsa non mi vedrai più, ma io ci sarò. Morire è solo… non essere visto".

Con una mano Francesca stringeva il piccolo sassofono di legno e con l'altra si sfilò le cuffie auricolari. Poi con un gesto improvviso, si alzò, si avvicinò velocemente all'argine del fiume e scagliò fra i gorghi il lettore mp3 e il ciondolo. In pochi attimi la forte corrente li trascinò lontano.

Jos, colto alla sprovvista, non riuscì a bloccarla. Per un attimo fu tentato di buttarsi nel fiume per tentare di recuperare l'oggetto. Ma poi si voltò a guardare il volto bellissimo di Marta che lo osservava in silenzio. Gli bastò quello sguardo per capire che non lo avrebbe fatto.

La ragazza guardò per qualche istante la corrente del fiume. Quando si voltò verso Jos non c'era più nulla di Francesca in lei. Il suo pensiero era scomparso, se ne era andato trascinato fra i gorghi del fiume. Ma l'amore con cui Marta si strinse a lui era esattamente lo stesso. E di colpo non c'era più alcun segno di tristezza negli occhi di Jos. Stringendo la ragazza disse:

"Marta, amore mio".

"Cazzarola!" mormorò Marta.

Tenendosi stretti camminarono lungo le sponde del fiume fino a perdersi in lontananza.

EPILOGO

Fu molto difficile da parte di Jos e Marta convincere Virginia che il file era stato involontariamente cancellato. Era la bugia che i due avevano deciso di raccontare all'amica. La convinsero pure a non fare parola con nessuno di ciò che avevano vissuto. Non essendoci più alcuna prova avrebbero rischiato tutti e tre di essere presi per pazzi. Virginia si arrabbiò molto ma poi si rasserenò quando le riferirono che cosa desiderava Kurt Cobain da lei. La sera stessa della fine di questa storia, Marta e Jos aiutarono Virginia a travasare le ceneri del cantante in una scatoletta di cartone in cui inserirono, come prova di autenticità, una fotografia della borsetta rosa a forma di orsacchiotto. Il giorno dopo spedirono la scatola, via corriere, alla casa discografica americana dei Nirvana perche fosse consegnata alla moglie di Cobain.

Successivamente riempirono la borsetta rosa con della cenere recuperata nei resti di un barbecue e la inviarono anonimamente al conte Mainini di Ruffa che, entusiasta, le riservò un posto d'onore nella sua collezione.

Virginia, Marta e Jos strinsero il patto solenne che nessuno di loro avrebbe mai più parlato né accennato alla vicenda che li aveva coinvolti, per evitare di essere scambiati per pazzi o mitomani.

Il professor Mattioli, per il dolore di aver sfiorato il premio Nobel e di averlo perso per un soffio, cadde in profonda depressione ed abbandonò tutti i suoi studi. Venne curato con amore dalla fida Cezarina fino a che lui, ormai privo di interessi e di denaro, accettò di sposarla. Si trasferirono in Romania nel paese natale della donna dove il professore iniziò a studiare il fenomeno del vampirismo e i suoi legami profondi con i traumi infantili causati da epistassi.

Marta e Jos vissero un amore lungo e felice. Lui smise di duplicare illegalmente libri, e, pur continuando a gestire l'antico negozio con un numero sempre più ridotto di clienti, iniziò a collaborare con vari giornali specializzati scrivendo articoli sulla musica jazz e sul blues. Terminò e pubblicò infine il suo libro, la più completa ed apprezzata biografia critica di Miles Davis, che in breve tempo divenne un best seller fra gli appassionati.

Lei si laureò in medicina con il massimo dei voti e si specializzò in medicina legale. Ogni volta che si trovava a dover eseguire l'autopsia di un cadavere, piano piano, senza farsi sentire dai colleghi, gli rivolgeva un saluto affettuoso e qualche dolce parola rassicurante.

Perché Marta sapeva bene che il pensiero morente di quella povera persona, in quel momento, era lì disorientato, immobile e silenzioso, accanto a lei.

FINE

Finito di stampare nel marzo 2015

Per contattare l'autore:
loris.vercelli@alice.it

Printed in Great Britain
by Amazon.co.uk, Ltd.,
Marston Gate.